소년들은
죽이면
안 되나요

소년들은 죽이면 안 되나요

조영석 장편소설

해피북스
투유

무릇 율법 없이 범죄한 자는
또한 율법 없이 망하고,
무릇 율법이 있고 범죄한 자는
율법으로 말미암아
심판을 받으리라.

— 로마서 2장 12절

차례

하룻밤 동안 내린 비를 신호로 계절의 표정이 빠르게 바뀌고 있었다. 황사와 미세먼지가 가시고 미친 듯이 불어대던 바람도 울분을 다 토해낸 듯 잠잠해졌다. 벚꽃 잎들을 모두 흩어버리고 목련의 목뼈를 꺾어버린 비의 군대는 공중의 먼지도 함께 씻어내렸다.

휴일이 며칠 이어지길 기다리는 주말, 사람들은 가벼운 흥분으로 도시의 거리를 오갔다. 쇼핑백을 여럿 든 여자들이 선글라스를 낀 얼굴에 환한 웃음을 지으며 팔짱을 끼고 지나가면, 바이어와 만나는 샐러리맨들은 로스터리 카페의 파라솔 그늘에 앉아 길거리와 그 여자들을 바라보았다. 지척이 접경이라는 사실을 사람들은 모르고 있거나 모르는 척했고 그로 인해 도시는 대체로 평온하였다.

프랜차이즈 카페 2층 테라스에 앉아 있던 남자는 요 몇 주 기분이 들떠 있었다. 자동차를 만드는 대기업에 입사한 지 2년차,

업무 강도는 예상보다 셌지만 소득도 급격히 높아졌다. 친구들에 비하면 그는 일찌감치 세계에 자신만의 뿌리를 내리는 중이었다. 가느다랗고 여린 뿌리는 한동안 기름진 시간과 돈을 공급받을 것이고, 곧 땅속은 물론 땅 위에서도 과육과 즙이 꽉 찬 열매를 맺을 것이다.

입사와 함께 득달같이 달려와 붙은 은행 PB에 의하면 시간과 복리의 마법은 남자의 편이었다. 등속도로 흘러가는 시간 위에 가만히 몸을 띄우기만 한다면 자본의 조류는 먼 바다 너머 신세계까지 그를 안내할 것이다. 30평대의 서울 소재 아파트, 어쩌면 도시 근교 마당 딸린 전원주택일지도 모를 거처. 리트리버 한두 마리에 두세 명의 자녀가 삶의 권태를 지워주는 세계. 그는 어린 시절부터 텔레비전을 통해 자신이 가야 할 곳을 어렴풋이나마 그려볼 수 있었다. 1950, 60년대 미 서부 해안 도시 중산층의 풍요로운 삶. 인류 역사상 가장 화창하고 구김 없는 시절이었다는 그때를 남자는 늘 꿈꾸었다. 비치 보이스의 〈펫 사운즈〉나, 비틀즈의 〈러버 소울〉을 즐겨 들으며 남자는 직접 가본 적 없는 태평양 동쪽 끝의 해변을 그리워했다. 그 꿈을 완성해 줄 마지막 한 피스의 퍼즐, 그는 이제 결혼을 꿈꿀 수 있게되었다. 그의 부모와 조부모가 했던 대로 그도 짝짓기에 성공해 씨족의 유전자를 절반이나마 다음 세대로 넘길 것이다. 상징적 불멸의 티켓을 남자는 거의 손에 쥔 셈이다. 남초 카페 회원이되어 여성 관련 기사마다 악플을 달며 PC방이나 고시원에서 죽

때리는 삶, 짝짓기에 실패한 잉여의 지질한 삶은 그에게서 영영 멀어질 것이 분명했다.

남자가 3주 전 소개받은 여자는 초등학교 교사였다. 그보다 두 살 어렸지만 이미 5년의 커리어가 쌓여 있었다. 외모 역시 어느 무리에 끼어 있어도 빠지지 않을 만큼 출중했다. 시원시원한 눈매에 165센티미터 안팎의 키, 무엇보다 팔다리가 길었고 55 정도는 가볍게 입어줄 몸매였다. 프로포션이 좋은 몸과 단정하게 묶어 올린 흑발, 드문드문 정맥이 비칠 정도로 흰 피부는 마치 점묘법의 효과처럼 하나의 조합을 이루어 성적인 매력을 흘렸다. 남자는 여자로부터 어떠한 어두운 기색도 발견할 수 없었다.

첫 만남에서부터 자신의 모두를 걸어야겠다고 생각했다. 이 여자를 놓치면 다음은 없다. 맛집들을 섭외했고, 혼자서는 가본 적도 없는 실내악 공연이나 뮤지컬을 예매했다. PB의 집요한 설득에도 개설하지 않았던 마이너스통장까지 파서 서프라이즈 선물들을 명품 브랜드로 준비했다. 세 번째 만남에서 남자는 여자로부터 정식으로 교제 허락을 받아내고 키스했다. 남자는 이틀 전 자신의 혀에 감기던 여자의 입술과 혀를 떠올리자 다리 사이가 뿌듯해지는 게 느껴졌다.

여자는 약속 시간을 넘겼지만 오지 않고 있었다. 그래봤자 10분 정도가 지났을 뿐이다. 그녀는 도서관에서 빌린 손때 묻은 중고책 따위가 아니다. 정성스럽게 몇날 며칠 용돈을 모아 산 양장본이며, 집안에 들어온 이상 조급해 할 이유가 없다. 남자는 사냥에 성공한 회색곰처럼 기지개를 켜며 한껏 여유를 즐겼다. 차분히 마음을 가라앉히며 테이블에 놓인 아이스티를 한 모금 빨아들였다. 시원하고 달콤하여 저절로 웃음이 났다.

여자는 5분 정도 뒤 2층 테라스로 남자를 바로 찾아 올라왔다. 남자는 터져 나오는 웃음을 억지로 삼키며 일어서서 여자를 맞았다. 적당히 워싱된 청바지에 새하얀 린넨 셔츠를 입고 남자가 선물한 백을 팔목에 걸고 나타난 그녀는 여신처럼 아름다웠다. 여자의 흑발과 흰 피부는 남자를 홀린 그대로였고, 속 쌍꺼풀이 옅게 진 눈도 매력적이었다. 하지만 무언가가 달랐다. 마치 수명을 다하기 직전의 필라멘트처럼 아주 미세한 무언가가 끊어질 듯했다. 여자는 조급해 보였고, 입술이 바싹 말라 갈라져 있었다. 입가에 약간의 핏기도 보이는 것 같았다. 여자는 비틀거리며 자리에 앉았다. 테라스 아래로 햇빛이 부서지고, 막 카페 음악의 트랙이 바뀌느라 웅성거리는 사람들의 육성만이 허공을 가득 채웠다. 이어서 이면도로에 가득 늘어선 자동차들의 경적 소리, 문을 열어놓은 노변 가게들의 국적을 알 수 없는 비트들이 남자의 귀에 꽉 들어찼다. 여자는 가벼운 눈인사도 없이 남자의 아이스티를 낚아채듯 컵째 들어 벌컥벌컥 마셔댔다. 남자는 당황했지만, 유난히 더운 날이라고 생각했다. 뛰어왔을 것이고, 약속에 늦어 다급했을 것이다. 날도 더웠고, 유난히 날도 더웠고, 미안한 마음에 조급했을 것이고, 갑작스럽게 날도 더웠지만 그럼에도 여자는 아직 한마디도 하지 않고 있었다.

"미영 씨."

이름을 불러보았지만, 여자의 눈동자는 남자의 얼굴에 오래 머물지 않고 여러 군데를 헤맸다. 그제야 남자는 여자가 비정상적으로 땀을 흘리고 있음을 알아챘다. 이마에서부터 흐르는 땀은 어느덧 여자의 마스카라와 파우더를 흘러내리게 하고 있었다. 왼쪽 인조 속눈썹은 이미 광대뼈 부근까지 내려와 붙어 있었다. 그제야 남자의 귀에 여자의 호흡 소리가 들렸다. 엄청난 양의 공기가 여자의 폐 속으로 한꺼번에 빨려 들어갔다가 잘 빠져나오지 않는 모양이었다. 기도가 부어오른 급성 천식환자처럼 여자는 갑갑한지 자꾸 자신의 목을 움켜쥐며 긁었다. 잘 손질된 손톱의 끝이 후벼 파고 지나간 살갗에는 금세 핏방울이 맺혔다. 이 모든 것이 남자는 현실 같지가 않았다. 주변 사람들은 비정상적인 여자에 대해 아무도 관심을 두지 않았다. 오직 남자만이 무대 위에서 미쳐가는 여자를 붙잡고 흐느적거리는 듯했다. 트랙이 바뀐 음악이 다시 흘러나왔다. 왈츠풍의 피아노 협주곡이었다. 서정적이고 몽환적인 음계들 사이로 여자의 거친 호흡이 툭툭 떨어졌다.

"미영 씨, 괜찮아요?"

"네? 잠, 잠깐만요. 물, 물 더 없어요?"

여자는 어느 새 남자의 물까지 모두 마셔버리고 말았다. 남자가 빈 컵을 들고 물을 받아 오려고 일어나는 순간, 여자가 마지막까지 손에 쥐고 있던 백을 탁자 위에 내던지듯 떨어트리며 일어났다. 그 동작은 가녀린 몸에서 나왔다고 믿기 힘들만큼 거칠었다. 여자가 앉아 있던 금속 의자가 뒤로 넘어지며 그 위의 얇은 쿠션이 바닥으로 굴렀다. 콘크리트와 쇠가 부딪치는 신경질적인 소음에 2층 손님들의 눈이 드디어 한곳으로 모여들었다. 남자는 땀에 젖은 여자의 등을 망연히 바라보았다. 여자는 여러 테이블을 취객처럼 밀치며 쓰러질 듯 화장실로 들어갔다.

여기저기서 낮은 욕설 내지는 짜증 섞인 소리들이 흘러 나왔다. 남자는 마치 남편이라도 되는 것처럼 소리가 들리는 방향마다 연신 고개를 숙여 미안함을 표했다. 남자는 여자가 돌아오면 응급실에 데리고 가야겠다는 생각을 하며 점원에게 시원한 물한 잔을 더 부탁했다.

그때였다. 여자가 들어갔던 화장실에서 또 다른 여자 두 명이 비명을 지르며 튀어 나왔다. 긴 머리카락에 피를 덮어쓴 채눈을 뒤집고 바닥에 뒹굴었다. 비명과 거친 날숨이 섞여 기괴한 사운드를 연출하고 있었다. 아수라장이 된 카페 안을 바라보며 남자는 자신의 미간이 미칠 듯이 간지럽다는 것을 느꼈다. 손님들이 비좁은 실내 계단을 통해 1층으로 쏟아지 듯 도망쳤고, 더러는 2층 테라스의 난간을 넘어 바로 길가로 뛰어내렸다. 호기심인지 용감함인지 몇몇 남자가 화장실을 살펴보는 가운데, 점원 중에 한 명이 어딘가로 급하게 전화를 하고 있었다. 피투성이가 된 여자 하나가 비명을 지르다가 컥컥거리며 뒤늦게 외쳤다.

"사람이 터졌어요. 사람이."

박 형사

일기예보에 따르면 정오쯤 비가 내려야 했다. 박 형사
는 아침 뉴스의 예보관이 변명을 하는지 유감을 표하는지 보고
싶었다. 예보관의 잘못만은 아닐 것이었다. 어긋난 예보 따위야
수정하면 그만이다. 모든 문제는 수정이 불가능한 것, 비가역적
인 반응들에 있다. 이를테면 죽음 같은 것. 산 것들은 삶과 죽음
의 언저리에서 줄을 타다 결국 죽어간다. 삶의 끝은 비극으로
정해져 있다고 그는 생각하고 있었다. 끝이 좋으면 다 좋은 거
라고, 셰익스피어는 말했다. 그 말에 따르면 삶은 모두 안 좋은
것이 분명했다.

하늘은 비가 내리는 중이라고 해도 믿어질 만큼 짙은 잿빛이
었다. 박 형사의 왼쪽 눈에는 늘 빗방울 같은 것이 떠다녔다. 의
사는 비문증이라고 했다. 보기에 따라 장애라고, 장애가 아니라

고 하기에도 애매한 증상이었다. 박 형사는 발작적인 재채기가 몰려오는 것이 느껴졌다. 재킷 안주머니로 손이 가다 멈추었다. 지난밤 잠들기 전 항히스타민제 한 알을 먹었다는 기억을 떠올렸다. 콧속 점막이 미친 듯이 울어대는 것이 느껴졌다.

　박 형사는 중독을 경계했다. 그의 혈연들은 모두 무언가에 중독이 되어 그를 떠났다. 알코올과 화투, 마리화나와 아편, 메스암페타민, 사람과 그 사람의 몽상. 그는 중독의 막장에 이른 인간의 눈빛과 가늘게 떨리던 손가락들을 잊지 않으려고 평생 노력했다. 죽음을 앞둔 포유강 식육동물들의 홍채에는 종을 불문하고 늘 회한과 공포가 소용돌이치고는 했다. 누구도 멈추어 줄 수 없는, 마치 목성의 대적점 같은 회오리가 그들의 눈을 집어삼켰다. 그의 유전자 어딘가에도 인이 쉽게 박히는 형질이 숨어 있을 것이 분명했다. 진화는 분명 눈이 멀었지만 유전자의 상속에 있어서만큼은 사채업자처럼 정확하게 일 처리를 해왔다. 지난 수십억 년 동안.

　"항히스타민제는 향정신성 약물이 아니에요."

　단지 내 상가 약국의 약사와는 안면이 있었다. 어쩌면 아내와는 더 많은 친분이 있는지도 몰랐다. 중독이 안 되는 약 따위는 없다고 대꾸해주고 싶었지만 그는 입을 다물었다. 그녀는 육아에 지친 듯 헝클어진 머리를 질끈 묶고 창백한 민낯으로 생기 없는 웃음을 짓고 있었다. 형광등 불빛 아래 그녀의 얼굴은 더욱 파리했다. 그는 늘 그렇듯 아무 말도 하지 않고 거스름돈을 돌려받고 나왔다.

박 형사는 손을 내려놓으며 창밖으로 하늘을 다시 올려다보았다. 딴 생각을 하는 사이 갸릉거리며 재채기가 조금씩 가라앉고 있었다. 이대로 두면 언제고 또 터질 기침의 끝을 그는 가늠할 수 없었다. 이마에 가로 주름이 흉터처럼 깊게 파였다. 창밖의 하늘은 낮게 주저앉아 있었다. 2미터 정도의 신장이라면 팔을 뻗어 흙탕물을 잔뜩 머금은 구름을 뜯어낼 수도 있겠다고 그는 생각했다.

시선을 조금 내리자 운동장이 눈에 들어왔다. 트랙 공사가 한창인지 한쪽에 블록들이 쌓여 있었다. 모래 바닥이 반쯤 파헤쳐진 운동장에 아이들은 없었다. 바람이 부는 듯했다. 3월 초순에 부는 바람이라고 쳐도 풍속은 제법 세 보였다.

'텍사스 외딴 시골집에서 어느 날 잠을 자고 있을 때 무서운 회오리바람 타고서 끝없는 모험이 시작됐지요.'

은주는 한 번도 가본 적 없는 미국 남부 텍사스를 동경했다. 어딘가에서 바람을 타면 노란 벽돌길이 깔린 오즈로 날아갈 수 있을 것처럼. 발뒤꿈치를 두어 번 부딪치고 은주는 오즈보다 먼 곳으로 갔다. 양철인간과 허수아비와 겁이 많은 사자도 없이 홀로 외로운 곳으로. 바람이 날카로운 손톱을 찍어 스탠드의 찢어진 천막들을 헤집고 있었다. 마치 그 안에 숨어 있는 비밀을 기어코 살펴보겠다는 듯이.

박 형사는 한 손으로 받치고 있던 커튼을 내렸다. 창밖의 풍경이 순간 초록의 스크린으로 바뀌었다. 싸구려 인조 실크에 이름 모를 꽃과 나무를 형상화해놓은 자수가 놓여 있었다. 그는 생각에 빠질 때마다 자신의 표정이 심각하게 일그러진다는 걸 깨닫고 얼굴의 근육을 조금 움직였다. 미간은 좀 넓히고 웃음을 지을 때처럼 입꼬리를 힘껏 올렸다.

눈두덩이 두툼하고 쌍꺼풀이 없는 박 형사의 눈은 그 자체로도 상대를 서늘하게 만들곤 했다. 크레바스와 같이 깊이를 알 수 없는, 한번 빠지면 죽는 심연의 눈이었다. 주로 피의자에게서 원하는 대답을 듣지 못할 때 그의 미간은 네 줄의 가로 주름을 만들 정도로 일그러졌다. 그럴 경우 주변 사람은 곧이어 그가 무언가를 집어 던질 것이라고 짐작할 수밖에 없었다. 실제로 그런 경우는 단 한 번도 없었지만.

박 형사에게 일그러진 표정과 미간의 주름은 일종의 의태였다. 복어가 몸을 부풀리는 건 위협을 가하기 위해서지만, 실제로도 그 몸에 닿는 순간 위협은 현실이 된다. 박 형사는 자신의 표정을 복어의 몸처럼 사용했다. 물론 원만한 사회생활을 위해 박 형사는 선배들의 조언을 새겨들었고, 스스로도 자신의 표정을 통제할 필요가 있겠다고 생각했다. 통제가 안 되는 의태는 알파 포식자들의 표적만 될 뿐이었다. 대부분의 경우 피의자에게도 피해자에게도 형사의 표정은 아예 없는 편이 더 나았다.

박 형사의 서늘한 눈과 표정을 사랑했던 사람은 연애 시절의 아내와 그의 딸 은주뿐이었다. 은주는 썩 예쁘다고는 할 수 없었지만, 단아하고 아늑한 얼굴이었다. 한참을 바라보고 있으면 마음이 편안해졌다. 박 형사는 갑작스럽게 달려드는 은주 생각을 쫓아버리려고 마른세수를 두어 번 했다. 아마 모처럼 학교라는 공간에 들어왔기 때문일 거라고 생각했다.

응접 테이블을 가운데 두고 두 쌍의 가죽 소파가 놓여 있었다. 갈색 인조가죽이고 종을 알 수 없는 파충류의 피부 무늬를 넣었다. 뱀과 악어가 섞여 있는 것 같기도 하였다. 그게 어느 종의 살갗이든 어딘가 안 보이는 곳에는 영장류가 만든 조달청의 스티커가 붙어 있을 것이었다. 쿠션은 모두 제각각의 모양과 색깔이었다. 그때그때 되는 대로 모아 숫자만 맞춰놓은 것이 분명했다.

동행한 김 순경은 입구 쪽 소파에 앉아 톰슨가젤처럼 먼 곳과 가까운 곳을 가리지 않고 두리번거리고 있었다. 경찰 공채시험에 붙은 지 3년차라고 했다. 중앙경찰학교 연수를 마친 지도 만 2년이 안 될 것이었다. 과장에게 전해들은 바로는 여러 부서를 돌며 일종의 수습 업무를 보는 중이었다.

김 순경은 흰 피부에 옅은 쌍꺼풀을 지녔고, 부드러운 턱선이 매력적이라는 경찰서 내 여경들의 평가가 있었다. 목소리는 약간 높은 톤이었는데, 그런 조합이 탐문수사 때 목격자나 증인들의 경계심을 잘 무너뜨리는 모양이었다. 그래봤자 애송이에 불과한데도 최 과장은 기어이 김 순경을 박 형사에게 붙였다.

'데리고 다니면 도움이 될 거야. 당분간만 끼고 다니면서 이런 거 저런 거 좀 가르쳐 놔. 아, 그리고 늙으면 그저 연장 조심해야 해. 지난주에 장 경위 상 치른 거 알지? 핏덩이들 담배 피는 거 훈장질 하다가 칼까지 맞았대. 요즘 애새끼들은 아주 글러먹었어. 세상이 어떻게 되려고 이러는지들……'

두 달 전쯤, 세 평 남짓한 수사과장실에서 최 과장은 난 잎을 닦으며 지난밤 시청한 미니시리즈 줄거리를 이야기하듯 말했다. 박 형사는 아무리 떠올려보아도 최 과장과 자신이 동시에 알고 있을 장 경위가 누군지는 정확히 알 수 없었다. 그때 김 순경이 옆자리에 앉아 있었던가. 차는 모과차였나. 과장실이 아니라 서장실이었나. 박 형사는 점점 기억이 희미해지는 걸 느꼈다. 먼 기억은 선명하게 다가오는데, 가까운 기억은 점점 흐릿해졌다. 아주 먼 기억이지만, 손에 잡힐 듯한 은주의 얼굴 때문에 박 형사는 악몽에 시달리며 한밤중 잠에서 깨는 일이 많아졌다. 창백한 얼굴로 푸른 눈을 치뜨고 천장을 바라보던 은주가 눈앞으로 확 달려드는 느낌에 박 형사는 눈을 질끈 감았다. 컴컴한 눈꺼풀 뒤로도 붉은 핏방울들이 이리저리 떠다녔다.

김 순경은 알 수 없는 멜로디를 흥얼거리며 실내를 둘러보았다. 수첩에 모나미 볼펜을 끼워 테이블 위에 놓고 깍지를 끼고 앉아 있었다. 실내는 원래 교실이었던 공간을 따로 응접실로 만든 듯했다. 깨끗하게 닦인 칠판이 입구 쪽 벽에 있었고, 뒤쪽 게시판에 아이들이 그린 그림과 꽃이나 새 따위의 모형 등이 붙어 있었다. 게시판 위 꿈, 희망, 사랑이라는 글자가 눈에 들어왔다.

박 형사는 현기증을 느끼며 벽에 등을 기댔다. 다른 기억들을 불러내려 안간힘을 썼다. 복도로 안내 받아 들어오다 만난 아이를 떠올렸다.

저만치 성큼성큼 먼저 걸어가는 김 순경의 등이 보였다. 그 뒤로 사내아이가 있었다. 여덟 살은 넘었고 열 살은 안 되어 보였다. 넘어져서 울고 있는 여자아이를 바라보며 하얀 얼굴의 사내아이는 지체장애자 흉내를 내며 비웃고 있었다. 팔을 비비 꼬면서 침까지 질질 흘리며. 김 순경이 흘깃 돌아본 후 어쩔 수 없다는 듯 피식 웃으며 모퉁이로 사라지고 나서 박 형사는 사내아이의 목덜미를 잡았다. 아주 거대하다고는 볼 수 없으나 190에 가까운 키의 중년 남자가 자신의 목덜미를 잡자 아이는 일순 흉내를 멈추고 온몸을 움츠렸다.

"네가 넘어트렸니?"

덩달아 여자아이가 울음을 뚝 그치고 일어나 도망치듯 달려갔다. 사내아이는 발버둥을 좀 치는가 싶더니 이내 주먹을 휘두르며 저항하기 시작했다. 그는 목덜미를 쥔 손에 힘을 조금 더 주고 아이를 들어올렸다.

"한 번만 더 묻겠다. 네가 넘어트렸니?"

"아, 아니야."

"이건 그냥 경고일 뿐이다. 네가 이대로 자란다면, 넌 좀 전에 네가 흉내 낸 대로 될 수도 있다. 아무도 장애가 생기길 바라진 않아. 그렇지?"

"뭐, 뭐야. 이거 놔."

"사과하거라."

"놔. 이 씨, 이거 놔."

박 형사는 사내아이를 조금 더 들어올렸다. 목덜미에 느껴지는 통증에 중력이 더해지자 아이는 놀라는 듯 비명을 질렀지만 실제 소리는 잘 나오지 않았다. 높은 소리가 나올 수 없게 그는 아이의 목덜미를 꽉 틀어쥐었다.

"마지막이야, 사과하거라. 그러면 나도 그리고 너도 가던 길을 가면 돼."

"미안……."

"안 들리는데, 좀 더 크게."

"미안합니다. 죄송합니다. 잘못했습니다. 미안합니다."

"잊지 마라. 네가 또 누군가를 조롱하고 비웃는다면 그땐 다른 것이 진짜로 네 목을 뜯을 거다."

세상에 신이 없다고 확신하지 마라. 박 형사는 딱히 아이에게 하는 말이 아닌 것처럼 허공을 보며 중얼거렸다. 그건 은주의 치켜뜬 눈을 바라보며 하던 일종의 다짐 같은 것이기도 했다. 박 형사가 손을 놓자마자 아이는 복도에 착지한 후 괴성을 지르며 단거리 주자처럼 뛰어 달려갔다.

"아악 씨발 애자새끼. 늙은이 주제에. 애자새끼, 너 같은 새끼들은 탱크로 다 밀어버릴 거야!"

탱크라. 박 형사는 아이의 얼굴을 떠올려보았다. 흰 밀가루를 오래 치댄 반죽 같은 얼굴. 글루텐이 활성화되어 끊어지지 않는 얼굴. 눈, 코, 입이 그려지지 않았다. 창백하고 생명력 없는 피부에 이가 잔뜩 박힌 입이 벌어져 쉴 새 없이 욕설이 쏟아져 나오는 얼굴.

"경위님, 경위님?"

박 형사는 김 순경이 부르는 소리에 눈을 떴다.

"교감선생님이시랍니다."

응접 테이블 옆에 중년의 여자가 투피스 정장을 입고 손을 가지런히 모은 채 서 있었다. 희끗희끗한 머리에 부드러운 컬을 넣은 단발머리. 모던한 은빛 금속 안경테를 쓴 여자의 표정은 한없이 편안하고 인자해 보였다. 직장이라는 공간에서 좀처럼 찾아보기 힘든 표정이라고 그는 생각했다. 입꼬리가 살짝 올라갔고, 신장은 165 내외로 그 나이 또래 여자들에 비하면 큰 키였다. 전체적으로 살집이 조금 있는 보기 좋은 중년 여성이었다. 유리천장을 뚫은 베이비부머였을 테지만 거친 맞바람에 찢기거나 긁힌 상처 따위는 보이지 않았다. 우아하고 고상한 마리 안느. 정신을 차리고 보니 그 뒤로 김 순경 또래의 젊은 남자 선생이 쇼핑백을 두 손으로 든 채 어색하게 웃고 있었다. 활짝 웃고 있다기보다는 장난으로 집 안의 귀중한 화병을 깨 어쩔 줄 몰라 하는 소년 같은 표정이었다.

"처음 뵙겠습니다. 이 학교 교감입니다. 이쪽은 저희 학교 선생님이시고요."

남자가 그제야 목례를 했다. 박 형사도 살짝 고개를 숙여 답 례했다.

"거기 테이블 위에 두고, 정 선생은 교실에 가봐요. 도와줘서 고마워요."

정 선생은 무언가 소중한 것이기라도 하다는 듯, 쇼핑백을 조 심스럽게 테이블에 눕혀 놓고 나갔다. 단정하고 군더더기가 없 는 움직임이었다. 박 형사는 쇼핑백을 슬쩍 내려다보고, 정중히 손을 내밀어 악수를 청했다.

"박상효라고 합니다."

박 형사는 명함을 최대한 공손하게 건넸다. 경찰만큼이나 보 수적인 바닥이니 최대한 상대를 자극하지 말아야 원하는 이야 기를 들을 수 있을 것이라고, 서에서 출발하기 전부터 박 형사 는 생각하고 있었다. 다년간 학교 관련 일에 관여한 후에 얻은 소중하다면 소중한 결론이었다. 고급 마분지 재질의 다소 거친 직물감이 도드라진 명함 위에 '경기지방경찰청 경위 박상효'라 는 글씨가 칠흑처럼 선명했다.

"네, 저희는 명함 같은 것이 없어서요."

"그러시지요. 선생님들에 대해선 일반인들보다는 잘 아는 편 입니다. 중등이긴 합니다만 저도 학폭위원으로 몇 년 일한 적이 있습니다."

"그러시군요."

교감의 표정이 잠깐 딱딱하게 굳는가 싶었지만, 이내 처음의 인자한 표정으로 돌아와 있었다. 필시 그 자리에 오르기까지 수많은 얼굴을 순간적으로 갈아 끼웠을 것이 분명했다. 증거를 남기지 않을 만큼 빠르게 사라진 옛 얼굴들. 변검에 가까운 처세가 아니고서는 유리천장을 뚫긴 어려웠을 것이고 그녀는 아마 마지막 자리까지 오르고 싶어 할 것이다.

자연스럽게 교감은 복도 쪽 소파, 박 형사와 김 순경은 운동장 쪽 소파에 앉았다. 김 순경은 미묘한 시차를 두고 박 형사가 앉는 것을 보고 이어서 앉았다. 30대에 갓 들어선 젊은이에 속했지만, 김 순경은 의전과 격식이 중요하다는 걸 잘 알고 있었다. 서 내에 있을 때에는 삼촌이나 큰형님처럼 박 형사를 대하는 편이었지만, 증인을 만나거나 탐문수사를 벌일 때, 타 서를 업무 차 방문할 때만큼은 박 형사를 깍듯하게 대했다. 시스템이 갖추어진 걸로 인식을 시켜야 상대도 이쪽을 무시하지 않고 따라오게 되어 있다. 신입 때부터 수시로 교육을 받았고 현장에서 경험으로 그 사실을 확인했다.

'외골수지만 기본기에 충실한 형사야. 요즘은 통 찾아보기 힘든 케이스지. 또래에 그런 인물들은 모두 경찰을 떠났거나 한직에 있어. 박 경위는 어느 쪽이라고 딱히 이야기하긴 어렵지만, 옆에 있으면 많은 걸 배울 수 있을 거다. 네가 좀 더 올라가면 그 누구도 가르쳐주지 못할 것들이야. 인간은 말이다, 그 시기에만 배울 수 있는 것이 있지. 때를 놓치면 끝인 거다. 너도 어지간히 벼랑으로 몰렸었다만, 경찰에 들어온 이상 한 고비는 넘긴 거야. 어쨌거나 경찰은 법대로 잡는 거야. 법 너머는 네가 높은 곳에 있을 때 새로운 종류의 사람들에게서 다시 배워야 한다. 박 경위는 아직 모르고 어쩌면 영원히 모를 세상이지.'

외숙인 최 과장이 김 순경을 박 형사에게 붙이기 전 그에 대해 해준 말이었다.

"전화 주신 내용을 바탕으로 자료를 좀 찾아보았습니다만."

교감은 쇼핑백에서 내용물을 꺼내며 말을 이었다. 테이블 위로 정체를 드러낸 물건들은 졸업앨범으로 보이는 것 두 개와 검정색 플라스틱 보드를 덧대어 만든 두툼한 서류철 세 권이었다.

"갑작스럽게 상당한 폐를 끼쳤습니다. 고맙습니다."

박 형사는 앉은 채로 머리를 숙였다. 비굴하지 않게 그러나 고마움을 드러낼 수 있는 숙임의 각도를 그는 정확히 알고 있었다. 김 순경은 업무수첩을 펼쳐두고는 가만히 앉아 있었다. 머릿속으로 아이돌 댄스 음악을 떠올리고 있는 듯 박자감 있게 구두코를 살짝살짝 움직였다. 박 형사는 두툼한 손을 들어 김 순경의 무릎을 한 번 쓸었다. 박 형사는 꺼칠꺼칠한 손을 부비며 교감 등 뒤 벽시계를 한 번 쳐다보았다. 오후 3시 30분을 지나고 있었다.

교감은 다리를 모아 비스듬하게 기울인 자세로 박 형사와 김 순경을 번갈아 조용히 응시하고 있었다. 입꼬리는 여전히 살짝 올라간 채로, 교감의 얼굴은 세상 누구에게나 편안함을 느끼게 해줄 만큼 온화한 미소를 짓고 있었다. 저 미소 앞에서 장애인을 조롱하며 비웃던 그 아이는 어떤 욕설을 퍼부을지, 교감은 그 아이에 대해 알고 있을지 박 형사는 궁금했다. 그 미소는 또한 몇 분 전부터 아주 끈질기게 요구하고 있었다. 어서 빨리 자신을 찾아온 용건을 털어놓으라고.

"한데, 아직 일과 시간일 텐데 아이들이 별로 보이질 않는군요."

"네, 학교 입장에서 좀 곤혹스러운 일이 있어서요. 나름대로 조치를 취하는 중입니다."

김 순경은 박 형사에게 귓속말을 전했다. 아, 여기가? 박 형사는 고개를 아주 작은 각도로 갸웃했다. 서에서 나오는 중에 모바일 뉴스에 속보 형식으로 뜬 내용이었다. 한 인터넷 커뮤니티 사이트에서 초등학생을 납치해 성폭행할 거라는 예고 글이 발견되었다는 내용이었다. 평생 감옥에서 썩어도 좋아, 단 한 번이라도 섹스를 하고 싶다? 미친 새끼들이 넘쳐나네요, 정말 미친 새끼들 아닙니까? 앞이나 잘 봐, 이 동네는 아우디가 소나타야. 아니 저도 디씨나 이종 같은 데 글도 쓰고 하는데요, 그런 놈들은 없거든요? 앞이나 잘 보라니까. 박 형사는 디씨나 이종이라는 단어를 알지 못했지만 애써 알고 싶은 마음이 들지는 않았다. 감옥에서 썩어도 좋다, 평생. 감옥에서 썩어도 좋다, 평생. 박 형사는 그 문장을 두어 번 반복해서 중얼거렸다. 이 세계는 이미 어린아이를 강간한 놈도 죽일 수 없을 만큼 나약해져 있다고, 박 형사는 생각했다.

"이 학교가……."

"유감스럽게도요. 익명으로 처리되었겠지만 요즘 세상에 금세 다 알겠지요. 학교 입장에서도 평판이 떨어질까 걱정입니다. 아, 물론 아이들이 제일 중요하지요. 학부모님들께 연락을 취해서 모두 귀가 조치를 시켰습니다. 몇몇 아이가 남아 있긴 합니다만, 저희 선생님들이 돌보고 있는 중이고요. 하시려던 말씀이……."

"미리 말씀드렸다시피 사람을 좀 찾고 있습니다. 엄밀하게 얘기하자면, 사람이 아니라 그 사람에 대한 정보라고 해야겠지요. 김민주라고."

박 형사가 운을 떼자 마치 사전에 순서를 정해놓은 것처럼 김 순경은 재킷 안주머니에서 흑백으로 인화된 사진을 하나 꺼내어 테이블에 올려놓았다. 박 형사는 김 순경을 슬쩍 한번 보고는 다시 교감에게 시선을 돌리며 말을 이었다.

"대학 때 사진으로 추정됩니다. 가평 쪽 대성리나 마석 근처인 거 같은데, 여기 뒷줄 왼쪽에서 네 번째 남자입니다."

사진은 2주 전 박 형사의 책상 위에 놓여 있던 것이었다. 점심시간이기도 했지만, 유난히 사람이 없던 시간 옆자리 김 순경은 고개를 젖히고 낮잠을 자고 있었다. 전날 밤 강력반 잠복에 파견을 다녀온 후 정신을 못 차렸다. 샌님이 밭을 갈고 온 모양새였다. 구석구석에 전화를 받거나 조서를 꾸미는 형사가 두어 명 있었을 뿐, 거의 외근인 시간대였고 사무실은 마치 도심 아파트 단지의 노인정처럼 한가했다. 전날 타 서의 선배 퇴임식

뒤풀이에 다녀오느라 모처럼 과음을 했던 박 형사는 졸음을 쫓기 위해 세수를 하고 수건을 목에 두르고 나오는 길이었다. 덮어놓은 노트북 위에 하얀색 연하장 봉투 같은 것이 놓여 있었다. 봉투에는 '박상효 경위님께'라고 손 글씨로 적혀 있었다. 익명의 제보라면 인쇄된 글씨를 붙이는 것이 상식이었다. 그는 좀처럼 기억나지 않는 필체를 쳐다보며 습관처럼 사무실 이곳저곳을 휘둘러본 후 봉투를 열었다. 봉투 안에는 붓펜으로 쓰인 듯한 두 줄의 메모와 사진이 들어 있었다. 메모지는 특별한 문양이 전혀 없는 평범한 베이지색 종이였다.

멈추지 않으면 멈추지 못할 것입니다. 미미했던 시작을 잡아야 창대한 비극을 막을 수 있습니다. 때를 놓치면 모두가 산산조각날 것입니다. 이미 시작되고 있습니다. 김민주(1975)를 찾으세요.

교감에게 보여준 사진이 그곳에 들어 있었다. 희미하게 마크가 되어 있는 청년 옆으로 연필로 쓰인 듯한 글씨가 적혀 있었다. 그게 다였다. 박 형사는 김 순경을 가볍게 흔들어 깨웠다.

'이거 누가 놓고 갔어?'

'글쎄요, 아무도 안 왔다 갔습니다만.'

졸음을 이기지 못하고 헤매는 김 순경을 도로 재우고 그는 사진을 다시 넣었다. 익명의 제보가 넘치는 곳이 경찰서였다. 그중에는 의미가 없거나 억지스러운 것이 태반이었다. 사무실 폐쇄 회로 영상을 봐도 신분을 알아볼 수 있는 건 다 가리고 왔다 갔을 가능성이 높았다. 박 형사는 사진을 넣다 말고 다시 마크가 되어 있는 남자를 유심히 쳐다보았다. 어딘가 오래 알아온 사람인 것처럼 익숙했다. 그는 메모된 문장을 몇 차례 중얼거리며 사진 속 남자를 노려보았다. 어떠한 계시를 받은 것처럼 콧속이 다시 떨려오고 있었다.

교감은 사진을 들어 박 형사가 가리키는 남자를 한번 쳐다본 후 다시 내려놓았다. 안경알 너머로 내려다보는 교감의 눈에서 어떠한 흔들림도 발견할 수가 없었다. 박 형사는 교감의 눈에서 눈을 떼지 않고 있었다.

"좋을 때군요."

"네?"

"아, 아닙니다. 그러니까 경춘선이 아직 다닐 때군요. 사진 속 친구들이 모두 웃고 있지 않나요? 깃발도 보이고. 95년 4월이군요. 어쨌거나 엠티는 즐거운 거니까요."

"그렇죠. 그러고 보니 모두 즐거워 보이는 군요. 다른 사람들의 표정은 신경을 못 썼네요."

박 형사도 동의를 표했다.

"대성리나 강촌은 저희도 즐겨 갔습니다만."

김 순경이 대화에 끼어들었다. 무언가 기회를 얻어 퀴즈의 정답을 맞히는 모양처럼 들고 있는 펜을 슬쩍 들어 보였다. 사진

속에는 엇비슷한 숫자의 남녀가 줄을 맞춰 무언가를 기념하려는 듯 제각각 포즈를 취하고 있는 것처럼 보였다. 맨 끝에 있는 여자는 자신의 키보다 두 배는 높은 깃발을 힘겹게 들고 있었다. 주름져 내린 깃발의 굴곡 사이로 대학 명이 슬쩍 보였지만, 과 이름까지는 보이지 않았다.

"그러니까 이 젊은 청년이 문제라는 말씀이시군요."

"찾아보니 이 학교 13회 졸업생이더군요."

"민주에게 무슨, 문제라도?"

"아닙니다. 개인적인 탐문 수준입니다. 그저 그 사람에 대해서 조금 알고 싶을 뿐입니다. 이를테면, 성장담이나 기억나는 에피소드 같은 것도 좋겠지요. 가지를 좀 쳐서 김민주 씨를 기억하고 있는 동기생이라도 찾는다면 저희 쪽에서는 그것도 소득일 테고. 뭐, 이래저래 좋습니다. 생활기록부 같은 서류들도 보면 도움이 되겠지요. 교감선생님께서는 업무를 보셔도 됩니다. 보시다시피 영장도 없고, 서류나 앨범은 저희가 살펴보면 되니까요."

"네, 형사님 말씀처럼 서류 같은 거야 직접 보시는 게 낫겠죠. 그랬다면 제가 직접 인사드릴 필요는 없지 않았을까요?"

"?"

"제가 민주 3학년, 6학년 담임이었습니다."

"흔한 일인가요?"

"자주 있다고 할 수 없지만, 드문 일은 아닙니다. 교감이 되면 자신이 편하게 근무했던 학교로 돌아가곤 하지요."

"아, 그보다도 한 학생의 담임을 두 번 맡는다는 게."

"물론, 그것도 종종 있는 일입니다."

교감은 상대의 발화 의도를 파악하지 못한 게 자신의 잘못은 아니라는 듯, 어조와 성량에 미세한 변화도 보이지 않았다.

"어쨌든 민주에 대해서 궁금한 게 있으시다면 천천히 말씀을 드리지요."

박 형사는 약간의 오한을 느꼈지만 외투를 천천히 벗어서 무릎에 올렸다.

"우선, 왜 민주에 대해 알고 싶어 하시는지 그것부터 알려주실 수 있나요?"

"여기 경위님에게 투서가 있었습니다, 예방 차원에서……."

김 순경이 기다렸다는 듯이 치고 나갔다. 박 형사는 경주마처럼 치고 나가는 김 순경의 무릎을 다시 한 번 잡으며 진정시켰다.

"아직은 참고인 정도입니다만, 아니 참고인도 아니지요 그저 한가한 늙은 형사의 개인적 관심사일 뿐입니다. 안 좋은 예감 같은 거라고 해두죠."

박 형사는 무언가가 시작되고 있다는 것을 아니 어쩌면 상당 부분 진행이 되었다는 것을 묵직하게 느낄 수 있었다. 먼 하늘 아래에서 폭풍우가 몰려올 때처럼 조용하고 섬뜩한 기운에 등 허리가 미세한 경련을 일으키고 있었다.

김시오

시야가 한 점으로 좁아졌다. 바이크는 도심으로 진입했다. 익숙한 건물들이 위치와 거리 정보가 엉망이 되어 눈앞에 나타났다. 본 적이 없고 알 수도 없는 도시였다. 종로와 을지로인가 해서 돌아보면 성산대교 북단을 지나 연희로로, 내부순환도로를 질주하고 있었다. 강남대로와 테헤란로 주변의 건물이 분명한데도 노면에는 강변북로라는 글씨가 진행 방향으로 길게 늘어지며 이어졌다. 남산의 서울타워가 공동묘지의 비석들처럼 사방에서 솟아오르고 있었다.

김시오는 자신에게 오직 시각세포만이 살아 있다는 느낌을 받았다. 원추세포와 간상세포만이 망막을 뚫고 유리체를 가득 채운 느낌이었다. 오른손과 왼손을 번갈아 내려다봤다. 블랙 바이크 글러브를 낀 손이 핸들을 꽉 부여잡고 있었다. 오른손은 최대로 감아 쥐어 더는 액셀러레이터가 돌아가지 않았다. 속도계 빨간 바늘은 실핏줄처럼 최대 속도의 흰 눈금 위에서 가늘게 떨리고 있었다. 차량들이 양옆으로 빛의 모양으로 흘러 지나갔다. 환호성과 비명 소리가 헬멧 안쪽까지 신음처럼 들려왔다.

배기량과 동체의 크기를 알 수 없는 바이크였다. 김시오는 면허가 없는 자신이 어떻게 바이크에 올라탔는지도 기억나지 않았다. 어디서부터 시동을 걸어 어디로 가는지 알 수 없었다. 바이크는 롤러코스터처럼 내부순환도로를 돌다가, 강변북로와 강남대로, 올림픽대로를 달렸다. 몇 초밖에는 걸리지 않은 느낌이었다. 그럼에도 브레이크를 잡아야 한다는 느낌은 없었다. 심장박동이 바이크 엔진의 알피엠을 따라 빠르게 쿵쾅거렸다. 아드레날린이 시냅스를 통해 전신으로 퍼져나가는 게 느껴졌다. 등줄기가 짜릿했다. 마치 사정하기 직전처럼 기분이 들뜨고 있었다. 허벅지 안쪽 내전근은 수축되다 못해 뒤틀리기 직전이었다.

김시오는 자신이 보호복을 입고 있지 않다는 걸 깨달았다. 순간 피부 위로 좁쌀 같은 소름들이 돋아났다. 저 멀리 강이 보였다. 김시오는 방향을 튼다. 관성을 이기려고 바이크의 뒷바퀴는 맹렬히 회전하며 진한 스키드마크를 아스팔트에 새긴다. 차량과 인파, 횡단보도가 보인다. 신호는 진행이지만, 어찌된 건지 횡단보도 위에는 행인들이 가득하다. 노인, 어린아이, 임신부, 아! 젊은 여자가 유모차를 끌고 간다. 아기가 유모차 밖으로 김시오를 바라본다. 커지는 눈, 웃음 짓는 아기, 순간 아기의 얼굴이 주름이 가득한 노인으로 바뀐다. 김시오는 있는 악력을 쥐어짜 가까스로 브레이크를 잡았다. 관성을 이기지 못한 바이크가 넘어지며, 사람들을 휩쓸고 지나갔다. 행인들은 볼링 핀처럼 픽픽 쓰려져 사라졌다. 짐짓 세계는 고요했다. 바이크에서 떨어진 김시오는 아스팔트에 드러누웠다. 쿨럭이며 드러누운 채로 헬멧을 벗었다. 감당할 수 없을 만큼 많은 양의 산소가 폐로 들어왔다. 단 한 번도 숨을 쉬어 본 적이 없는 것처럼 김시오는 헐떡였다. 여기저기서 사람들이 모여들었다. 빛을 등진 그들은 얼굴이 보이지 않았다. 아니 얼굴이 아예 없었다. 검고 무심한 타원들이 다닥다닥 붙어서 하관하는 조문객처럼 내려다보았다. 김시오는 아무런 고통도 느낄 수 없었다. 서너 살 어렸을 때처럼. 달궈진 프라이팬 위를 무릎으로 짚었던 그때처럼. 고요하고 편안한 표정을 짓고 있을 거라는 생각이 들었다.

시야에 사람들의 표정이 조금씩 들어왔다. 여전히 알 수 없는 사람들. 저마다 무언가를 하나씩 들고 있었다. 김시오는 그들이 들고 있는 것이 자신의 정강이라는 걸 깨닫고는 비명을 질렀다. 아파서 지르는 비명이 아니었다. 아무런 고통도 느껴지지 않는다는 절망으로 지르는 소리였다.

알람이 울렸다. 김시오는 고음역대의 금속성 멜로디를 토해내며 점멸하는 휴대폰을 잠시 동안 멍하니 쳐다보았다. 또 같은 꿈을 꾸었다. 폭주와 구경거리, 절단된 신체, 늙은 아기, 어딘가에서 본 듯한 늙은 아기의 절망에 찬 눈동자. 초등학교 시절 이

후, 몇 개월 간격으로 같은 레퍼토리의 꿈을 꾸었다. 상담의도 늘 같은 소리를 해댔다. 해도 그만 안 해도 그만일 진단들.

'일을 좀 줄이시고 스트레스를 관리하십시오. 각성 효과가 있는 음식은 되도록 줄이세요. 신경안정제 계열로 몇 주치 처방을 해드리겠습니다.'

김시오는 침대 등받이에 등을 기대고 앉았다. 오래된 목제 침대의 이음새가 몸이 움직일 때마다 삐걱거렸다. 정면 창문에서 희미하게 빛이 새어 들어왔다. 암막커튼도 오래되어 빛이 조금씩 침범하고 있었다. 빛이 어둠을 뚫고 있었다. 어둠을 뚫고 들어와 곧 어둠에 먹힐 빛. 낡은 것들에서는 늘 무언가가 새어 나왔다. 낡은 수도꼭지, 낡은 천장, 낡은 신체. 부검실 스테인리스 침대 위에 나란히 누워 있던 검게 그을린 손에서도 무언가가 바스락거리며 떨어져 내리고 있었다. 김시오는 눈을 질끈 감았다. 손바닥에 땀이 흥건했다. 미끄덩거리는 손가락으로 휴대폰 액정 화면을 띄웠다. 오전 6시를 가리키며 시와 분 사이의 콜론이 점멸하고 있었다. 스케줄러에 '전입교사 출근일'이라고 음영 처리된 글자가 새겨져 있었다.

침대에서 일어나 주방으로 갔다. 냉장고에서 페리에를 한 병 따서 감당할 수 있는 만큼 탄산을 욱여넣었다. 목에서는 아무런 느낌이 없어서 예상했던 것보다 훨씬 많은 양의 물이 넘어가버렸다. 따끔거리는 느낌은 없었지만 비강을 통해 탄산의 잔여물이 뿜어져 나왔다. 가스 새는 소리가 들렸을 때, 김시오는 입에서 병을 떼어 냈다. 내용물은 거의 바닥이 나 있었다. 그는 약기운이 거의 다 떨어졌다는 걸 깨달았다.

바닥을 내려다보니 가운데 발가락에서 피가 흐르고 있었다. 문이나 테이블 모서리를 발로 치고 나온 게 분명했다. 아무런 느낌 없이도 피는 몸을 돌다가 구멍이 생기자 잽싸게 빠져나오는 중이었다. 티슈를 몇 장 뽑아 급한 대로 지혈을 한 후 김시오는 거실을 지나 서재로 갔다. 이사 온 지 며칠이 되지 않았기 때문에 방 안에는 창을 등지고 있는 책상과 의자를 중심으로 책들이 돌탑처럼 군데군데 쌓여 있었다. 새집의 구조가 아직 낯설어서 그는 잠깐 세 평 남짓한 방을 바닥부터 천장까지 쭉 둘러보았다. 커튼을 치지 않은 창문으로 단지 내 산책로에 켜져 있는 가로등 불빛이 들어와 방 안은 어둑하지만 시야는 확보되었다.

김시오는 스위치를 켜고 곧장 책상 뒤로 돌아가 서랍장 두 번째 칸을 열었다. 높이가 제각각인 플라스틱 약통이 진열되어 있었다. 관성을 이기지 못한 빈 통들이 서랍 안에서 여기 저기 뒹굴었다. 그는 네임펜으로 휘갈겨 쓴 라벨지가 붙어 있는 통을 한두 개 집어 확인해본 후 원하는 통을 집어 들었다. 병뚜껑에는 '이틀에 한 알'이라고 희미하게 씌어 있었다. 옆면에 '신경강화제(임상 전)'라고 쓰여 있는 통을 김시오는 두어 번 흔들어보았다. 함석지붕 위로 굵은 빗방울이 떨어지는 소리가 났다. 몇 알이 남지 않았다는 걸 깨닫고 한숨을 잠깐 쉬었다. 손바닥 위에 한 알을 떨구었다. 가운데 홈이 약간 파져 있는 파란색 알약.

약은 영문 이니셜이 새겨져 있는 납작한 원형이었다.

'꼭꼭 씹어 먹어야 해. 그냥 물로 삼키면 성분이 체내에 잘 흡수되질 않아. 좀 비릴 거야.'

'그럼, 처음부터 가루로 만들어 주면 안 되나.'

'신경 연결을 강화해주는 핵심 물질 베타 텔로미어, 아니다. 길게 얘기하지 말자. 아무튼 중요 성분이 상온에서는 딱딱하게 굳어. 나머지 성분은 그걸 식용 가능하게 해주는 거고.'

윤보영은 모니터에서 시선을 떼지 않고 이야기했다. 김시오는 두 계절 전 재단 대학병원 진료실에서 만났던 윤보영을 떠올렸다. 윤보영은 그해 전 국과수 파견을 마치고 대학병원으로 복직한 후였다. 국책 신약 개발팀에 들어갔다고 무심한 듯 자신의 근황에 대해 말하기도 했다. 형제원이 아닌 외부에서만 만난 지도 벌써 꽤 여러 해가 지나고 있었다.

'장애인에게 너무 쌀쌀 맞은 거 아닌가. 좀 친절하게 대해줘도 좋을 텐데.'

'장애인이라서 그 정도 약을 공짜로, 그것도 은밀하게 주는 겁니다, 원장님.'

김시오와 나이가 같은 그녀는 단둘이 있을 때에도 마뜩치 않을 경우 김시오를 원장님이라고 불렀다.

윤보영의 모니터에는 뇌를 찍은 자기공명사진이 몇 장 떠 있었다. 모두 다른 사람들의 뇌인지, 아니면 같은 사람의 병 진행 상태에 따른 뇌인지는 알 수 없었다.

철 성분이 많은지 윤보영의 경고처럼 비릿한 맛이 심한 약을 꼭꼭 씹으면서 김시오는 직전 학교에서의 일을 잠깐 떠올렸다. 모든 감각이 사라지고 미각만이 남아 있는 자신이 아직도 잘 납득이 되지 않았다. 생 선지를 한 입 베어 문 것처럼 입안 가득 고소한 핏기가 돌았다.

녀석은 나무랄 데 없는 학생이었다. 180이 훌쩍 넘는 키에 적당한 컬을 가진 머릿결, 흰 피부에 길쭉길쭉한 팔다리, 어딘가 모르게 병약한 얼굴이지만 바로 그 점 때문에 여학생들로부터 인기가 많았다. 신도시 40평대 아파트를 가진 중산층 맞벌이 부부의 장남, 변호사인 아버지와 관내 제법 규모가 큰 미술학원 원장인 어머니. 보살핌의 부족이나 경제적 궁핍 같은 건 전혀 보이지 않았다. 처음 김시오의 학급에 배정되어 만났을 때에도 녀석에게서는 다른 사냥감들에게서 느껴지는 역겨움이나 냄새가 없었다. 김시오는 자신이 방심한 탓에 애꿎은 피해자가 하나 더 늘었다는 자책감에 현지를 생각할 때면 심장이 잠시 멎는 듯한 느낌을 갖곤 했다. 돌이킬 수 없는 실수였고, 실수는 언제나 더 뼈아픈 법이었다. 물론 녀석은 그가 가지고 있는 여러 임상 케이스에 들어맞지 않는 대상이었다. 다음 번 유사한 상대는 바로 잡아낼 수 있을 것이다. 모든 백신이 실패를 전제로 만들어졌듯이.

김시오는 스스로의 실수를 합리화했다. 합리화 기제가 없었다면 모든 인간은 자신의 관자놀이에 일찌감치 총알을 박았을 것이고 지금의 번영도 누리지 못했을 것이다. 무엇보다도 일어나지도 않은 일을 예방할 수는 없는 일이었다. 복수고 징벌이고 모두 사후 처리라는 게 치명적인 약점이었다. 이미 벌어진 피해자의 고통은 돌이킬 수 없다. 김시오는 처음 일을 시작했을 때부터 이 일이 갖고 있는 근본적인 한계에 대해서는 알고 있었다. 그럼에도 시작한 일이었다. 돌이킬 수 없어도, 피해자가 살아 돌아오지 않더라도, 가해자는 반드시 대가를 치러야 한다고 생각했다. 오직 그것만이 김시오의 원칙이었다. 백신은 첫 희생물을 필요로 하는 축복이라고 그는 늘 생각했다.

여느 사냥감들과의 공통점이 아예 없는 것은 아니었다. 아주 어릴 적부터 가정과 학교가 녀석을 괴물로 서서히 키워왔다는 것은 디폴트값이었다. 또한 그 싹이 녀석의 체세포 내 이중나선 속에 박혀 있었다는 것도. 반장으로 앞도적인 표를 얻었던 녀석은 모든 교사들에게 예의 바르고 성적도 최상이었다. 그대로만 갔다면, 살아 있다면 서울대 지역 균형의 한자리를 차지할 수 있을 것이었다. 봉사 시간, 교과목별 세부 특기 사항, 독서 상황, 자율활동 등 어느 하나 빠지는 부분이 없었다.

한 가지 이상한 점은 녀석이 사귀고 있던 여자친구였다. 현지는 키가 작고 통통한 여학생이었다. 색조화장이 진했고, 네일아트도 주기적으로 받았다. 학기 초 상담 때, 현지는 미용 계통으로 진로를 정했다고 말했다. 짧은 머리에 무표정한 얼굴, 교복을 잘 갖춰 입었지만 어딘가 모르게 불량스러운 느낌을 주었다. 간혹 친구들 무리에서 크게 웃는 모습을 보기도 했지만, 교사들과의 갈등도 심심치 않게 발생했다. 그런 현지가 녀석과 학교 인근 공원에서 팔짱을 끼고 심야 데이트를 하는 걸 본 건 우연이었다. 김시오 역시 공원 인근 야산에서 처리해야 할 일이 있었기 때문에 아는 척을 할 수는 없었다. 학교에서 두 사람은 전혀 대화가 없었다. 한동안 김시오는 자신이 사람을 착각했다고 생각할 정도였다. 현지가 연락도 없이 며칠 째 등교를 하지 않을 때까지.

현지는 한부모 가정이었다. 어머니가 동네 미용실을 하며 가계를 이어가고 있었다. 연락은 잘 되지 않았지만, 겨우 통화가 된 현지의 어머니는 별로 걱정하는 목소리가 아니었다. 학교를 못 보내 죄송하다고는 했지만, 친구네 집이나 학원에서 생활하고 있을 거라고 곧 잡아서 보내겠다고 했다. 자식과의 교류가 전혀 없는, 그렇지만 통제권은 놓고 싶어 하지 않는 흔한 부모였다. 그 어머니의 잘못인지, 이혼한 남편의 잘못인지, 그도 아니면 외모가 출중하지 않은 현지의 잘못인지 김시오는 알 수 없었다. 그는 학교생활을 하며 자본주의 사회에서는 인간의 외모가 그 무엇보다 중요하다는 생각을 하게 되었다. 그 가설은 여러 단계의 확증편향을 거쳐 그에게는 하나의 이론처럼 되어 있었다. 외모가 성격을 만들고, 성격이 높은 자존감을 형성하며, 높은 자존감은 그에 맞는 인맥과 성적을, 인맥과 성적은 시냇물이 흘러 강과 바다로 흘러가듯 잘생기고 예쁜 아이들을 성공으로 이끌었다. 대부분의 사람들은 외모의 힘을 하찮게만 생각한다. 아니면, 외모가 아름다운데 사회적으로 성공까지 했다면서 그 둘 사이의 인과관계에 대해서는 애써 외면한다. 이 땅에서 성형외과가 그토록 많이 번성할 수 있었던 건 사람들이 그 메커니즘을 서서히 파악해가고 있다는 증거였다.

물론 성형과 오리지널은 또 다른 차별을 낳았다. 사람들은 어떻게 해서든 차이를 만들어냈다. 성형을 안 한 못생긴 외모는 괴물이었고, 성형을 한 예쁜 외모는 성괴였다. 누구도 괴물이라는 딱지 붙이기에서 벗어날 수 없었다. 현지는 악순환에 빠지고 있었고, 거의 바닥에 다다른 상황이었다. 처음에는 아주 미약한 사건이었을 것이다. 아주 사소하고도 하찮은 사건.

'오늘 좀 늦었구나.'

'왜요.'

'아니 늦었다고, 그냥.'

'그러니까 왜요.'

'교무실로 잠깐만 와볼래.'

'왜요. 뭔 일인데요.'

김시오는 현지를 대할 때 때때로 치밀어 오르는 짜증을 가라앉혀야 했다. 현지의 잘못이 아니었다. 현지는 키가 작고, 빈곤층 가정에서 수면 부족과 인스턴트 음식으로 유년시절을 채웠고, 과체중이 되었고 고도비만으로 진입 중이었다. 김시오가 과체중이라고 부르는 사람들을 미디어와 학생들은 비만이라고,

돼지라고 불렀다. 땀을 많이 흘렸고, 생업에 바쁜 엄마는 현지 대신에 손님들을 챙겼다. 준비물을 빠트리고, 한두 번 선생들의 잔소리와 질책이 이어졌을 것이다. 반복과 낙인이 찍히기 시작했을 것이고, 머리가 크면서 본인도 뭔지 모르는 짜증을 느꼈을 것이었다. 이 모든 게 정말 자신만의 잘못인가. 내가 못생긴 게, 아버지가 없는 게, 집이 가난한 게, 월세에 사는 게, 햄버거와 피자, 편의점 도시락과 삼각김밥, 라면과 콜라만 먹는 게, 그로 인해 뚱뚱해지는 게 정말 자신만의 잘못인가를 자문했을 것이고, 사피엔스라면 당연히 간단한 알고리즘만 몇 번 돌려봐도 답을 냈을 것이다. 아니오.

현지는 중학교에 입학한 후부터 선생들에게 대들기 시작했다. 본능적으로 전두엽의 성장을 멈추었을지도 모른다. 충동을 자제하지 않기로 마음먹었을지도. 먼저 엄마에게 간을 봤다. 교복 입어. 늦겠다. 준비물은? 용돈 다 썼어. 엄마 못 가. 네 방 정리 좀 해. 기집애가 방 꼴이 이게 뭐니? 너도 이제 엄마를 좀 도와야지. 아, 씨발. 현지는 속눈썹을 붙이다가, 어쩌면 파우더를 볼에 찍다가 욕설을 내뱉었을 것이다. 아, 잔소리 존나 많네. 반지하 방에도 서서히 아침 볕이 들어오던 시간. 씨발 알아들었다고. 뭘 해준 게 있다고 지랄이야 아침부터. 고함은 아니었을지도 모른다. 또박또박 뇌까리는 소리. 엄마는 그 모습에서 현지 아빠를 보았을 것이다. 현지가 예상했던 대로 엄마는 눈을 치뜨고 입을 다물었다. 그다음부터는 선생들이다. 사냥과 낚시는 끝을 봐야 끝나는 일이다.

'이리 와봐, 왜 지각이야.'

'⋯⋯.'

'어어, 이놈. 선생님이 말씀하시는데 그냥 가네. 너 몇 반이야.'

'씨발, 아침부터 재수 없게.'

'뭐? 너 이놈 이리 와봐. 이리 안 와. 교복은 어디다 팔아먹었
어. 머리 꼴은 또 뭐고.'

'안 입고 싶어서 안 입었어요. 왜요? 머리하는 데 돈 보태줬어
요?'

'샘, 쟤 내버려둬요. 1학년 때부터 소문났잖아. 건드려서 좋을
게 없어.'

낙인. 그 후부터는 방치. 방치된 모습에 다시 선생들의 낙인
들이 날아와 찍혔다. 마치 여권에 찍히는 출입국 기록 스탬프처
럼. 현지는 바닥의 성적으로 고등학교에 진학했다. 특성화고도
갈 수 없는 내신이었다. 기술직과 서비스업에도 자격 조건이 되
지 않는다는 선고였다. 흡연량은 하루 한 갑을 넘어섰고 앉은
자리에서 소주 두 병을 깠다. 아빠의 유전자가 현지의 혈액과
세포 구석구석에 쇠사슬과 철조망을 친 채 유치권을 행사하고
있었다. 김시오는 늘 하던 대로 현지에게 문자와 톡, 전화를 돌
려가며 연락을 취했다. 그게 선생이 돈 받고 하는 것 중 가장 의
미 있는 일이라고, 구 선생은 말했다.

신규 임용된 고등학교에서 처음 몇 년간 김시오는 정신을 차

릴 수가 없었다. 수업과 상담은커녕 아이들을 학교에 오게 하는 것도 힘들었고, 공단 지역의 거친 분위기에 영향을 받아서인지 그곳에선 늘 싸움이 벌어졌다. 교내 매점, 식당은 물론 방과 후 지하철역, 독서실 옥상, 재래시장과 천변 공원에서 그의 반 학생들은 때리거나 얻어맞았다. 그때마다 김시오는 파출소를 드나들었고, 아침에는 결석생들 집으로 전화를 돌리기 바빴다. 아직 우열반이 있던 때였고, 휴대전화는 일반에 많이 보급되지 않았던 시절이었다. 학교를 빠져나와 성당 옆 골목에서 담배를 피우는 게 유일한 낙이었다. 중력이 워낙 강한 곳이라 시간은 달팽이처럼 느릿느릿 흘렀고, 김시오는 학교를 그만둘 생각을 하고 있었다.

구 선생을 만난 건 며칠 동안이나 내리던 장대비가 갠 5월 어느 날 오전이었다. 비행운이 희끗하게 한두 줄 있을 뿐인 하늘, 청명한 하늘이 기억에 남아 있다. 화창해서 절망스러웠던 그날도 김시오는 성당 종탑을 올려다보며 던힐을 피우고 있었다. 풀을 뜯는 스테고사우루스처럼 느릿느릿 목을 빼고 허리를 굽혔다 폈다 하던 물체, 구 선생은 집게를 들고 꽁초나 휴지를 줍고 있었다. 나이에 비해 새치와 숱이 많은 머리, 넉넉한 카키색 면바지의 품, 목에 매달고 있던 타이슬링이 인상적인 선생이었다. 눈가의 주름이 자글자글한 구 선생은 동년배들과는 다르게 승진에 대한 욕심이 없어 보였다. 부장 자리를 하나 차지하고 있었지만, 교장의 손아귀에는 들어가지 않는 사람이었다. 김시오는 어쩔 줄 몰랐다. 자기 자리에 이미 담뱃재와 던힐 꽁초 하나가 떨어져 있었다. 구 선생은 하던 일을 멈추고 김시오 옆 조경용 바위에 걸터앉았다.

'힘들죠.'

'아, 네.'

'여기 말고 다른 학교는 다를 겁니다.'

'네. 그렇습니까.'

'믿지 않는 말투네요.'

'선생님께서도.'

'?'

'제가 선생님 말을 믿는다는 걸 믿지 않는다는.'

구 선생은 젊은 놈들은 지긋지긋하다는 표정으로 말없이 머리를 두어 번 쓸어 넘겼다. 지금은 구 선생의 그때 표정이 연민을 담고 있었던 것이라고 김시오는 생각하고 있다. 그의 손에 대가리가 쥐어진 쓰레기봉투는 이미 절반 정도가 차 있었다. 그는 환경봉사부장이었다.

'옥상에서 피우시지.'

'여기가 편합니다. 자주 나오시나요.'

'하루에 한 번 정도 나옵니다. 음, 김 선생님은 2년 차죠?'

'네.'

'이제 5월이니 몇 개월만 더 참아보시구려. 여기는 공단 점수 따느라고 죄다 교장 하수인들이 초빙으로 들어와 있어서 그런 거니까. 다른 학교보다 승진에 목맨 늙다리들은 많고, 일할 만한 중간은 없죠. 나머지는 죄다 얼띤 신규고. 아, 신규가 다 얼띠는 건 아니고, 뭐 어쨌든 여기가 굴러가는 건 신규 선생들의 힘이니까. 좀 지켜보니까 김 선생은 여기가 안 맞는 거 같아서. 그럼 다른 학교로 가야지요. 꼭 그런 건 아닙니다만, 이상한 절은 중이 떠나야 할 때도 있습디다. 세상에 절, 아주 많아요. 허허'

'다른 데는, 여기 아닌 다른 데는 진짜 더 낫습니까.'

'믿지 않았던 게 맞았군요.'

구 선생이 눈가에 자잘한 빗살무늬의 주름을 잡으며 쓸쓸하게 웃었다. 피부색과 어울리는 문양이라 마치 아주 오래전에 구워진 토기처럼 보이기도 했다.

'그거 안 뜨거워요? 불이 손가락에 닿았겠는데.'

'죄송합니다. 고맙습니다.'

김시오는 뜨거움을 갑작스럽게 느낀 것처럼 펄쩍 뛰었다. 담배를 들고 있었던 것을 깜박했던 것이었다. 그는 자신이 아무런 통증도 느낄 수 없다는 사실을 주변에 알리고 싶지 않았다. 그가 평온한 표정으로 피를 흘리며 발바닥에 못을 박고 돌아다니는 걸 본 사람들은 모두 그를 떠났다. 구 선생이 아니었다면 담뱃불은 그의 살갗을 태웠을 것이고 또 하나의 흉터를 남겼을 것이었으므로 고마운 마음은 진심이었다. 그는 얼른 발로 꽁초를 비벼 끄고 집어 들었다. 멀리서 수업이 끝나는 종소리가 들려왔다. 성당 진입로에 촘촘하게 심어진 은행나무들의 잎들이 오한

이 든 듯 파르르 떨렸다. 앙상하고 투명한 바람의 손가락들이
두 사람의 머리카락을 쓸고 넘어갔다.

'선생, 그거 딴 거 없어요. 김 선생 하는 그거, 전화. 그거면 돼.'

'네. 네?'

'애들 안 오면 왜 안 오나, 확인. 그리고 오게 하는 거.'

'네.'

'머잖아 그런 것들도 의미 없게 될 테지만……'

아이들을 학교에 오게끔 하기 위한 전화질이 의미 없게 된
것도 사실이었고, 다른 학교는 조금 나은 것도 틀리지 않았다.
무엇보다 그 모든 것이 의미 없게 된 것이 사실이 되었다. 어쩌
면 학교의 멸종은 예상보다 빨리 닥칠지도 모른다고 그는 생각
했다.

현지는 연락이 없었고, 일주일이 지나 현지 어머니는 경찰에
실종신고를 냈다. 그 사이 김시오는 교감과 교장까지 사안에 대
해 보고를 올려놓은 상태였다. 정체를 알 수 없는 USB가 교무
실 책상 위에 놓여 있었던 건, 현지의 사체가 발견된 날 오후였
다. 방비할 틈도 없이 교무실 안으로 쏟아져 들어온 경찰들과
기자들이 떼를 지어 엉켜 있었다. 부장과 여러 담임들과 학생들
의 소란이 한바탕 쓸고 지나간 후, 김시오는 아무렇게나 툭 던
져져 있던 USB를 발견했다. 현지는 관내 재개발 구역 빈 아파
트에서 목을 맨 채로 발견되었다. 이주비가 없어 마지막까지 단
지를 지키고 있던 70대 노파가 빈집을 돌며 세간살이를 모으다

발견했다고, 기사에는 단신으로 적혀 있었다.

초라한 빈소, 넋이 나간 어머니, 통곡과 아우성, 욕설. 김시오는 학생들을 데리고 조문을 갔다. 녀석은 눈물을 흘리고 있었다. 대표로 헌화를 하고 엎드려 울며 통곡했다. 김시오는 순간 조금씩 고기가 썩는 냄새가 올라오는 것을 느꼈다. 프레데터가 아닌 스캐빈저만이 맡을 수 있는 냄새.

USB에는 억울하거나 소심한 자들이 기록했던 그간의 내용들과 큰 차이가 없는 영상들이 있었다. 조잡하고 어두운, 아귀가 맞지 않아 오히려 사실적인 게르니카들. 이차방정식 근의 공식 같은 거라고 김시오는 생각했다. 답은 중요하지 않다, 핵심은 조건이다. 몇 가지 요소만 갖춰지면 답은 나오게 되어 있다.

사냥감 녀석은 현지를 중년의 하이에나 같은 놈들에게 돌렸고, 그걸 촬영했다. 뜯어 먹거나 핥아 먹거나 하이에나 같은 놈들은 대머리, 돼지 할 거 없이 현지를 머리부터 발끝까지 흡입하고 있었다. 현지는 1년 남짓 동안 40명이 넘는 놈들의 먹이가 되었고, 결국 사체가 되었다.

촬영을 확인하느라 중간 중간 돌아간 카메라 렌즈에는 반장 녀석의 빙글빙글 웃는 모습이 똑똑히 찍혀 있었다. 인간의 빛이 꺼져 있는 눈깔이 어둠 속을 도깨비불처럼 둥둥 떠다녔다. 누굴까? 돈을 충분히 받지 못한 놈이었을까. 김시오는 이 처음 경험하는 종류의 제보자를 가늠할 수 없었다.

기사는 이틀 만에 묻혔다. 뉴스는 이제는 고질인 정치권의 날

선 공방과 연예인 마약사건에 이빨을 들이댔다. 여고생의 자살 따위는 전국적으로도 흔한 일이었으니까. 학력고사 때도, 수능과 수시 시절에도 아니 그 이전부터도 학생들의 자살은 멈추지 않았다. 이쯤 되면 자살은 일종의 계절 같은 거라고 할 수도 있었다. 자살자가 마구 쏟아지는가, 적게 쏟아지는가 패턴을 만들 뿐이었다.

학교는 아이들의 죽음을 막을 수 없다. 입시제도와 학생들의 자살은 사실 아무런 관계가 없을지도 몰랐다. 좀 더 상관관계나 인과관계가 있는 요인들이 있을 것이라고 김시오는 자주 생각했다. 그런 면에서 그는 걸핏하면 피를 토하는 교육 정책 입안자들에게 심드렁했다. 그들의 절규에 응답하듯 교육에는 눈먼 돈이 창궐했고, 눈이 벌건 선생들은 눈먼 돈으로 자신들의 계좌나 배를 채웠다. 그래봤자 단위 수가 작아서 세간의 주목이나 관계 기관의 감사는 늘 피해갔다.

수색과 추격이 필요 없었으므로 사냥의 진행은 다른 케이스에 비해 훨씬 편했다. 사냥감이 전혀 사냥꾼의 정체를 눈치채지 못하고 있었다. 피 맛에 빠져 후각이 마비된 짐승은 맹수가 아니었다. 현지의 정보를 한 방울 툭 떨어트려 놓았을 뿐인데도 놈은 피 냄새를 맡은 백상아리처럼 사지로 달려왔다. 시퍼런 증오와 살의는 뜻밖에 맞닥뜨린 담임의 얼굴 앞에서 잠시 오작동을 일으켰다.

김시오의 표정은 교실에서 조례와 종례를 할 때만큼이나 평온했다. 놈은 해리성 기억상실 환자처럼 생존을 위한 반응 방법을 잊었다. 맹수끼리의 싸움에 찰나는 생사를 결정하는 순간이었다. 김시오의 비정상적으로 강한 손아귀 힘은 녀석의 목뼈를 쉽게 부러뜨렸다. 목뼈가 바스라지면서도 사냥감은 준비해왔던 송곳으로 김시오의 옆구리를 찍은 채 버텼다. 김시오는 늘 그렇듯 아무런 느낌도 느끼지 못했다. 오직 자신의 엄지와 나머지 손가락의 관절과 근육에 모든 피를 몰아넣었다. 숨이 꺼지는 순간 근육의 떨림이 모스부호처럼 전해졌을 뿐이었다. 녀석은 자신을 죽인 자의 얼굴을 보았으나 아무에게도 전하지 못한 채 사체가 되었다. USB를 입수한 지 일주일 만에 녀석은 그렇게 바롬형제원 텃밭 퇴비와 가금류 농장의 사료로 뿌려졌다. 그해 형제원의 토마토와 오리, 거위는 유독 통통하게 살이 올랐다.

사냥감이 실종되고, 학교는 한동안 더욱 시끄러웠다. 반장과 현지의 관계도 루머로 돌기 시작했고, 성매매 이야기가 수면 위로 떠올랐다. 소문은 시체 냄새처럼 질기고도 멀리 퍼져나갔다. 교육청은 법무팀을 가동해 자신들의 밥상에 대한 세상으로부터의 파상공격을 막아냈다. 심지어 현지 어머니도 죽은 자식을 한번 더 욕보이는 꼴은 두고 볼 수 없다며 성매매 이야기가 돌지 않게 해달라고 울며 애원했다. 그 울음을 등에 업고 죄지은 자들은 허위사실 유포자에 대해서는 어떠한 선처도 없이 끝까지 추적해 단호하게 처벌할 것이라고 을러댔다. 같은 바닥에서 아귀다툼을 하던 자들이 그 바닥을 지키기 위해 기꺼이 어깨를 걸고 한 팀이 되었다. 법은 정의와 피아를 구분하지 않는 방공호가 된 지 오래였다.

녀석의 어머니도 겨울방학을 앞두고 찾아왔다. 진눈깨비가 드문드문 날리는 쓸쓸한 오후였다. 때마침 부서의 선생들은 모두 점심을 먹으러 교외로 나가 있었다. 학생들이 일찍 귀가한 학교는 김시오가 가장 좋아하는 공간이었다. 그때 구 선생이 녀석의 어머니를 데리고 들어왔다. 구 선생과는 각자 다른 학교를 돌다가 두 번째 만남이었다. 녀석이 실종된 지 두 달이 다 되어 가고 있었다.

'김 선생, 민준이 어머니 찾아오셨네요.'

'네?'

어머니는 선글라스를 끼고도 그 위로 앞머리를 의도적으로 내린 모양이었다. 연배에 비해 살집이 없고 언뜻 신경질적으로 보일 만큼 메마르고 마른 몸매였다. 앙상한 손목에 헐렁하게 걸려 있는 시계의 금빛 테두리가 오후의 햇살에 금니처럼 반짝 빛나고 있었다. 그녀는 선글라스를 천천히 벗었다. 양쪽 눈이 퍼렇게 멍이 들어 있었다. 옅은 빛이 도는 게 며칠이 지나 멍 자국이 서서히 빠지기 시작하는 모양이었다. 김시오는 그녀의 멍 자국에서 시선을 돌리지 않았다.

그녀는 학교 측에서 아들을 찾는 데 아무런 노력을 하고 있지 않다며 또 다른 눈물을 흘렸다. 김시오는 무심하게 티슈를 몇 장 뽑아서 건네주었다. 그녀는 그 후로도 한동안 자신의 신세를 한탄하다가 돌아갔다. 자식이 그렇게 된 것이 그녀의 잘못은 아니라는 걸 끈질기게 변명하는 듯 보였다. 김시오에게 그녀의 말과 행동은 어딘가 먼 북쪽 나라의 눈보라 같이 느껴졌다.

녀석의 어머니가 돌아간 후 교무실 창가 쪽 자리에 앉아 있던 구 선생이 다가왔다.

'USB는 봤나? 신규가 다 얼띤 건 아니니까. 김 선생이라면 해결을 볼 거라고 생각했지.'

김시오는 잠시 구 선생을 말없이 쳐다보고만 있었다. 갑작스럽게 대낮 길바닥 위에 던져진 수리부엉이처럼 눈이 먼 것만 같았다.

'처음부터 사냥꾼 냄새가 났어. 조부께서 왜정 때 유명한 엽사셨어. 내가 직접 본 적은 없는데, 범이나 표범 토벌대와 찍은 기념사진만은 자주 보여주셨지. 엽사 생활을 은퇴하시고 할아버지가 내 어린 시절 많이 놀아주셨어. 업어주기도 많이 하셨고. 할아버지 목덜미에서 나던 그 냄새, 흐릿하지만 짐승의 피 냄새. 할아버지가 돌아가시고도 한참이 지나 다 잊은 줄 알았는데, 그게 김 선생에게서 나더라고.'

'전혀 몰랐군요. 제 몸에서 그런 냄새가 나는 줄은.'

두 사람은 모처럼 옥상으로 올라가 담배를 피워 물었다. 그날 김시오는 토끼풀이 늑대의 냄새를 맡을 수 있다는 사실을 알게 되었다. 늑대님, 늑대님 도와주세요. 양들이 또 우리를 물어뜯으러 몰려와요.

김시오는 감색 정장을 챙겨 입고 거울 앞에 섰다. 넥타이는 하지 않기로 했다. 여섯 번째 학교였다. 새 학교로의 출근, 이번 학교는 도시 외곽에 자리 잡은 인문계 일반고였다. 대학 진학률은 낮았지만 어쨌거나 관내에서 학교 폭력이 없고 학생들이 온순하기로 평이 좋은 곳이었다. 괴물을 만나지 않는다면 좋은 일이겠지. 사냥감을 직장에서만 잡는다는 원칙도 없었다. 어디서든 눈에 띄면 잡아 없앤다가 그의 원칙이었다. 물론 쉬고 싶은 마음이 아예 없는 것도 아니었다. 무엇보다도 이젠 다른 방법으로 사냥을 해야 했다. 아주 거대한 짐승을 잡아서 가죽을 벗겨야 했다. 피가 뚝뚝 떨어지는 짐승의 가죽을 어설픈 맹수들에게 본보기로 보여줄 작정이었다. 전화벨이 울렸다. 아침 전화는 거의가 형제원이었다. 안 집사였다.

　　"어제, 밭갈이가 끝났습니다. 파종은 다음 주 정도로 잡고 있습니다."

　　"고생하셨습니다. 형제분들에게 감사를 꼭 표해주세요. 기도관 쪽 텃밭은 좀 어떤가요?"

　　"늘 그렇듯 작황이 아주 좋습니다. 여기 감자야 워낙 평이 좋으니까요."

　　"독거노인 나눔 행사가 이번 주였던가요. 하우스 작업도 같이 진행되는 건지요."

　　"네, 미디어 몇 군데와 시장도 참석하기로 했습니다. 이번에도 본관 강당까지만 공개하기로 했습니다. 하우스 작업까지는 신경 안 쓰셔도 됩니다."

"잘됐군요. 그럼 주말에 뵙겠습니다, 집사님."

"아, 원장님. 그리고 하나 더. 보셨는지는 모르겠습니다만 터지는 속도가 좀 빨라졌습니다."

"?"

"기사단 쪽에 연락을 취해볼까요."

"당분간은 그냥 두고 보시죠. 죄인들을 지옥으로 보내는 게 하나둘 빨라진다고 해서 나쁠 건 없으니까요. 아직까지는 괜찮지 않겠습니까. 어리석은 자들은 자기 팔이 떨어져 나가야 울기 시작하겠지요."

"네, 알겠습니다. 이건 다른 이야기입니다만, 원장님을 뵙고 싶어 하는 신도들이 그새 또 많이 늘었습니다. 홈페이지 게시판에도, 형제원으로 도착한 편지도 많이 쌓여 있습니다."

"좋은 징조군요. 올해는 좀 더 많은 죄인들을 사라지게 할 수 있겠어요. 여러 사람들의 입은 쇠도 녹이니까요. 그래, 회사 쪽 주가는 좀 어떻습니까."

"지난주까지 조금 빠지다가 현재는 강보합입니다. 외국인 투자자들의 매수세가 무서우니 당분간은 오르지 않을까 생각합니다. 아, 그리고 이번 주 금요일 MBS 프로틴에 우리 쪽 닥터가 출연할 예정입니다. 체중 감량에 대해서 약을 좀 더 칠까 합니다. 아무래도 지상파만 한 게 없으니."

"좋습니다. 그쪽이야 안 집사님께서 알아서 잘하시겠지요. 닥터 윤이 나가나요?"

"아 네, 직접 나가시겠다고 소장님께서."

"어쩔 수 없지요, 제가 만나 얘기를 한번 해보겠습니다. 그럼."

안 집사는 김시오가 전화 끊기를 기다렸다가 수화기를 내려놓았다.

김시오는 현관에서 구두를 신다가 돌아와 주방으로 들어갔다. 냉장고에서 지난 밤 삶아놓은 감자를 꺼내 한입 베어 물었다. 형제원의 감자는 씨알이 굵었지만 조금만 삶아도 앞니가 깊숙이 박힐 만큼 속이 부드러웠다. 푹신하고 차가운 달콤함에 김시오는 졸음에 가까운 안도감이 느껴졌다. 약이 돌아 촉각과 미각이 전체적으로 평균 수준까지 올라온 모양이었다. 김시오는 구두를 꿰어 신고 집을 나섰다. 현관문이 등 뒤로 닫히기 전 뒤꿈치를 탁탁 쳐서 미처 들어가지 못한 발을 마저 집어넣었다.

박 형사

서로 돌아오는 길에 박 형사는 내내 말이 없었다. 김 순경은 박 형사가 복기 중이라는 것을 눈치채고 핸들에 붙은 버튼을 눌러 라디오의 볼륨을 줄였다. 과속방지턱과 횡단보도 앞에서도 최대한 브레이크를 부드럽게 밟았다. 팔짱을 긴 채 창밖을 바라보는 박 형사의 눈가에 미세한 경련이 이는 것도 같았다.

"왜, 하고 싶은 말이라도 있어. 뭐라도 좋으니까 얘기를 좀 해 봐. 김 순경 말소리가 들리면 오히려 머리가 잘 돌아가니까. 배경음악 같아서 아주 좋아."

박 형사는 고개를 조수석 오른쪽 창밖으로 완전히 돌렸지만 다정함이 묻어나는 목소리로 말했다. 기다렸다는 듯 김 순경은 박 형사의 말소리 끝을 넘겨받았다.

"아, 역시 학교가 좋긴 좋아요, 아이들이 까졌다 뭐 했다 해도 범죄자들보다 몇 천 배는 귀여우니까요. 하긴 노량진에서 공부할 때, 경찰 준비하는 애들이랑 임용시험 준비하는 애들 얼굴이 처음에는 다 거기서 거기거든요. 뭐, 9급 준비하는 쪽도 마찬가지구요. (잘 모르시죠? 날로 경찰 되는 시절에 들어오셨으니까요.)"

김 순경은 노량진 주택가 골목에서 고시생들과 담배를 피우며 늙은 경찰들을 조롱하며 낄낄댔던 말이 튀어나올까 봐 마지막 문장을 내뱉기 직전 황급히 입을 다물었다.

"그게 그냥 다들 루저의 얼굴이에요. 한마디로 썩었죠. 그거 아세요. 죽어가는 사람들은 서로의 냄새를 귀신같이 알거든요. 그래서 컵밥이 좀 튀어도 자기들끼리는 그냥 넘어가는 거죠. 좀비가 좀비를 챙긴다, 그런 거. 아무튼 그땐 그런데, 아까 그 젊은 남자 선생 있잖아요. 저랑 나이는 비슷할 거 같은데. 그죠? 근데 보세요. 저랑 때깔 자체가 다르잖아요. 햇빛 안 보고 지내지, 애들 말 잘 듣지. 애새끼들 소리 한 번만 쳐도 질질 쌀 텐데. 저도 그쪽으로 갈 걸 그랬어요. 전 다시 송장됐거든요."

김 순경은 룸미러를 향해 간간히 턱을 치켜 보며 부산을 떨었다. 진짜 송장이 아닌 자만이 지을 수 있는 미소가 얼굴 가득 번져 있었다. 차내 공기가 다소 들뜨는 느낌이었다. 말을 시켰던 박 형사는 아무런 답을 하지 않았다. 아예 김 순경 말은 들리지 않는 듯했다. 김 순경이 참았던 말들을 더 늘어놓는 사이 박 형사는 교감이 했던 몇 가지 말들을 곱씹고 있었다.

'민주는 고아나 마찬가지였어요. 외가 쪽으로 부유한 삼촌만 하나 있다고 했는데, 학교 관련한 일은 그쪽에서 다 해결해주었죠. 수행비서라는 사람을 보내서 행정 업무부터 모든 걸 처리했어요. 육성회비나 학비가 밀린 적도 없고, 옷차림도 깔끔했고, 학교 후원금까지 흔쾌히 내놓았죠. 흔치 않은 케이스라서 지금도 정확히 기억을 하고 있죠.'

'고아였다는 말씀은.'

'네, 사고가 좀 있었다고. 그건 저도 전해들은 이야기입니다만, 민주 1학년 때 집에 큰 불이 났답니다. 양친은 그때 다 돌아가시고. 꽤 컸던 사건이라 당시에는 지역 신문에 실리기도 했었죠. 저도 그 불이 민주네 일인지는 나중에 알았습니다.'

'여기 생활기록부를 보면 김민주 학생 부친의 직업란에 사업이라고 되어 있는데 혹시 무슨 일이었는지는 기억나십니까.'

'그 부분은 저도 잘……. 민주 어머니만 몇 차례 학교에 온 걸본 적이 있어요. 지역 내 다른 사람들과 달리 기품이 있었달까요. 전교 교실에 어항이며 시계, 자잘한 아이들 학용품들까지도기증해주셨죠. 그런 게 필요하기도 했고 또 가능했던 시기였으니까요. 저희들 입장에서는 무척 고마웠습니다.'

교감은 자신의 평교사 시절을 기억해내는 게 멋쩍었던지 얼굴의 웃음기를 슬쩍 지우고 있었다. 등 뒤로 손을 감춘 채 어느가면을 얼굴 위에 덮어야 할지 계산기를 두드리고 있는 것처럼도 보였다.

'박 경위님, 민주는 범죄 같은 걸 저지를 아이가 절대 아닙니다.'

교감은 대화 내내 보이지 않던 단호한 말투로 말을 끝맺었다.

그러는 사이 차는 서 내로 진입했다. 의무경찰이 비옷을 껴입고 경례를 올려붙이며 유리창에 붙은 비표를 체크했다. 신분 확인이 끝나자 황급히 달려가 민원실 뒤쪽 직원용 주차장 앞을 막아 놓은 라바콘을 치워주었다. 김 순경은 유리창을 내리고 손을 들어 고마움을 표했다.

"김 순경님, 저쪽으로는 안 가시는 게 좋습니다."

빗소리와 서 내를 오가는 다른 차량의 엔진 소리들을 감안해서인지 의경은 목청껏 소리를 질렀다.

"왜?"

덩달아 김 순경의 목소리도 치솟았다.

"지금 아주 난립니다. 뉴스 못 보셨습니까?"

시동이 채 꺼지지도 않았는데, 차가 멈추는 기미가 보이자 박 형사는 조수석 문을 열고 훌쩍 뛰어 내렸다. 2003년식 무소가 오래 앓은 폐병 환자의 기침 소리를 내며 갸릉거리고 있었다. 브레이크를 밟아 정차하고 있을 때에는 가끔씩 몸체 전체가 터질 듯 부들부들 떨렸다.

"차 좀 바꿔라, 관용차 신청해서 타든지. 노후 경유차는 이제 민폐라고. 이제 환경도 생각해야지."

과장이 지나가면서 늙은 차의 지붕을 두어 번 두드리며 이야기하면 박 형사는 묵묵히 듣고만 있을 뿐 대꾸하지 않곤 하였다.

"너도 우리 조직에서는 민폐야. 이제 조직도 생각해야지."

최 과장은 농담처럼 평온하게 사직을 강요하고 있는지도 모르는 일이라고 박 형사는 생각하고 있었다. 불쾌하지는 않았다. 드러내지 않는 진심 때문에 피가 끓을 나이가 한참 전에 지났다는 것쯤은 박 형사도 알고 있었다. 그래도 은주는 처음 무소를 탔을 때 해바라기처럼 환하게 웃었다.

'와아, 높다. 내려다보는 느낌이 아주 좋은데.'

'거 봐라 은주야. 웃으니까 얼마나 예쁘니.'

은주는 하루 밤 내린 봄비에 금세 목이 꺾인 목련처럼 차갑게 무표정해졌다.

'웃는 모습이 흉하지? 아빠, 나 누구 닮은 거야. 진짜 너무 못생겼어.'

'무슨 소리야. 우리 은주가 세상에서 제일 예쁘지.'

박 형사는 자신을 서늘하게 노려보는 은주의 눈을 흠칫 놀라 피했다.

차 지붕 위로 껑충한 반백의 경위가 희끗한 머리를 보이자 의무경찰은 큰 소리로 경례를 올려붙였다. 의경에게는 박 형사의 얼굴이 낯익었다. 민원실 옆에서 자판기 커피를 뽑아 마실 때면 늘 한 잔을 더 뽑아 자신에게 건네주던 형사였다. 아버지뻘인 그에게서는 종이컵 속 커피의 온도만큼이나 따뜻함이 느껴졌다.

"김 순경은 차 대고 필요한 일 봐, 나 먼저 들어갈게."

박 형사는 건물 처마 밑에서 입모양을 크게 해서 외쳤다.

"일기예보가 결국에 맞긴 맞는단 말이야. 비가 온다고 하면 기어이 와요. 그렇지?"

박 형사는 철문을 열다 말고 의경에게 알은 체를 하곤 곧장 성큼성큼 걸어갔다. 드물게 차분하고 예의바른 의경이었다. 박 형사는 은주와 나이가 비슷할 의경에게 감정적으로 따뜻함을 느끼곤 했지만, 애써 거리를 유지하고 있었다. 오래 가지 못할 인연에 일정한 거리를 두고 산 지도 벌써 꽤 많은 시간이 흘렀다. 커피를 건네는 것 정도가 할 수 있는 최대한의 호의였다. 건물 서편으로 민원실과 연결된 회랑을 지나 사람 한 명이 겨우 드나들 수 있는 쪽문은 서에서도 오래 근무한 사람들만 잘 아는 길이었다. 박 형사는 부서로 이동하는 최단 거리를 생각하며 복도의 구획을 나눈 중문들을 열었다. 낯익은 얼굴들 몇이 경례를 하며 몸을 비켜 지나쳤다. 의경이 말한 대로 복도 멀리 중앙 로비에 한 무더기의 사람들이 몰려 엉켜 있었다. 정어리 떼로 가득 차 터지기 직전인 어망처럼 보였다. 플래시가 터지고 물음과 욕설이 뒤섞인 고함이 복도 안에 웅웅 울렸다. 그는 2층으로 통하는 계단을 올라가서 바로 건물 중앙 쪽으로 방향을 틀어 조사실 몇 군데를 지나 사무실 문 앞에 섰다. 삼중 통유리에 디지털 도어록이 붙어 있었다. 박 형사는 몇 년 전부터 생긴 이 문이 영 마음에 들지 않았다. 누군가로부터 경찰과 그 정보를 지키는 것이 아니라, 경찰들을 양 떼처럼 관리하는 거라는 생각이 들었다. 불과 10여 년 전만 해도 간단한 목책만 둘러 두어도 쉽

사리 외부인이 넘볼 수 없는 곳이 경찰서였다. 기자고, 정치인이고, 국회의원이고, 변호사고 간에 경찰서 안을 자유롭게 드나들 수는 있었지만, 무언가 건드리지 못하는 결계와 같은 선이 있었다. 통제와 순응이 사육으로 바뀌는 느낌이었다. 박 형사는 머리를 잠깐 흔들고 번호를 눌렀다. 문은 쉽게 전자음을 내며 열렸다. 문을 열고 들어서는 사이 중국음식 배달원이 재빠르게 그의 뒤를 따라 들어왔다.

"감사합니다."

박 형사가 뭐라 할 새도 없이 배달원은 오토바이를 타고 들어오기라도 한 듯 조사실을 향해 빠르게 달려갔다.

2층은 지능, 경제범죄수사, 여성청소년부가 파티션을 사이에 두고 여러 구획으로 나눠져 있었다. 사무실에는 남아 있는 인원이 별로 없었다. 전화를 받고 있는 공익요원이나, 무기 계약직 행정 실무사, 퇴직을 앞둔 고참 형사 몇이 늙은 수사자들처럼 의자를 젖히고 모니터를 보고 있었다. 눈을 마주친 경제수사 2부 부장이 자세를 고쳐 앉아 목례를 했다. 서장은 서 내 사무실의 이러한 모습을 가장 타박하곤 했다.

'아주 잘하는 짓들이다. 뉴스에 한 번씩 나가서 망신을 당해봐야 정신 차리지, 이게 동사무소지 경찰서냐. 다 어디들 갔어. 거긴 똑바로 앉아서 근무 안 해.'

박 형사는 인사차 손짓만 해두고 자신의 자리로 가다가 다시 2부장인 차 경위에게로 다가갔다.

"한가하네."

"여기만 그렇죠, 아래는 아주 난리예요."

"?"

"올라오면서 못 보셨어요?"

차 형사는 번거롭다는 표정을 애써 지우며 의자 위로 양반다리를 한 채 보고 있는 화면 창을 내렸다. 붉은색과 파란색 그래프가 복잡하게 얽혀 있던 표가 순식간에 시야에서 접혀 사라졌다. 그 자리는 좌우로 느릿느릿 헤엄치는 금붕어 두 마리로 채워졌다. 서 내 인터넷 망으로 금지시킨 지는 꽤 되었을 텐데, 차 형사는 용케도 우회하는 방법을 사용하고 있었다. 그는 세상이 변화하는 속도를 잘 따라잡고 있었다.

"관내에 테러 같은 게 일어난 모양입니다."

"테러면 테러지, 테러 같은 거라니."

"왜, 한 달 전쯤부터 터지는 거 있잖습니까."

"폭사라고 했었나. 그게 아직도 해결이 안 되고 있는 건가."

차 형사는 다리를 내리고 의자를 끌며 박 형사에게 다가왔다. 들을 사람도 없는 사무실이지만, 기자들이 심어놓은 유무형의 도청기들을 조심하는 건 형사들의 습성 같은 것이기도 했다.

"이게 손에 들어오지가 않는답니다. 강력계 전부가 들러붙은 모양인데 진척이 없나 봐요. 광수대 투입 이야기도 나오고, 포탈도 기자들도 최대한 틀어막고 있기는 한데, 세상이 어떤 세상입니까. 지금 온라인상에는 난리예요. 백주 대낮에 그것도 사람이 생으로 터진다는 게."

차 형사는 고개를 절레절레 흔들며 의자를 자기 책상 앞으로
물려갔다. 차 형사의 날숨에서 숙취의 자취와 음식물이 소화 효
소와 섞여 내보내는 냄새가 풍겨왔다.

"아, 솔직히 시체를 잘 그러모으기도 쉽지가 않대요. 일단 테
러로 보고 있다고 합니다. 애들 쪽은 그래도 한 발 떨어져 있어
서 좀 편하시지요. 허허허."

박 형사를 경계했던 것이 아니었던 듯, 주식 중계 프로그램
창을 다시 띄우며 차 형사는 크게 믿지도 놀라지도 않는 어투로
말을 맺었다. 아직 언제 어디서든 터질 수 있는 불특정 다수에
자신을 포함시키진 않는 모양이었다. 비극적인 사건이 자신만
은 피해갈 거라고 굳게 믿고 있는 흔하디흔한 사피엔스가 행복
하게 앉아 있었다.

박 형사는 자리에 외투를 걸어두고 바로 1층 로비가 내려다
보이는 2층 중앙 난간께로 나가보았다. 사람들이 피아 구분 없
이 구더기처럼 들끓고 있었다. 사람을 터뜨린다. 박 형사는 퇴직
이 다가올수록 슬픔이나 회한보다는 일종의 안도감이 들었다.
자신이 알 수도 없는 범죄들이 점점 늘어나는 것이 두려웠기 때
문이다. 연쇄 살인에, 영아 살인, 부모가 자식을 죽이고 자식이
부모를 암매장하는 세상을 감당하기가 어려웠다. 선이 없는 짓
거리들을 논리적으로 이해할 수가 없었고 사건과 사건 사이의
인과를 더 이상 연결시킬 수도 없었다. 그에 비하면 김 순경은

전혀 다른 세대의 경찰인 듯했다. 그는 고작 3년차였지만 살인도 강간도 방화도 연쇄도 치정도 사기도 납치도 유괴도 그 어떤 범죄도 다 알고 있는 베테랑 같은 표정을 짓곤 했다.

'에이, 선배님도. 요즘 세상에 말 안 되는 게 어디 있습니까. 사지 멀쩡히 움직일 수 있는 놈들은 전부 다 용의 선상에 둬야 한다니까요. 이게 요즘 유행이긴 한가 봅니다. 헤어지자고 하면 자기 전 여친 때려죽이는 게. 에휴, 나같이 순박한 놈이나 만나지. 안전만은 보장하는 데 말이죠.'

시 외곽 지역 야산에서 진행된 현장 검증에 파견 나가 범행을 묵묵히 재현하는 20대 피의자를 내려다보며 김 순경은 이야기했다. 사지가 멀쩡하면 모두 용의자라. 박 형사는 은단 몇 알을 입에 털어 넣으며 포토라인 너머로 모인 기자들과 마을 주민들을 쳐다보았다. 보름쯤 전 일이고, 모두가 폭사 건에 몰려나가 일종의 지원 형식으로 현장 검증에 나가 질서 지도를 해야 했다. 양팔을 포승으로 결박하고 후드를 덮어쓴 갓 스물을 넘긴 피의자는 형사들의 부축을 받아 무릎을 꿇고 마네킹의 머리를 마분지로 만든 망치로 두드리고 있었다.

유행. 김 순경은 범죄의 잔혹함을 유행이라고 했다. 은주도 유행의 한 케이스로 죽은 것이었던가. 박 형사는 가끔 현기증이 일었다.

자신이 경찰에 처음 발을 들여 놓았을 때 주어졌던 무기들. 수갑, 가스총, 진압봉, 그리고 리볼버. 그것들은 크게 변한 게 없다. 그 30년 사이 범죄자들은 급격한 진화라도 일으킨 것 마냥 미친 짓을 일삼았다. 나이는 점점 어려지고 있었다. 그렇지만 테러에 대해서는 또 달랐다. 불특정 개인을 터뜨리면서 아무런 메시지도 내놓고 있지 않았다. 자세한 수사는 따로 수사팀들이 하고 있겠지만, 담당인 조 반장에게 슬쩍 물어보기나 해야겠다는 생각을 하고 있었던 터였다.

한 달 사이 그로서도 끈을 놓으면 안 되는 사건이 있었다. 한 달 전 청소년 계로 줄줄이 포승에 묶여 들어온 스무 살 놈들. 그 중 한 놈이 갓 승진한 한 경사가 의자에 걸어 놓고 간 점퍼 안에서 총을 꺼내 난리를 부렸다.

탕.

녀석은 안전장치를 풀 줄 알았다. 첫발은 공포탄. 그때, 박 형사는 조사실 안에서 설렁탕을 먹고 있었다. 통유리 밖으로 보이던 권총을 든 스무 살, 피골이 상접할 만큼 마른 청년을 그는 단박에 알아보았다. 어쨌거나, 적극적으로 나설 수는 없었다. 젊은 개는 젊은 개로 잡아야 한다. 서장이 된 김 선배가 오갈 때마다 박 형사에게 위로 겸 안부 겸 건네던 말이었다.

'나서지 마. 이제 몸 사렸다가 퇴직해야지. 제수씨랑 남은 생도 생각해봐야 할 테고. 은혁이 장가도 보내야 하고. 젊은 놈들 일은 젊은 놈들끼리, 알았지? 명심하라고.'

김 선배는 은주의 장례 기간 내내 빈소를 지켰다. 가해자 세 명을 불기소 처분을 내리려고 했던 검사에게 명패를 집어 던졌던 장면이 지금도 눈에 선했다. 여성청소년계라는 한직으로 옮기겠다고 했을 때에도 그는 박 형사의 두툼한 손을 한번 잡았을 뿐, 별다른 말이 없었다. 그렇게 15년 함께 생활했던 김 선배와의 강력계 형사 생활은 끝났다. 상황은 젊은 형사들이 해결할 것이었지만 솔직히 박 형사는 총기가 무섭기도 했다. 은주는 도대체 어떻게 리볼버의 방아쇠를 당겼던 것일까.

그날 낮 은주의 손은 박 형사가 20년이나 정성을 다해 기름칠하며 관리했던 리볼버를 쥐고 있었다. 흰 얼굴 뒤로 붉은 피가 웅덩이를 이루고 있었다. 기자들은 박 형사를 물고 뜯었다. 그날 속옷을 갈아입으러 집에 가지 않았다면, 전날 과음으로 인해 배탈이 나지 않았다면, 탄띠를 메고 변기에 앉았다면, 변기 위에서 쓸데없이 오래 앉아 있지 않았다면, 은주의 담임이 그 시간에 조퇴를 시켜주지 않았다면, 은주가 제 방에 있었다는 걸 알았다면. 박 형사는 빠져나올 수 없는 늪으로 가라앉아야만 했다. 부력과 중력이 교체되는 심해의 경계를 통과한 박 형사는 세계의 바닥을 향해 추락했다.

언론은 은주의 손에 총이 쥐어지기까지의 시간과 과정에 대해서는 침묵했다. 그럼에도 박 형사는 법질서와 검경의 조직과 자존심을 믿었다. 자신이 평생을 몸담고 있던 조직에서 어떤 식으로든 가해자들을 징벌할 것이라고 굳게 믿었다. 대법원 최종 판결에서 집행유예가 확정되었을 때, 아내가 허수아비처럼 쓰러졌다. 법원 경위의 고함 소리, 청중들의 아우성, 기자들의 카메라 플래시 불빛들, 가해자들과 변호인들의 환호성. 고막 너머에서부터 들려오던 이명. 이 세계에 끈끈하게 들러붙어 느리게만 흘러가던 시간을 떠올릴 때마다 박 형사는 눈을 질끈 감고 그 기억이 지나가기만을 기다렸다.

박 형사는 총을 들고 부들부들 떨고 있던 스무 살 청년에게 다가갔다. 젊은 놈들 일을 젊은 놈들에게만 맡겨놓았다간 다 작살이 날거야. 김 선배에게 했던 퉁명스런 대꾸를 혼자 중얼거리며 박 형사는 숟가락을 뚝배기에 담가놓고 일어났다.

박 형사는 그 청년을 알고 있었다. 다섯 부서가 함께 쓰는 정방형 사무실의 정중앙, 미로 속에서 출구를 찾지 못해 부들부들 떨고 있는 실험실용 쥐에게로 다가갔다. 글썽이는 눈물 속으로 눈동자가 미친 듯이 흔들리고 있었다. 살인마는 눈동자가 흔들리지 않는다. 박 형사는 총이 무서웠지만, 청년이 쥐고 있는 리볼버는 빈 탄창이었다. 쏘는 자뿐이 아니라 노련한 타깃도 총알이 얼마나 남아 있는지 알 수 있는 게 리볼버였다.

"뭐, 뭐야, 넌. 씨발. 다 죽어. 오지 마."

눈이 새빨갛게 달아오른 어린놈은 사위를 제대로 식별하지 못했다. 그대로 두면 과호흡에 이어 섬망 현상까지 도달할 것이 뻔했다. 그 끝을 박 형사는 보고 싶지 않았다.

"준호야."

"뭐, 너 뭐야 씨발."

"준호야 총 내려놓자. 나다, 은주 아빠."

"아, 아저씨? 아저씨."

"내려놔. 그럼 저 형광등 값만 물어주면 된다, 아직은. 천천히, 천천히."

준호는 말없이 총을 탁자 위에 내려놓았다. 하이에나처럼 사냥감을 포위하고 있던 젊은 놈들이 달려들어 단숨에 준호의 팔을 꺾고 머리를 짓눌렀다.

"거기까지만 해. 다 끝난 건데. 그 총 한 경사 거 아니야? 총기를 의자에 걸어두고 나갔다가 이 사단이 났다고 하면 기자들이 퍽이나 좋아하겠어."

젊은 놈들의 기세가 조금 수그러들었다. 고개를 든 준호는 여전히 울고 있었다. 어떻게 할까요. 젊은 놈들의 여러 눈알들이 묻고 있었다. 아직 제 코도 닦지 못하는 놈들에게 뭘 맡긴다는 말인지, 박 형사는 김 선배의 순진한 생각이 기가 막혔다. 같이 끌려온 일당은 이미 유치장에 들어가 있었다. 투우 경기를 지켜보듯 창살을 붙들고 눈을 희번덕거리며 환호성을 질러댔다. 과거가 엉망이었고, 현재가 그 모양이었으며 앞으로도 크게 나아지지 않을 인생들이 제멋대로 소리를 지르고 있었다.

"내가 아는 녀석이야. 나 밥 먹는 동안만 잠깐 이야기 좀 하고 집어넣을게. 넌 이리 따라오고."

젊은 형사들은 꾸벅 인사를 하고, 뒤늦게 손을 씻고 들어 온 한 경사는 무슨 일이냐며 허둥대다가 자신의 책상 위에 총이 올려져 있는 것을 보고 기겁을 하며 주저 앉았다.

"공포탄 하나 나갔어. 채워 넣고, 알아서 정리해둬. 아, 형광등도 하나. 총기 관리 부실에 대한 징계로 그 정도는 해야겠지. 저것도 처리해야 할 거야."

박 형사는 사무실 중앙을 비추고 있는 CCTV를 가리키고는 준호의 등을 한 번 툭 치며 마치 양을 몰 듯 취조실로 이끌었다.

"어쩐 일이냐."

박 형사는 반 정도 뜬 설렁탕 뚝배기를 쟁반 위에 담아 한쪽으로 치웠다. 그새 소면 가락과 밥알들이 국물을 빨아들여 거머리처럼 퉁퉁 불어 있었다. 비위가 상한 박 형사는 날짜 지난 신문을 대충 접어 식기들을 덮었다.

"얘기 안 할 거야."

"그냥, 싸움 좀 했어요."

박 형사는 준호의 눈 밑이 찢어져 있는 것을 슬쩍 쳐다보았다. 누렇게 뜬 얼굴엔 희미한 흉터들이 수두 자국처럼 박혀 있었다. 미칠 듯이 요동치는 자신의 손을 통제하기 위해 박 형사는 깍지를 끼고 탁자 위에 가만히 내려놓았다.

"대낮부터? 너희 녀석들은 아직도 그러고 다니는구나. 군대도 다녀왔을 텐데."

"죄송합니다."

"……."

"죄송합니다, 아저씨."

준호는 갑작스럽게 두 손에 얼굴을 파묻고 눈물을 흘렸다. 양쪽 견갑골이 툭 튀어나온 앙상한 어깨가 거칠게 들썩거렸다. 거대한 빙산 한 구역이 무너져 내리듯 책상 위로 엎어져 끅끅거리기 시작했다. 박 형사는 눈을 감았다. 눈꺼풀이 의지와 상관없이 파르르 떨렸다.

"아직도 계실지는 몰랐어요. 죄송합니다."

박 형사는 한쪽에 불청객처럼 찌그러져 있던 티슈를 밀어주었다. 준호는 열여섯이던 시절과 똑같이 짧은 머리를 하고 있었다. 샛노란 머리를 하고 다니던 학생. 은주를 중학교 1학년 때부터 좋아했다던 아이. 은주를 지켜주지 못해 미안해했던 아이. 끝내 증인 진술을 하러 나타나지 않았던 아이. 낡은 빌라 반지하 투룸에서 할머니와 일용직 아버지와 살던 아이. 재판 후 먼 신도시로 집을 사서 떠났던 아이. 박 형사는 꼬리에 꼬리를 무는 과거의 기억을 끊어내기 위해 깍지 꼈던 손을 풀어 얼굴을 문질렀다. 버석버석한 소리들이 모래처럼 취조실 아래로 떨어지고 있었다.

박 형사는 사무실 자리로 돌아와 노트북을 부팅시켜 놓고, 탕비실로 가서 적당히 식은 커피를 종이컵에 가득 담아서 돌아왔다. 외근 중에 들어온 메시지들이 경쾌한 신호음을 내며 잇달아 화면에 터지고 있었다. 시간 순서대로 지층처럼 쌓여가는 메시지들.

아이콘이 거의 없는 박 형사의 바탕화면은 달의 뒷면으로 꽉 채워져 있었다. 화면 모퉁이와 달의 호가 만드는 이격만이 검게 보일 뿐, 화면 전체는 마치 진짜 태양 빛을 받아 빛나는 것처럼 환했다. 작은 글씨로 평원과 분지 곳곳의 지명이 표시되어 있는 달 뒷면의 전경. 박 형사는 숨을 한 번 크게 들이마셨다가 내뱉었다. 마치 귀환선에 홀로 남아 닐과 버즈가 돌아오기만을 기다리며 달의 궤도를 돌던 마이클 콜린즈처럼. 박 형사는 천천히 도장을 찍듯 메시지를 하나하나 읽으며 지워나갔다. 관내 행사에서부터 각종 지침과 시행령 공문, 보도자료, 관내 학교 방문 일정, 학교폭력선도위원회 의뢰 건에서부터 저녁에 술 한잔 어떠냐는 민원실 정 경위의 개인적인 메시지까지 클릭 한 번으로 화면에서 사라졌다. 최대한 등받이에 몸을 기대고 식은 커피를 홀짝이며 마우스를 클릭하고 있을 때, 눈에 띄는 공문을 하나 열었다. 하반기 명예퇴직 희망 경찰공무원 관련 공문이었다. 20년 이상 근속에 남은 근무 연수가 1년 이상 남아 있는 자가 대상이었다. 박 형사는 내후년 9월이 정년이었다.

"어떻게, 읽어 봤어?"

언제 다가왔는지 박 형사의 어깨를 슬쩍 짚으며 조 반장이 말을 걸었다. 나이는 박 형사보다 두 살 아래지만, 임관과 승진이 빨랐다. 자주 만나는 사이는 아니었지만, 강력계 생활을 할 때는 가끔 파트너가 되기도 했다. 세월이 흘러 날렵했던 민완 형사는 어느덧 머리가 벗겨진 배불뚝이 반장이 되어 있었다. 가슴과 어깨를 연결하는 가죽 탄띠가 그의 심장을 조이는 것처럼 보여 박 형사는 얼른 눈을 돌렸다. 형광등에 그의 은빛 38구경 스미스

앤 웨슨 총구가 번쩍거렸다.

"방금."

"생각 있지? 1년치 연봉 300프론가 더 준다는데. 위로금에다가. 또 몇 년 있으면 연금 개악할 거고. 그전에 바짝 땡겨서 나가는 게 이득이잖아."

"조 반장은 생각 없고? 호봉은 진즉에 다 찼을 거 아니야."

조 반장은 아예 옆 자리 김 순경의 의자를 끌어다 앉았다. 가벼운 몸만 상대하다가 100킬로그램을 웃도는 무게가 올라타자 의자의 이음새마다 삐걱거리는 소리가 새어 나왔다. 조 반장은 습관처럼 한쪽 손의 손톱을 물어뜯었고, 다른 한 손은 부팅도 안 된 김 순경의 노트북 마우스를 이리저리 돌려보며 무의미한 클릭질을 반복했다.

"난 막내가 작년에 대학 갔잖아. 둘째도 시집보내야 하고. 그리고 막내 놈이 예술한댄다, 예술. 부모 엿 먹이려면 게이가 되든 예술을 하든 하래잖아. 아무래도 정년까지 가야겠어. 이럴 땐 또 아버지가 고맙기도 해. 출생 신고를 늦게 해서 내가 남들보다 한 3년 더 할 수 있으니까. 자넨 이제 쉬어도 될 거야. 고생했으니까, 누구보다."

"그래."

"미안하네, 쓸 데 없이. 은혁이 색시는 있대?"

"모르지. 독립해서 나간 다음엔 집에 잘 안 와. 은주 엄마 혼자 집 지키고 있는 거지."

"그래?"

"그래."

"내 정신 좀 보게. 자네한테 의논할 일이 있어 온 거였는데. 잠깐 좀 같이 가자고. 여긴 그래도 널널하지?"

"널널은 무슨. 나도 지금 해결 봐야 할 일이 한둘이 아니야 이 사람아. 아래 쪽 일? 그렇다면 들어보고."

"응. 아래 쪽 일이야. 그것도 아주 큰 아래 쪽 일."

김 순경

     학교폭력대책위원회는 1층 회의실에서 열렸다. 도시 외곽에 자리 잡은 인근 군 단위 도시에 인접한 인문계 일반 고등학교였다. 평준화가 되기 전 시절 관내에서 가장 늦게 개교한 탓에 가장 성적이 낮은 중학생들이 입학했던 곳이다. 소위 꼴통 학교라고 낙인이 찍힌 초기의 평가는 평준화 이후로도 크게 달라지지 않았다. 물론 지리적 위치도 큰 몫을 했을 것이다. 학교 앞을 지나는 버스노선이 없었고, 주변에 임대아파트 단지가 대규모로 둘러싸고 있었다.

     회의실로 마련된 학교 운영위원회실은 여느 학교와 크게 다를 바가 없었다. 회의실 한가운데를 차지하고 있는 세로로 긴 마호가니 탁자, 그 위에 두툼하고 널찍한 유리판. 유리와 상판 사이에 끼워져 있는 학교조직기구표와 연락처. 싸구려 스펀지를 대고 그 위를 가죽으로 싸맨 후 되는 대로 박음질한 목제 의자. 벽은 상하 구분 없이 같은 베이지 색깔. 갈색에서 고동색을 띠는 장식장이 회의에 참석한 사람들을 내려다보듯 벽에 등을 대고 서 있었다.

임관한 지 2년째지만 학폭 회의에는 꽤 여러 곳 참석한 터라 김 순경은 이런 회의실 풍경에 익숙했다. 서에서 담당 하고 있는 관내 학교가 스물이었고, 그중 절반 정도는 중고등학교 가릴 것 없이 학폭이 열렸다. 학폭 제도가 처음 생긴 이래 회의 개최 건수는 급격히 증가하고 있는 중이었다. 마치 버블 시절 일본 부동산 가격의 급등 그래프처럼 대세 우상향이었다. 지금은 그마저도 유명무실해지고 있었다. 가해자나 피해자 모두 학폭의 결정을 그대로 받아들이는 경우는 거의 없었다. 교육청에 재심을 청구하고, 행정심판에, 정식 형사재판까지 가는 경우가 허다했다. 김 순경은 자신이 참여했던 학폭의 결정이 뒤집어지는 경우를 볼 때마다 피가 솟구치곤 했다. 거기에 특별한 건수라도 잡히면 미디어에서는 굿판을 벌이고 칼춤을 춰댔다. 학교 관련 기사는 이 나라 누구도 무관심하지 않았다. 모두가 한때 학생이었고, 지금 학생이며, 머잖아 학생일 존재였으니까. 모두가 전문가여서 이 바닥은 절망적인 거라고, 박 형사는 이야기했다.

'좀 다녀와. 내가 가려고 했는데 조 반장이랑 긴히 할 얘기가 있어서.'

외투를 챙겨 들며 박 형사답지 않게 말에 꼬리를 달았다. 지시 사항에 있어서만큼은 불친절하기로 소문이 나 있는 사람인 탓에 낯설기는 했지만 김 순경 역시 따로 토를 달지 않았다. 그럴 이유가 있을 때에만 박 형사는 그랬으니까. 그럴 이유는 나중에 돌고 돌아 당사자의 귀에까지 들어왔다. 불편하고 비효율적인 의사소통 방식이라고 김 순경은 생각했다. 한 직장에서 30년 가까이 버틴 인간이 편안하기만 한 존재는 아닐 것이었다. 라스트 맨이 위너라고, 위너들은 무언가가 달라져버린 것이 있다고 김 순경은 경찰공무원 시험을 준비하면서도 생각한 적이 있었다. 애벌레와 번데기, 성충이 같은 존재일 수는 없었다.

학폭위원은 이미 모두 참석해 있었다. 방과 후라 학교는 청소하는 학생들과 동아리 활동을 하는 무리가 몇몇 있을 뿐이었다. 잡담이 오갔고 본안은 진행되지 않고 있었다. 시간은 오후 5시, 김 순경은 다른 위원들보다 먼저 회의 자료를 받아 읽어보았다. 서류를 넘겨다보지 않고 있는 사람은 김 순경과 교장뿐이었다. 교장은 다른 약속이 또 있는 건지 연신 맞은 편 벽시계를 초조하게 쳐다보는 중이었다. 교감과, 학생부장과 학년부장, 지역위원 둘은 더 파도 나올 것 없는 갱도를 쳐다보듯이 고개를 숙이고 서류를 넘겼다가 메모했다가 할 뿐이었다. 지루하게 풀을 뜯는 양들을 연상시켰다.

사건의 개요는 간단했고 딱 그만큼 진부했다. 가해 학생은 넷, 피해 학생 하나. 같은 2학년이었다. 가해 학생은 남자 둘, 여자 둘, 피해 학생은 남자. 피해 학생이 가해 학생 중 하나인 여자에게 친절하게 대했다는 것이 원인이랍시고 적혀 있었다. 그것도 가해 여학생이 커플이었던 가해 남학생에게 따귀를 맞고 울고 있을 때, 같은 반 학생이었던 피해 남학생이 휴지를 건넸던 것. 그걸 사과하러 왔던 남자친구가 보고 욕설과 구타 시작. 남학생에게 친절을 받았던 여학생은 자신이 그 남학생과 전혀 관련이 없다는 것을 증명하기 위해 발을 뺐고, 다른 커플이 더 가세해서 주기적으로 피해 학생을 불러내 구타하고 모욕을 줌. 피해 학생의 부모가 이상한 낌새를 눈치채고 학교와 경찰에 신고. 최초 괴롭힘 석 달 만에 피해자와 가해자들을 격리 조치. 피해자는 현재 입원 및 심리치료 중.

김 순경은 학생들의 진술서와 사건 개요를 슬쩍 들여다보고 첫 장을 바로 덮었다. 포석부터 끝내기까지 수순대로 잘 두어진 바둑같이 정리되어 있었다. 판을 엎어도 순식간에 복기해 모양을 그려낼 수 있을 정도였다. 그나마 피해자가 자살이나 심각한 심신의 후유증을 유발할 정도로 심각해지기 전에 상황이 끝났다. 피해자의 부모가 대졸 중산층이었기 때문에 가능했을 것이다. 아버지는 구청 공무원, 어머니는 초등학교 교사였다. 외동아들이었던 피해 학생은 건강한 발육 상태에 서글서글하고 인상좋은 얼굴과, 다정하고 온순한 성격을 지니고 있었을 것이다. 그들의 부모가 그렇게 키웠을 것이다. 남의 것을 빼앗지 마라, 네것을 남과 나누어라. 법질서를 잘 지키고 남을 배려하는 사람이 되어라. 무엇이 문제였을까. 김 순경은 이 학교가 일반고이기 때문이라고 생각했다. 계층의 스펙트럼이 넓으면 그만큼 변수가 생길 수밖에 없다. 스펙트럼이 넓다는 건 엔트로피가 높아진다는 뜻이다. 엔트로피가 높아지면 복잡성은 더욱 커지게 마련이었다. 피해 학생이 특목고에 진학했다면, 가해 학생들 같은 부류는 아예 만날 일이 없었을 것이고, 사건은 발생하지 않았겠지. 김 순경은 대학 시절 읽었던 평행우주론을 떠올려 보았다. 이 아이의 부모가 이 아이를 특목고나 자사고에 보낸 우주, 그래서 끔찍한 폭력을 당하지 않은 그 아이가 건강하고 다정한 사회 구성원으로 자라 이 사회에 기여할 재목으로 자라는 우주가 어딘가에 있을 것이라고 생각하니 가슴 한구석이 먹먹했다. 자신이 순경 시험을 통과하지 못한 우주 또한 어딘가에 있을 것이었다. 분기별로 담배를 물고 발을 동동거리며 합격자 발표를 기다리며 고시원 앞에서 죽치고 있는 자신이 눈앞에 보이는 것 같아 김 순경은 눈을 감았다.

"자, 회의 내용들은 설명드렸던 바 그대로입니다. 안건 자료들은 다 읽어보셨을 테고요."

드물게 여자 학생부장이었다. 승진을 염두에 둔 교사일 것이다. 외부 인사들을 만나는 것을 의식한 듯, 어두운 색 투피스를 입고 있었다. 블랙과 네이비가 섞인 색상은 상복 같은 분위기를 풍겨서 실내 분위기를 한층 가라앉혔다. 눈가의 주름으로 봐서는 50은 넘은 듯했지만, 역시나 염색을 해서 새치는 한 가닥도 보이지 않았다. 살집이 전혀 없고 얼굴 턱선이 갸름하고 볼이 약간 꺼져 있어 전체적으로 자비로움은 찾아볼 수 없었다.

"옆 회의실에 가해 학생 중 한 명이 대기하고 있습니다. 나머지 학생들은 몇 차례 구두 및 서면 고지에도 참석하지 않았고요, 보호자 역시 오늘 참석한 학생 부모님만 참석했습니다. 장현철 학생이고요, 일단 학교 조사상으로는 최초로 피해 학생을 때리고 괴롭힌 그 학생입니다. 제일 뒤쪽에 선도 처분 내역과 학생의 자술서, 반성문을 참고해주시기 바랍니다."

김 순경은 서류를 슬쩍 넘겨보았다. 장현철이 쓴 자술서가 정갈한 글씨체로 자신의 죄를 죄 같지 않게 진술하고 있었다. 가지런하게 오와 열이 잘 맞는, 학폭 가해 학생의 글씨체라고는 보기 어려웠다. 한 장을 더 넘겨보니, 장현철의 부모에 대한 정보가 간략히 나와 있었다. 동갑내기 부부는 이제 막 50줄에 들어섰다. 아버지 장도식의 직업이 목사, 어머니의 직업은 가정주부로 되어 있었다. 김 순경은 아버지 직업 옆 괄호 안에 성도교회라는 글자가 육필로 추기되어 있는 것을 쳐다보고는 바로 눈을 들었다. 위원들을 하나씩 쳐다보며 다들 이걸 알고 있었느냐고 묻고 싶었다. 물론 김 순경은 실내 공기를 조금도 흐트러뜨리지 않았다. 성도교회는 신도 수가 제대로 가늠도 안 되는 관내 제일의 대형 교회였다. 십일조만 한 주에 10억 이상 걷힌다는 소문이 돌았다.

"그럼 일단 학생 먼저."

위원들은 이미 마음의 판단을 다 했는지 펜 뚜껑을 닫아서 서류 위에 단정히 포개놓고는 종이컵에 담긴 티백 녹차를 한 모금씩 홀짝이고 있었다. 교장은 유리판 위에 티백을 그냥 내려놓아 점점이 녹차 물이 번지고 있었다. 김 순경은 두꺼운 돋보기 너머로 쌍꺼풀이 짙게 지고 눈 밑 지방이 심하게 부풀어 오른 퇴임 직전 교장의 얼굴을 몇 초간 쳐다보았다.

학생부장에게 안내되어 나온 가해 학생 장현철은 등받이 없는 의자가 놓여 있는 자리 옆에 손을 모으고 서 있었다. 풀세트로 교복을 단정히 갖춰 입은 모습이 몹시 불편해 보였다. 손이 얼굴에 비해 과하게 컸다. 고개를 한 번 크게 숙이고는 자리에 앉았다. 어깨가 넓었으나 한쪽으로 기울어 있었다.

"위원님들 질문하시고 답변을 듣는 방식으로 진행하겠습니다."

침묵이 무겁게 이어졌다. 1회 졸업생 기증이라고 유리에 새겨져 있는 거대한 벽시계의 초침이 한 걸음씩 움직이는 소리가 육중한 건설 크레인의 기계음처럼 느껴질 정도였다.

'그런 데 가면, 정복 입는 건 알지?'

'그럼요. 저도 이제 3년차 들어가는데요.'

'무엇보다 중요한 건, 아무 말도 안 하는 거야. 거긴 학교니까, 학교의 법이 따로 있어. 선생들은 어쨌거나 경찰들이 나대는 걸 별로 안 좋아해. 뭐, 사건사고도 있었으니까 이해할 법도 하지. 교내 경찰이 여학생 성추행하다 잡혀 들어간 건 알고 있을 테고. 여학생은 귀한 도자기 같아서 깨지면 본인은 물론이고 여럿이 다친다고. 나보고 젠더 의식 떨어진다 어쩐다 그래도 사실이 그런 걸 어쩌겠어. 아무튼 사법기관이 교육기관의 영역을 넘어오는 거라고들 생각하더군. 밥그릇 건들지 말라는 거지. 가깝게 알고 지내던 선생이 그래. 아이들은 가능성이 무궁무진하다, 그러니 섣불리 사법권을 적용해서 낙인을 찍으면 안 된다고. 뭐, 그럴 수도 있을 거라고 생각하네만. 인간이 선생들이 생각하는 딱 그만큼만 단순하다면 우리 일도 한결 쉬울 거야. 가면 거기 위원들이 정해놓은 거에 추인만 해줘. 우리가 할 일은 그거야, 경찰이 들여다보고는 있다. 회의 끝내고 서류에 기명 사인하고, 정복 입고 기념사진 찍으면 끝나. 모여서 밥이나 먹고. 사회봉사나 강제전학 정도로 끝내는 거야. 요즘 어린놈들 예전 놈들이 아니긴 하지만, 뭐 어쩌겠어. 퇴학시켜 놔도 재심 들어가고, 행정소송 가면 100프로 학교로 돌아오니까. 그 애새끼들이 문제가 아니야, 그 부모들이 문제지.'

'아무리 그래도 싹수가 아예 글러먹은 놈들은 미리미리 가지 쳐야 하는 거 아닌가요. 김매기 하잖아요, 농가에서는.'

'그런 놈들은 사회 나왔을 때 뿌리 채 뽑아야지. 가지는 쳐봐야 또 돋아나. 힘들더라도 그게 우리가 나랏돈 받고 하는 일이야. 발본색원, 그래 발본색원이 중요하지.'

김 순경은 처음으로 학폭에 참석하기 전에 최 과장과 나눴던 대화가 떠올랐다.

"죄송합니다. 말씀드렸던 대로 처음에 오해로 인해 한 대 때렸던 게 전부입니다. 그다음부터는 친구들 하는 대로 따라다녔을 뿐이에요. 말린 적도 있어요. 여자친구랑도 헤어졌고요. 그 친구에게 진심으로 사죄하고 싶습니다."

장현철은 낮은 목소리였지만 또박또박 말하고 있었다. 말끝을 뭉개는 것도 없이 명확하게 자신의 반성과 갱생의 의지를 피력했다. 마치 아버지로부터 물려받은 기도 능력이라도 되는 것처럼. 김 순경은 나머지 위원들을 슬쩍 돌아보았다. 필시 기초단체장 정도를 노리는 유지들일 지역위원 둘도 가만히 눈을 감고 있었다. 무슨 창이나 아리아를 감상하는 듯한 모습이었다.

"그래, 요즘은 어떻게 지내니?"

교감이 물었다. 교감은 얼마 안 남은 머리카락을 정성스럽게 빗질해 기름으로 고정시키고 있었다. 그 자체가 위태롭게 느껴졌지만, 무엇보다 무태 안경알 너머의 눈에 검은자가 무서울 정도로 작았다. 거머리 유충같기도 한 눈동자는 쇠문진으로 눌러놓은 화선지에 실수로 떨어트린 먹물처럼 테두리가 흐릿했다.

"교회에서 기도하고, 참회하고 있습니다. 봉사하고 내년 대입을 위해 공부도 열심히 하고 있습니다. 이제부터 다른 사람이 되려고 합니다. 아버지께서도 늘 기도해주시고 계십니다."

김 순경은 교감의 감색 양복 재킷 칼라에 배지가 달려 있는 것을 알아챘다. 십자가 모양인 건 분명한데, 자세히 보니 시옷과 디귿이 돋을새김 되어 있는 형상이었다.

"그래, 다른 위원분들은 궁금하신 일이 없으신지요."

교감이 의사진행 발언을 했지만 헛기침조차 나오지 않는 침묵이 몇 초간 이어졌다. 10여 개의 시선이 공중에서 부딪쳤다가 진열장 유리나 빈 벽에 가서 박혔다.

"나머지 친구들과는 연락이 안 되니? 왜 혼자만 나왔어."

김 순경이 촘촘한 무명천을 억지로 양손으로 잡아 찢듯 질문을 던졌다. 예상치 못한 질문을 받은 듯 장현철은 흔들리는 눈빛을 어디에 둘지 모르고 있었다. 마치 누군가에게 도움의 손길을 요청하는 모양새였다. 경찰은 질문 안 하기로 한 거 아닌가요, 라고 거기 모인 늙은이들을 나무라는 표정 같기도 했다.

"육 개월이잖아. 폭행이 열 차례, 금품 갈취가 다섯 차례, 속옷을 벗기고 사진 찍기, 분변 먹이기, 너희 넷이 다 같이 한 거잖아. 진술서도 있고 CCTV 자료도 있어. 그런데 다 어디가고 너만 나왔어?"

김 순경은 한 손에 문건을 들어서 신경질적으로 넘기며 말했다. 스스로도 목소리 톤이 높아지는 걸 느꼈을 때는 이미 분위기가 싸늘하게 얼어붙어 있었다.

"죄송합니다. 다 죄송합니다."

장현철은 매뉴얼대로 사죄의 말만 구관조처럼 내뱉고 있었다. 김 순경은 기도가 급격히 좁아지는 느낌이 들었다. 숨을 들이쉬고 내실 때마다 튜브에서 바람 새는 소리가 들렸다.

장도식은 한 손에 성경을 들고 들어왔다. 교회 가는 길에 성도의 집에 잠깐 기도를 해주러 들른 것처럼 위원들과 눈인사를 나누었다. 교감은 어느새 몸소 일어나 자리를 챙겨주기도 했다.

김 순경은 아까의 흥분을 조금씩 가라앉히려고 안간힘을 썼지만 심장 박동은 조금도 얌전해지지 않았다. 사회화 호르몬이 강렬하게 분비되고 있었지만, 양심은 불수의근에 해당하는 것이라고 생각하고 있었다. 저 새끼를 여기서 가지치기 하지 않으면, 결국엔 자신이 뿌리를 뽑기 위해 거친 흙을 파야 할지도 모른다는 불안감 때문이기도 했다. 어쩌면 몇 년만 지나도 김 순경은 건드릴 수조차 없는 거목으로 자랄지도 모를 일이었다.

학생부장이 장현철을 데리고 나가고, 그때까지 아무 말도 하지 않고 있던 교장이 딱히 김 순경에게 하는 말이 아닌 것처럼 중얼거렸다.

"위원님들 흥분을 좀 가라앉히시고, 우리는 우리가 바쁜 시간을 쪼개 여기에 모인 이유를 생각해보아야 합니다. 앞길이 창창한 젊은이를 사소한 잘못으로 단죄해서야 되겠습니까. 교육은 어디까지나 선도입니다. 선한 목자는 양을 버리지 않는 법입니다."

교장은 두 가지를 잘못 말하고 있었다. 교장의 말에는 피해자가 보이지 않았다. 또한 장현철이 한 짓은 학교 앞 문구점에서 장난감을 훔치는 것 같이 사소한 잘못이 아니었다. 그런 놈들은 선도가 불가능했다. 오직 단죄의 대상일 뿐. 최 과장의 조언은 어쩌면 지극히 현실적이었는지도 몰랐다. 학교에서는 결론을 정해놓고 있었다. 경찰은 구색 맞추기였다. 여러 차례 경험을 했지만, 김 순경은 이번처럼 노골적인 것은 처음이라고 생각했다.

장도식은 마치 예배에서 복음과 간증을 전하듯, 성경을 탁자 위에 올려놓고 간단히 기도를 올리고 말을 이었다.

"제 못난 자식이 씻을 수 없는 죄를 지었습니다만, 그것은 어디까지나 아비 된 자의 죄입니다. 모든 죄는 제가 받을 테니 자비로움을 베풀어주시길 바랍니다. 피해 학생에게 진심 어린 사죄의 말을 전합니다. 유무형의 배상에도 최선을 다할 생각입니다. 학교와 선생님들께도 피해를 끼쳤던 바 학교를 위한 사역도 자식과 함께하겠습니다. 부디 제 자식의 앞길만 막지 않아주시길 간곡히 부탁드립니다. 죄송합니다."

김 순경은 장 목사의 눈에서 눈물이 후드득 떨어지는 것을 보았다. 그것은 억지로 쥐어 짜내는 것이 아닌 달고 시원한 샘이 터지듯 눈 속 어딘가에서 끊임없이 솟아나는 것처럼 보였다. 학생부장이 탁자 가운데에 있던 티슈를 뽑아 장 목사에게 건넸다.

"감사합니다. 아멘."

장 목사는 아예 어깨를 들썩이면서 울기 시작했다. 못난 자식을 구하기 위한 아비의 곡진한 반성처럼 보였다. 그의 울음은 질기고도 아득했다. 관련자들의 진술이 모두 끝나고, 징계 사안 의결만이 남아 있었다. 김 순경은 진작부터 마음을 다스리느라 애를 썼다. 가만히 있어, 거기는 우리 영역이 아니야. 최 과장의 말은 대체로 잘 들어맞았다. 학폭이라고 해봤자, 가벼운 괴롭힘이나 동등한 세력 간의 패싸움 정도였다. 물론 학교를 들여다보니 학생들끼리의 싸움보다는 교권 침해가 더 심각해 보이는 경우도 있었다. 교권 침해는 학폭 사안이 아니지만, 간간히 학교장에게 불려가 법률적 조언을 해준 경우가 적지 않았다. 학교 급을 떠나 학생들은 선생을 선생으로 여기지 않았고 그 추세는 점점 더 가팔라졌다. 김 순경이 보기에 최근 2년간에도 학생이 선생에게 신체적, 언어적 폭력을 행사하는 경우는 급증했다. 특히 여자 교사들의 피해 사례가 심각했다. 일단 얼굴을 맞거나 발길질을 당하면 그 선생들은 그걸로 끝이 났다. 사후 조치나 심리치료, 배상금 따위로는 그들을 되살리지 못했다. 선생으로서 지니고 있어야 할 그 무엇이 깨져버리는 것이다. 피해 대상들은 늘 피해를 당할 만큼 약했다. 여전히 괄괄하고, 욕설을 내뱉고, 가끔 책상을 엎어버리는 터프한 남자 교사들은 안전했다. 김 순경은 그들도 곧 높은 단상에서 끌려 내려와 형장으로 보내질 거라고 생각했다. 모든 건 시간문제였다. 아이들은 그의 부모와 법적 절차, 자본주의적 세계 질서를 등에 업고 있었다. 교실은 이제 거의 투명하게 세상에 까발려졌다. 선생이 제자를 성추행하고 제자가 선생을 고발하고, 교장이 선생을 폭행하고 그 모든 난장판이 인터넷으로 까발려지고, 무수히 많은 제삼자들로부터 손가락질과 징벌을 당했다. 김 순경은 자신을 맡았던 담임 열두 명의 얼굴을 가끔 떠올려보았지만, 선명하게 떠오르는 사람은 없었다. 그래도 아직, 모두 선생을 두려워하던 시절의 끝자락이었다. 이제 학교에서 두려워 할 대상은 아무도 없었다. 학교는 무너져버렸다. 목사 따위의 눈물 한 번으로 얼마든지 쉽게 조종

할 수 있을 만큼.

"자, 시간도 늦었으니 빨리 마무리 짓고 식사나 하러 가시죠."

교감이 주일 교회 주차장에서 주차 관리를 하는 전도사의 목소리와 행동으로 엉거주춤 일어나는가 싶더니 다시 주저앉으며 말했다.

"나머지 세 학생이 주도적으로 범행을 저지른 것이 재차 확인되었습니다. 소명의 자리를 피하는 것도 이상하고요, 부모라는 사람들도 연락이 안 됩니다. 단, 오늘 장현철 학생은 본인의 잘못을 깊이 뉘우치고 있음을 보여주었습니다. 장도식 목사님이야, 다들 아시겠지만 워낙 우리 관내의 명망 있는 목회자시니까요. 그분을 믿고 처분을 내리도록 하지요."

자신의 말에 확인 결재 도장을 받듯이 교감은 교장을 제외하고 학폭위원 모두와 차례대로 눈을 마주쳤다. 교감의 눈은 이상하리만큼 핏발이 잔뜩 서 있었다. 그 붉은 눈을 계속 보고 있으면 욕이 나올 것만 같아 김 순경은 급하게 시선을 돌렸다. 테이블 끝에 몹시 마르고 병약해 보이는 남자가 앉아 있었다. 검은 뿔테 안경을 쓴 그는 회의 내내 앉아 있던 모양이었지만 아무도 그 존재를 느끼지 못했다.

"김 선생은 그만 가보세요."

교감의 말이 끝나자 그 남자는 조용히 일어나 회의실을 빠져나갔다. 그가 앉았던 자리에 종이로 만든 간이 명패가 보였다.

'위원교사 김시오.'

박 형사

밤공기가 싸늘했다. 신도시가 처음 들어설 무렵 준공된 복도식 아파트는 엘리베이터에서 현관까지 걸어가는 길이 썩 편하지가 않았다. 바람과 비, 눈 등 외부 기상 조건이 복도까지 그대로 들이닥쳐서 자주 을씨년스러운 느낌을 주었다.

박 형사는 꽃샘추위에 몸을 떨며 외투를 여미고 걸었다. 복도 끝 이웃인 서씨 노인이 난간에 기대어 먼 곳을 바라보며 담배를 피우고 있었다. 테니스 코트에는 조명이 환했다. 타이즈에 스커트를 받쳐 입은 여성 회원 둘이 코치에게 레슨을 받고 있었다. 여성 회원 중 한 명이 자신이 터무니없이 멀리 쳐버린 테니스공을 쳐다보며 허리를 굽히고 웃었다. 웃음소리가 공명을 일으키며 단지 내에 울려 퍼졌다.

박 형사는 집 현관을 등지고 잠시 7층 밑 풍경을 쳐다보았다. 서에서 가깝고, 조경이 잘 조성되어 있어서 아내도 매우 마음에 들어 했던 집이었다. 박 형사 본인과 은혁이도 그랬다. 가족 중에 은주만은 이 집을 별로 마음에 들어 하지 않았다. 특히 문을 열자마자 바깥공기를 맞아야 하는 복도식이라는 것을 싫어했다.

'기왕에 살 거면 계단식으로 하지. 아빠, 복도식은 좀 가난해 보이잖아. 길가에 나 앉은 집 같고.'

초등학교에 들어갔을 때부터 은주는 세상을 보는 자신만의 잣대를 조금씩 마련하고 있었다. 그 기준이 어떻게 삐뚤어지고 있었던 건지 그것이 어떤 결과를 초래할 것이었는지 그때는 알지 못했다. 모든 부모는 자신들이 그러했던 것처럼 자식들도 은밀히 세계에 대한 자기만의 해석본을 마련해간다는 자명한 사실을 쉽게 망각했다. 반면 박 형사는 40대 남자들이 대개 그러하듯이 자신이 이루어놓았던 것에 한창 자부심이 넘치던 때였다. 세상 물정 모르는 막내딸의 유치한 푸념 따위가 조금도 훼손할 수 없을 정도로 단단하고 굳건한 자부. 돌이켜 생각해보면 그건 자부라기보다는 오만이었다.

'무슨 소리, 이 정도 집이 있는 것도 감사해야지. 밖에 봐라. 남의 집 얹혀살며 여기 저기 떠돌아다니는 사람들이 한둘인지 아니. 넌 네 방도 있잖아. 얼마나 다행이야. 이 아빠가 밤낮으로 나쁜 놈들 잡아들이고 나랏돈 받아 마련한 첫 집이다.'

은주는 그 자신만의 방에서 세상을 떠났다. 박 형사의 짙은 그림자가 드리워진 철제 현관문 한가운데에는 십자가 스티커가 붙어 있었다. 십자가 아래로 마치 웃는 입 모양으로 '가나안 선교회의 형제'라는 글자가 붙어 있었다. '나' 자의 'ㅏ'가 바람에 위태롭게 흔들렸다. 박 형사는 가만히 획을 눌러주었다. 마치 그 글자가 떨어지면 현관문 전체가 날아가기라도 할 것처럼 간절하게. 그러면서 현관문에 키를 꽂고 돌렸다. 등 뒤로 문이 닫히고 현관 센서등이 환하게 실내를 밝혔다. 등은 그 밑으로 노랗지만 온기가 없는 빛을 쏟고 있었다. 거짓말처럼 등 뒤의 세계는 박 형사로부터 차단되었다. 한기와 바람, 습도와 소음을 철제문은 잘 막아내고 있었다. 박 형사는 그 철제 현관문 같은 가장이 되고 싶었다. 아내와 결혼할 때부터 은혁이와 은주가 태어나는 순간마다, 그는 아늑하고 따뜻한 가정의 울타리가 되고 싶었다.

'상효야 맛있니.'

'응. 아빠는 안 먹어?'

상효의 아버지는 긴 젓가락으로 쥬도로 스시를 집어 상효의 접시에 올려주었다. 허름하지만, 운치가 있는 식당이었다. 가나가와의 높은 파도 아래 복제품이 걸린 정갈한 홀과 주방 사이에는 노렌 몇 장이 내걸려 있었다. 테이블은 몇 되지 않았고, 다찌 앞 높다란 의자에 앉아 있었는데, 상효는 잘은 모르지만 테이블의 옹이와 무늬가 무척 고급스럽다고 생각했다. 발이 닿지 않는 의자도 신기하게만 느껴졌다. 열 살 때였다. 겨울이었

고 아버지가 집을 나간 지 꽤 오랜 시간이 흐른 뒤였다는 것만
기억이 났다.

'그리고, 이건 크리스마스 선물이다.'

상효는 입속에서 한없이 부드럽게 풀어지는 생선의 살과 밥
알에 정신을 잃을 지경이었지만 그 선물을 움켜쥐었다. 정신없
이 은박으로 코팅된 포장지를 뜯고 상자를 열어보니 단풍나무
만년필이 들어 있었다. 상효는 만년필을 처음 보았지만 그것이
사회적으로 성공한 남자들이 쓰는 물건이라는 것은 알고 있었
다. 그때도 물론 박 형사는 이해하기가 어려웠다. 아버지는 성공
한 것이었나. 또 하나 보일러를 아끼느라 추운 식당에서 만두를
빚고 있을 어머니가 떠올랐다. 만두를 빚는 어머니, 인형의 봉제
선 실밥을 다듬는 어머니. 상효는 슬그머니 만년필을 내려놓았
다. 아버지는 상효의 마음을 잘 안다는 듯 크게 웃으며 상효의
머리를 두어 번 쓰다듬었다.

'상효, 엄마 생각나니. 엄마는 좋은 사람이니까, 엄마가 하는
말을 잘 들으면 세상에 유용한 사람이 될 거다.'

'아빠도 엄마를 사랑해서 결혼한 거잖아.'

상효는 마치 해서는 안 되는 말을 한 것처럼 급하게 입을 다
물었다. 뒤쪽 취객들의 소음으로 아버지에게 전해지지 않았으
면 좋겠다는 생각도 들었다.

'너도 자라면 알게 될 거야. 사랑하는 것과 함께 산다는 건 다
른 거지. 내가 너와 이렇게 떨어져서 사는 것처럼 말이다. 이해

하겠니? 남자는 큰 세상으로 나아갈 수밖에는 없는 거야.'

아버지는 담배케이스에서 담배를 하나 꺼내 피워 물었다. 나른하게 돌고 있던 양날 실링팬을 향해 뭉게뭉게 올라가는 연기는 아버지의 얼굴을 더 몽환적으로 만들었다.

'남자는 혼자 설 수 있어야 해. 그건 내가 도와주마. 그때까지 엄마 말씀 잘 듣고. 다시 한 번 말하지만 엄마는 좋은 사람이다.'

박 형사는 세상의 비와 바람과 소음에 누더기가 된 어머니를 떠올렸다. 아버지의 말처럼 어머니는 좋은 사람이었지만, 자신이 세상에 유용한 사람이 되었는지는 확신할 수 없었다. 그는 남자와 아버지가 다른 존재인 것만은 분명하다고 생각했다. 남자이거나 아버지이거나 둘 중 하나를 택해야 한다, 그래야 사람이 될 수 있을 거라고 생각했다. 박 형사가 보기에 아버지는 남자였으나 사람 구실은 제대로 하지 못하고 세상을 떠났다. 그가 그토록 가야 한다고 떠들었던 넓고 큰 세상은 결국 종로에 있는 쪽방촌이었다. 무연고자 묘에서 아버지를 이장하던 날 어머니가 조금 울었던가. 이제는 그것마저도 기억이 희미했다.

잠시 그대로 있자 현관의 센서등은 곧 꺼졌다. 발밑이 어두워지면서 실내가 조금 밝아졌다. 창밖으로 바깥의 빛이 조금씩 스며들고 있었다. 알뜰장터가 열리는 날이라 천막 좌판에 달린 백열전구들이 있는 힘을 다해 손님들을 모으고 있을 것이었다. 아내는 교회에 나갔을 것이다.

'이번 주는 철야기도야. 저녁은 챙겨놨어. 밥은 냉동실에 있고.'

아내는 주초에 텔레비전을 보면서 말했다. 박 형사는 자정이 가까워 들어왔다. 은주와 관련된 이야기를 준호에게서 듣고 정보들을 크로스체크 하느라 퇴근이 늦은 날이었다. 그날 박 형사는 준호에게서 뜻밖의 이야기를 들었다. 은주를 열다섯 살에 세상에서 지워버린 놈들도 살아서 어른이 되지 못했다는 것이었다. 한 죽음이 다른 죽음에 대한 위로가 될 수 있을지 박 형사로서는 판단하기가 어려웠다. 준호는 울먹이면서도 또박또박 이야기를 이어갔다.

'영익이, 연경이 모두 죽었어요. 시체도 찾을 수 없었대요. 인터넷 커뮤니티 같은 데도 얘기가 아예 없었는데요, 아마도 걔네 부모님들이 싹 다 입막음했을 거예요. 그때처럼.'

사건 후에 6개월간의 사회봉사가 있은 다음 연경이는 전국 단위의 과학고등학교에 영익이는 관내 외국어고등학교로 진학했다. 준호나 나머지 참고인들은 얼룩말 떼처럼 모두 먼 지역으로 거처를 옮겼다.

'그 후에도 모인 적이 있니.'

'아뇨. 그냥 단톡방에서만 이야기가 오갔어요.'

'그래, 무슨 이야기들을 했니?'

'둘 다 터져 죽었다고요. 흔적도 찾을 수 없었다고요.'

구두에서 발을 빼며 어깨가 움직이자 현관의 등은 아르고스처럼 다시 눈을 떴다. 너는 누구냐? No One. 아무도 아니다. 긴 사지에서 살아남아 귀향했을 때 텔레마코스가 죽어 있었다면,

오디세우스는 신과 싸웠던 자신을 책망했을까. 박 형사는 한 손으로 벽을 짚은 채 양발을 빼 거실에 올렸다. 집은 고요하고도 차가웠다.

'세상에 완벽한 고요는 없대. 아빠 그거 알아? 달에는 아무런 소리가 없어. 나, 나중에 달에 가보고 싶어. 할머니가 될 때쯤엔 가능하겠지? 관광객이 모두 잠들었을 때 우주복을 입고 고요의 바다까지 걸어갈 거야. 나도 80이나 90쯤 먹었겠지. 별 한 점 없이 새까만 하늘을 올려다보며 헬멧을 열 거야. 온몸의 액체가 부글부글 끓고 피부가 시퍼렇게 얼어붙을 때까지 아주 잠깐 동안 우주를 느끼는 거지. 아주 완벽한 고요를.'

은주가 죽기 일주일 전 경찰서를 찾아왔다. 월요일 새벽, 갈아입을 옷가지와 밥반찬을 담은 쇼핑백을 챙겨서 온 초여름. 박 형사는 민원실 앞 자판기에서 캔커피 두 개를 뽑아 플라스틱 의자에 앉아 모처럼 은주와 대화를 나누었다. 엄밀하게 이야기해서 대화는 아니었다. 박 형사의 머릿속은 온통 관내 마약 유통업자들의 조직과 야당들이 전해준 첩보들로 가득 찬 상태였다. 상선이 코앞에 있었다. 그 당시에는 은주의 말을 하나도 듣고 있지 않다고 생각했는데, 이상하게도 시간이 지나자 은주의 말들이 기억 속에 인화되고 사라지지 않았다. 완벽한 고요라. 박 형사는 가끔 그 완벽한 고요가 자신을 찾아온다고 생각했다. 아내와 마주하고 앉은 저녁 식탁 위의 공기 같은 것.

거실의 등을 켜자 돌무덤 속 같은 거실이 눈에 들어왔다. 생활은 되고 있으나 삶이라고 부르기엔 어려웠다. 살림 손재주가 꼼꼼했던 아내는 그날 이후 다른 사람이 되었다. 거실은 정돈이 되어 있었으나 어딘가 삶의 흔적이라고 할 만한 것은 찾아볼 수 없었다. 노련한 프로파일러도 바이탈 사인을 찾아내기는 어려울 거라고 박 형사는 생각했다. 3인용 가죽 소파와 응접 테이블, 이젠 보풀이 너무 일어 색이 바랜 러그와 먼지 쌓인 전단지 더미들. 어쩌면 이 모습은 박 형사의 가족이 죽을 때까지 변하지 않을 것이었다. 그는 열려 있는 베란다 창을 닫고 커튼을 여몄다. 외투를 테이블 위에 던져두고 소파에 몸을 파묻었다. 그의 머릿속은 출처를 알 수 없는 정보들이 아무렇게나 쌓여 있는 상태였다. 정리가 필요했다.

'아무리 봐도 이상하단 말이야.'

박 형사가 간이의자에 등을 기대고 앉자마자 조 반장은 텅 빈 조사실의 방문을 등 뒤로 닫았다. 문을 닫기 직전 습관처럼 복도 이쪽과 저쪽 끝을 살펴보았다.

'뭐야, 얘기해봐.'

'자네도 대충은 알지? 맥을 잡을 수가 없어.'

'뭐가.'

'폭사말이야. 펑.'

조 반장은 두툼하지만 조그만 주먹을 쥐었다가 펴면서 속삭이듯이 말했다. 저 작지만 강단 있는 주먹에 관내 조폭들의 이가 수십 개는 날아갔다. 그가 아마추어 복싱선수 출신이라는 건 또래에서도 몇몇만 알고 있는 사실이었다.

'옛날 같지 않잖아? 피해자 신원들도 다 나왔을 테고, 연결 고리 있을 거 아니야. 범행 수법은? 정확한 사인 나왔어?'

'그래서 이상하다는 거야, 박 형사. 어제 카페에서 터진 피해자는 교사야. 2주 전쯤엔 여고생이 터졌어. 그 왜 학교 뒤에서. 마찬가지야 징조가 없었다고. 그냥 터졌어. 말도 마 아주 끔찍하다니까. 좀 전까지 사람이었다니 그런 줄 알고 수습하는 거지, 말도 마 우욱.'

아침에는 홍안이더니 저녁에는 백골이 되었네. 박 형사는 출처가 기억나지 않는 시구가 떠올랐다. 언제 주머니에 챙겨 왔는지 조 반장은 해바라기씨를 꺼내 입에 던져 우물우물 씹으면서 이야기를 이어갔다. 토하는 척하면서 잘도 먹을 걸 삼키는 것도 오래 봐왔던 그의 습관이었다. 그의 눈에 담겨본 적 없는 잔인한 장면 따위는 없을 것이다.

'그거까지는 알고.'

'그래, 그래. 그전에 다섯 달 전쯤 관외 학교에서 남녀 학생 둘이 터졌거든. 뭐 그쪽에서도 조사를 하는 모양이더라고. 학교폭력 문제라도 범행 수법이 그 뭐랄까, 이상하잖아? 아무튼 이게 공개로 돌아선 거야. 지난주부터. 그리고 이건 오늘 자네한테 오기 직전 일이야.'

조 반장은 목소리를 깔며 다가와 박 형사의 귀 가까이 입을 댔다.

'진주하가 한남동 자택에서 터졌어.'

'뭐?'

박 형사는 저절로 목소리가 커졌다. 조 반장은 손으로 입을 막는 시늉을 하며 제지했다. 진주하는 30대 초반의 스타급 여배우였다. 단역부터 시작해 조연을 거쳐 다양한 필모로 연기력을 인정받아 주연을 꿰찬 지 벌써 몇 년이 된 어쩌면 업계에서는 이미 톱스타 대우를 받고 있을지도 모를 배우였다. 여배우 가운데는 단연 최고로 평가받고 있었다. 봉사활동이나 사회적으로 의식 있는 정치 참여 등으로도 인기가 높았다. 신윤복의 〈미인도〉에 나오는 여성과 비슷한 매력으로 국내보다는 해외에서 더 높은 평가를 받고 있었다. 성형 전 사진이나, 남자 아이돌과의 스캔들로 악성 댓글을 달고 다니기는 했지만 그래도 그만하면 대중들로부터 호평을 받고 있었다.

'한 시간 전이야. 지금 다들 거기 가 있어. 감식반도 광수대에서까지 떴고. 뭐 걔들도 건질 건 없겠지만서도. 그래서 하는 얘기야, 이게 조합이 좀 나와야지 말이야.'

'그렇지, 피해자가 제각각, 장소도 그렇고, 성별도. 허 이래선 종잡을 수가 없군. 공통점이라는 게 폭사 정도?'

'그렇지. 그런데 그게 말이야, 화약 반응이 없었다는 거 몰랐지? 언론에는 아직 안 나갔어. 이거 잘못하면 패닉 올지도 몰라서, 위에서는 일단 다 잠그라는 지시야. 그리고 이거.'

조 반장은 A4 용지에 인쇄된 사진 파일을 하나 탁자 위에 올려놓았다. '증1', '증1-1'로 된 사진이 두 개 인쇄되어 있었고 크기를 가늠하게 해주는 격자를 옆에 두고 찍은 사진이었다. 가로 3, 높이 5센티미터 정도로 보이는 하얀색 플라스틱 통이었다. 언뜻 보기엔 예전에 사용되었던 필름 통으로도 보였다.

'이건, 빼돌린 거야?'

'공식적으로 자네에게 보여줄 수는 없잖아.'

조 반장은 익살스러운 표정을 지어 보였다. 30대 때부터 보았던 그 표정 그대로였으나 살집이 많이 붙어 그때의 귀여움은 속물스러움으로 바뀌어 있었다. 그의 노화 앞에서 박 형사는 자신의 마음이 너그러워지는 걸 느꼈다.

'이건 뭐야?'

'무슨 약통이래. 그런데 성분이라든가 뭐 그런 처방 스티커가 하나도 안 붙어 있어. 바코드가 없다는 말이지. 야매로 만든 거 같아. 바닥을 보면 무늬랄까 로고랄까 하여튼 그림뿐이야.'

박 형사는 '증1-1'에 나타난 약통의 바닥을 유심히 보았다. 자세히 보지 않으면 알 수 없을 만큼 희미한 초록 빛깔의 형태였다.

'카페 현장 있지? 죽은 여자 핸드백 안에 있던 거야. 유족들한테 다이어트약을 오랫동안 복용했다는 진술도 확보했어. 관심 있으면 내 자리로 와.'

'그런데 진주하와 그 카페 여자하고 연결점 같은 건 없는 거야?'

'깔끔해. 아무것도 없어. 국적과 성별이 같다 정도? 허허, 그게 지금 미치겠다고.'

조 반장은 허탈한 표정으로 의자에 털썩 주저앉으며 말을 이었다.

'그래서 자네에게 온 거야. 자넨 촉이 좋잖아. 말도 마, 위에서 방금 전에도 조인트 까이고 내려오는 길이니까.'

'요즘 어떤 세상인데 아직도 까이고 다녀?'

'아직도 멀었어, 위쪽은.'

고통스러운 척하는 표정이지만 싱글싱글 웃는 그는 계속 해바라기씨를 톡톡 깨트려 씹어 먹고 있었다. 기껏해야 지청구 정도나 들었을 것이다.

박 형사는 안방에서 나는 인기척에 놀라 생각을 멈추었다. 그는 천천히 일어나 약간 열려 있는 안방 문을 마저 열었다. 동굴 같은 방 안에 침대와 오래된 협탁, 브라운관 텔레비전이 전부였다. 텔레비전에서 자잘하고 미세한 소음들이 끊임없이 흘러나오고 있었다. 고화질을 담아내기에는 사양이 떨어지는 브라운관은 빛이 정도 이상으로 번져 사물이 흐릿했다. 짙은 음영이 진 이불 더미 안에 아내가 있었다. 속눈썹이 긴 눈을 필사적으로 감고 온몸을 웅크린 채 그녀는 또 시간을 견디는 중이었다. 신음하듯 간절히 기도하는 아내를 내려다보던 그는 리모컨을 찾아 쥐고 브라운관을 향해 꺼짐 버튼을 눌렀다.

김 순경

하늘이 갰다. 며칠 이어지던 봄비는 황사를 깨끗이 씻어 내렸다. 김 순경은 카오디오의 볼륨을 조금 더 높였다. 박 형사가 늘 맞춰놓았던 라디오에서 장사익의 노래가 흘러나왔다. 칼칼한 목소리가 모처럼 눈부신 정오의 햇살을 뿌옇게 만드는 것만 같아 꺼짐 버튼을 누르려다가 박 형사 생각이 나서 그대로 두었다. 관할 담당 구역 순찰을 돌 때 박 형사는 계절마다 노래를 선곡해서 한 곡만 계속 듣곤 했다. 음악을 딱히 많이 듣는 스타일도 아니었지만, 선호하는 노래에 대해서는 단호한 편이었다. 그 노래 가운데 하나가 지금 나오는 노래였다. 연분홍 치마가 봄바람에 흩날리더라. 오늘도 옷고름 씹어가며 산제비 넘나드는 성황당 길에. 낯선 어휘들이 느려터진 가락에 실려 나오는 통에 김 순경은 처음에는 들어 넘기기가 여간 고역이 아니었다.

그러나 한두 번 듣다 보니 자기도 모르게 흥얼거리게 되었고, 지금은 어쩌다 한가할 때 그 느린 가락을 휘파람으로 불고 있는 자신을 발견하게 되었다. 소리는 안개처럼 몸을 휘감는 성질이 있었다.

길은 도심을 빠져나와 왕복 2차로로 바뀌어 있었다. 어쩌다 교외로 나가 부서 회식을 할 때 지나는 길이었다. 지난 연말 폭설이 쌓인 도로 위를 엉금엉금 달리던 기억이 새삼스러웠다. 그때 박 형사는 정훈희의 〈님은 먼곳에〉를 계속 틀어놓고 있었다. 길 양옆은 작은 논과 과수원 부지가 번갈아 나타났다. 멀리 도심의 외곽을 둘러싼 아파트 단지가 보였고, 아파트 단지 옆으로 종합운동장과 거대한 박람회 건물, 쇼핑센터가 어깨를 맞대고 서 있었다. 외지인들은 도시 바로 옆에 이러한 곳이 있을 거라고 쉽게 짐작할 수는 없을 것이다. 토지 개발에서 제외된 주민들은 여전히 밭을 갈고 그 위로 하우스를 쳤다. 더러 싼 땅값에 기대 창고 영업을 하는 이들도 있었고, 가구나 장난감을 만드는 공장도 여럿 있었다.

평일 낮, 파종이 끝난 빈 밭에서는 아지랑이가 피어올랐다. 날이 많이 풀려 있었다. 김 순경은 차창을 반쯤 내리고 흙냄새가 섞인 바람을 맞았다. 달콤하고도 씁쓸한 향이 코끝에 맴돌았다. 그에게는 있지도 않고 가본 적도 없는 시골집의 냄새 같았다.

'학폭이나 뭐 다른 교육 같은 일은 없는 거지?'

퇴근 전 박 형사가 책상 위를 분주히 정리하며 물었다. 해가

진 후의 사무실은 형광등만이 각각의 책상들을 비추고 있었다. 그 빛의 웅덩이들은 밖의 어둠이 얼씬도 할 수 없게 하려는 결계 같기도 했다. 엎드려 자고 있는 형사 몇 명과 엉망진창으로 쌓여 있는 사무 도구들과 문서 더미. 김 순경은 처음 본서에 발령받았을 때, 이곳이 마치 고대 왕국의 황제의 묘처럼 느껴졌다. 블라인드가 덜 내려진 창문 밖으로 순찰차들의 경광등 불빛이 이따금 넘어 들어오고 있었다. 빗방울도 조금씩 떨어지고 멀리서 고함 소리도 더러 들렸다.

'뭐 별일은 없습니다만.'

'없다는 거야 있다는 거야.'

'아뇨, 없습니다. 출장 달아놓은 게 없어요. 내일은 밀린 순찰 기록이나 공문 처리 좀 하려고요. 본청에 보고할 것도 좀 있고.'

'그럼 시간 내서 여기 좀 다녀와. 내가 가야 하지만 갑자기 일이 생겼어.'

박 형사는 실크로 코팅된 미색 봉투를 건넸다. 눈은 여전히 자신의 책상 위 여기저기를 향해 있었다. 손에 들린 봉투만이 마치 국경을 넘듯 김 순경의 책상 위에 와 있었다. 채근하듯 떨고 있는 봉투를 김 순경은 두 손으로 받아들었다.

'뭡니까? 이게.'

그는 아직 끈끈함이 남아 있는 봉투 덮개의 끝을 들고 내용물을 꺼내며 물었다.

'자선행사야, 방황하는 청소년을 우리의 품으론가 뭔가. 한번 봐봐. 김 순경도 알걸. 왜, 시 외곽에 종교 단체가 하나 있잖아. 바롬인가. 아무튼 연례행사인데. 장학금도 주고 집 나간 아이들 모아다가 거처도 마련해주고 그러는 데야. 몇 년 됐는데, 서장이 다니다가 재작년부터 내가 갔어. 사진 몇 장 찍어주고, 가출한 아이들 몇 명 상담해주고 잘돼서 가족들 찾아주면 더 좋고.'

김 순경은 필시 초대장일 봉투의 카드를 펼쳐보지 않고 다시 집어넣었다.

'오래 걸릴까요?'

'왜? 마음에 안 들어? 애들 좋아하잖아. 선량한 사람들이야. 뉴스 봤을 텐데.'

'네, 저도 잘 아는데요. 봉사도 많이들 하고, 기부도 하고.'

'그런데?'

'그냥 느낌이 그냥 안 좋아서요. 무슨 공동체라는 데가 워낙 말들이 많잖아요. 오대양도 그렇고, 옴진리교도 그렇고. 아사하라 같은 놈들은 완전 사이코던데요.'

'아이구 김 순경 나이가 몇인데 오대양도 알고 옴진리도 알아?'

'경찰 되려면 기본 아닙니까?'

김 순경은 다소 우쭐대면서 말대답을 했다. 그는 옛사람들의 기억들을 외워 써먹으면 나이보다 더 잘 대접받는다는 것을 알고 있었다.

'얼굴은 어리게, 머리는 늙은이처럼. 알았지?'

외숙은 틈이 날 때마다 처세라면 처세일 수 있는 지침들을 알려주었다. 일종의 팁이었다.

'옛일들을 많이 알고 있는 경찰들은 무시 못 해. 망설이면서 이리저리 검색을 하거나 책을 뒤지는 꼴을 보이면 그 순간 끝이지. 바로 튀어나와야 해. 사건명이나 범인들, 사후 처리에서 당시 사회적 이슈라든가 뭐 등등. 다 알아두라고.'

3년의 경찰 생활을 거치면서 김 순경은 최 과장의 조언이 상황마다 거의 유효하다는 것을 알게 되었다. 어지간히 변화가 더딘 조직이라는 생각에 간간히 혀를 내두를 정도였다.

'가봐, 직접 가보면 또 달라질 거야. 오대양 그거 다 없이 살때 얘기들 아니야. 갈 때 비서실 들러서 서장님 인사말 원고도 챙겨가고. 가서 대독하면 돼. 아이고, 여기 있네. 겨우 찾았군.'

'네. 그런데 뭐 찾으십니까?'

'어, 다른 게 아니고 옛날 수사수첩. 서랍 뒤로 넘어가 있는 걸 한참 찾았네. 참고인 증인들 연락처 모아놓은 거. 내일 찾아다녀야 할 사람들이 좀 있어서. 아무튼 수고해.'

길은 어느덧 더 한적한 곳으로 머리를 틀었다. 막 지나친 삼거리에서 우측으로 빠지는 길은 다시 도시순환도로로 향하고 지금 그가 탄 길은 막다른 곳을 향해 있었다. 드문드문 인가가 보였고, 세밀 폭설을 못 이겨 무너져 내린 비닐하우스 몇 동이 널브러져 있을 뿐 근처에서 사람의 흔적은 찾기 어려웠다. 좁고 음산한 길은 빽빽한 침엽수 삼림을 좌우로 끼고 큼지막한 호를 그렸다. 사람이 느끼기 어려울 만큼 조금씩 고도를 높이는 길은 짧은 터널을 하나 지나면서 갑작스럽게 먼 도시의 전경을 보여 주었다. 회식을 하던 식당들은 이 길을 줄기로 하여 실핏줄처럼 뻗어 들어간 샛길들의 끝에 모여 있었다. 김 순경도 이 지방도 의 끝은 가본 적이 없었다.

'어디 가실 거면 저랑 같이 가시죠.'

'내 차 가지고 갈 거야. 정식 수사가 아니니까, 관용차를 이용 할 수는 없지.'

'요즘 그런 거 구분하는 공무원들이 어디 있습니까? 제가 모 시겠습니다.'

'아니라니까. 사적인 일이야.'

수첩을 넘겨다보는 박 형사의 말 수가 밸브가 느슨하게 잠긴 수도꼭지에서 떨어지는 물방울처럼 점점 줄어들었다. 미간이 찌푸려지면서 깊은 주름을 만들고 있었다. 김 순경은 박 형사의 표정이 여느 때보다 더 사나워져 있는 것을 보고는 그만 채근을 멈춰야겠다는 생각을 했다. 박 형사의 정신은 이미 수첩 속 어 느 시점으로 넘어가 있는 것처럼 보여서 김 순경은 시무룩하게 입을 다물 수밖에 없었다.

디제이가 청취자들의 추천 곡을 받아 바로바로 틀어주고 있 는 모양이었다. 장사익의 노래를 지나 라디오에서는 좀 더 경 쾌하고 모던한 음악이 흘러 나왔다. 리듬과 멜로디는 장르를 넘 나들었고 보컬은 성별과 노소를 가리지 않았다. 살짝 열린 차창 안으로 넘어 들어오는 솔향이 상쾌했다. 마치 에탄올처럼 솔잎의 냄새 분자가 콧속의 찌꺼기들을 붙들고 기화되고 있는 기분이었다. 숨쉬기가 한결 편안했다.

비서실에서 배 경장은 서장의 인사말이 담긴 봉투를 주며 눈인사를 했다. 그녀의 눈웃음은 호불호가 갈렸지만 양쪽 진영 모두 그녀의 뒤에서만 열광을 하거나 비아냥거릴 뿐이었다.

"거기 처음 가세요?"

단정하게 뒤로 묶어 포니테일을 하고 있는 배 경사는 기혼으로 육아휴직을 마치고 복직한 지 얼마 되지 않았다. 계급상으로는 김 순경보다 위였으나, 실경력과 나이가 엇비슷해서 가끔씩 만나면 친한 척을 하곤 했다. 그래도 서먹서먹한 건 있었던 터라 갑작스럽게 개인적인 일정을 물어 오자 김 순경도 당황스러운 기색을 숨기지 않았다.

"네?"

"바롬형제원이요. 기도원."

"아, 네 그렇죠. 기도원 가는 길입니다. 거기 잘 아시나 봐요."

"그럼요, 우리 애가 아토피가 심했는데 형제원에서 나오는 약 바르고 나서는 엄청 좋아졌거든요. 사람들이 몰리는 데는 다 이유가 있더라고요."

"거기가 무슨 의료 사업 같은 걸 하는 덴가 보죠?"

"공동체죠, 공동체. 사업은 아니에요. 약은 무료로 주고요, 대신 주말이나 틈 날 때 가서 텃밭 농사를 조금 도와주면 돼요. 품앗이처럼. 좋은 일들 참 많이 하는 곳이죠. 기부도 많이 하고."

배 경장은 자신이 좋아하는 연예인이나 영화를 소개하는 여고생처럼 어딘가 모르게 들떠 보였다. 김 순경은 여러 가지로 조금 곤혹스러웠고 그만큼 못마땅했다. 가끔 인사를 주고받는 사이에 불과한데, 오래 알고 지낸 대학 동기처럼 말 상대로 붙잡힌 모양새가 마뜩치 않았다. 이해가 전혀 가지 않는 것은 아니었다. 동료라고는 경비를 서고 있는 의경뿐이니 대화 상대가 없어서 그렇겠지만, 그렇다고 해서 피곤하지 않은 것은 아니었다. 마치 길거리에서 호객꾼에게 붙잡혀 원치 않는 상품 설명을 듣고 있는 느낌이었다. 경험상 과감하게 뿌리치고 갈 길 가는 게 상책이었다.

"그러시구나. 네, 전 그럼."

"가면 장로님 강연은 꼭 한번 들어보세요. 그분 말씀을 들으면 삶이 한층 아름답게 느껴지거든요."

"네, 제가 좀 바빠서요. 편두통이 심해서 의무실에 잠시 들러야겠습니다."

"어머, 머리가 아프세요? 마침 거기서 받아 온 약이 좀 있는데 한번 드셔보세요."

배 경장이 갑자기 자리에서 일어나더니 개인 사물함을 열고 약통을 꺼내주었다.

"아닙니다, 아니에요."

김 순경이 손사래를 치며 도망치듯 비서실 문을 열고 나오려는 찰나, 사양하지 말라는 듯 그녀는 싱긋 웃으며 김 순경의 상의 주머니에 능숙하게 약통 자체를 넣어버렸다. 한쪽이 보내는 감정신호를 일방적으로 무시하거나, 알아채지 못하는 척하는 유형을 김 순경은 평소에도 아주 버거워했다. 짜증에는 짜증을, 화에는 화를, 웃음에는 웃음을. 그게 아니면 그 반대도 상관없었다. 그는 한쪽의 감정신호에 상관없이 늘 같은 반응을 보내오는 인간을 감당할 수 없었다. 그런 인간들은 맹목적이었고 그들이 맹목적으로 원했던 것을 손에 쥐지 못하면 결국 포악해졌으며, 상황은 파국으로 치닫곤 했다.

"이러시면, 제가 너무 부담스러운데요."

그는 주머니에서 약통을 도로 꺼내 비서실 데스크에 올려놓았다.

"아픈 사람은 서로 도와야지요. 모르는 사이도 아니고. 형제원에서 받은 건데요, 약효가 좋아요. 머리 아픈 게 순식간에 사라지거든요. 언제 사라졌는지도 모르게."

"죄송합니다."

황급히 인사를 하고 비서실을 빠져나가려는 김 순경의 팔을 배 경장이 다시 잡았다. 자신이 통제할 수 없는 짜증이 일자 김 순경은 계급과 나이를 잊고 배 경장의 팔을 뿌리치고 말았다. 배 경장 손에 들려 있던 약통이 비서실 대리석 바닥에 내동댕이쳐졌다. 열린 뚜껑 밖으로 수십 개의 알약이 바둑알처럼 쏟아져 튀었다.

완만한 커브를 돌며 길은 산그늘 아래로 들어섰다. 시청에서 나온 인력들이 비탈마다 삼삼오오 붙어서 흙막이 공사를 하고 있었다. 겨우내 얼었던 흙더미가 풀어지면서 사태가 나는 걸 방지하려는 작업일 것이었다. 갓길에는 빗물에 떨어진 꽃잎들이 서로를 덮고 그늘 속에서 썩어가는 중이었다.

김 순경은 초조한 듯 핸들 위의 손가락을 까닥까닥 치면서 배경장과 있었던 일들을 복기해보고 있었다. 평소 말이 별로 없고, 표정도 다양하지 않던 선배인데 그로서는 못 보던 모습인 것만은 분명했다. 아무리 생각해도 그렇게까지 할 일은 아니었다. 그도 배 경사도.

길은 이제 하천을 사이에 두고 길 이쪽과 형제원 부지 쪽으로 나뉘어져 있었다. 엄밀하게 말해서는 하천이 아니라 계곡물이라고 봐야 했다. 형제원은 시의 유일한 산인 정미산 중턱에 위치해 있었다. 정미산 전체가 그 단체의 사유지였지만, 등산객들의 출입을 통제하거나 이용료를 징수하지는 않았다. 장마철 물이 불어나면 다리 위의 길은 폐쇄될 정도로 외진 곳이었다. 약도에 따르면 다리 건너에서 우측으로 틀면 형제원 정문이 보일 것이었다. 구글맵과 내비게이션이 있는 시대에도 약도 같은 걸 그리는 사람들이 산 아래 모여 공동체를 이루고 있었다.

정문을 들어서자 산을 깎아서 만든 넓은 주차장이 있었다. 갈수기라 수위가 낮아진 계곡엔 형제원 회원으로 보이는 사람들이 몇몇 보였다. 보 작업을 하는지 그물로 물고기를 잡는지 멀리서 볼 때 확실하지 않았다. 굴착기 한 대가 캐터필러를 반쯤 담근 채 왜가리처럼 삽을 쳐들고 있었다.

김 순경은 다리 위에서 차를 세워둔 채 차창 밖 풍경을 잠시 살폈다. 녹음이 조금씩 차오르고 계곡들 틈틈이 늦봄의 햇살이 스며들고 있었지만, 어딘가 모르게 축축하고 차가운 느낌이 들었다. 경적 소리에 룸미러를 살펴보니 어느 샌가 뒤쪽으로 차량이 밀려 있었다. 형제원 로고가 전면에 박힌 미니버스 한 대가 보였고 휘어진 길 뒤로 연이어 승합차가 서 있었다. 언뜻 봐도 차량 안에는 사람이 많았다. 시에서부터 셔틀을 운영하는 모양이었다. 김 순경은 손을 들어 양해를 구하고는 기어를 넣고 차를 움직였다. 자신도 모르게 신경질적으로 가속페달을 밟자 흙먼지가 잔뜩 일었다. 고속 회전하는 고무와 시멘트 사이에서 왕모래들이 갈리며 나는 비명 같은 소리에 계곡에서 발 담그고 있던 사람들의 시선이 김 순경의 차로 쏠렸다. 보이지 않은 계곡 사이사이에 숨어 사람의 길 위를 엿보는 소쩍새들이 우는 소리가 메아리 치고 있었다.

김 순경은 순찰차 뒷좌석 손잡이에 걸어놓은 정복을 꺼냈다. 이 깊은 산속에 100여 대는 충분히 댈 수 있는 주차장이 있다는 것이 믿어지지가 않았다. 김 순경은 바짓단이 끌리지 않게 옷걸이를 높이 든 채 기도원의 전경을 둘러보았다. 기도원은 한눈에 들어오지 않을 만큼 웅장했지만 오래된 잡목들과 이끼들을 덮어 쓰고 은폐된 유적지처럼 보이기도 했다. 주차장은 이미 차량으로 빼곡하여 빈자리를 찾으려는 차들이 통제에 따라 길게 줄

지어 주차장 안을 맴돌고 있었다.

본행사의 시작까지는 아직 한 시간 정도 남아 있었다. 사람들은 차량 주변에서 두셋씩 모여 안부를 물으며 대화를 나누고 있었다. 곳곳에서 웃음소리가 터졌다. 여자들은 손으로 입을 가렸고, 남자들은 더러 허리를 뒤로 꺾으며 박장대소 하고 있었다. 김 순경은 자신의 표정만 굳어 있다는 것이 못마땅하여 바닥에 깔린 자갈 더미를 구두코로 몇 번 차보았다. 화장실에서 옷을 갈아입으면서도 그는 무언가 낯설지 않은 기도원의 분위기에 기분이 썩 좋지 않았다.

'아예 정복 입고 가지?'

'아닙니다. 아무래도 유니폼은 좀 불편해서요. 가서 꼭 갈아입겠습니다.'

'유니폼이 평상복처럼 느껴져야 하는데, 아직 멀었구먼.'

넥타이의 매듭을 몸 중앙으로 조심스럽게 옮기며 정복 때문에 박 형사와 실랑이를 벌이던 게 생각이 났다. 안 고쳐지는 것에 집착하는 박 형사의 고집과, 그 고집에 기어이 말대꾸를 하는 자신의 모습이 새삼 우스꽝스럽게 느껴지자 피식 웃음이 나왔다. 화장실 칸 밖에서 발자국들이 섞이고 여러 소음이 들렸다가 사라졌다. 순간 그는 낮게 속삭이는 목소리들이 자신의 청각 세포를 잡아끄는 것을 느끼고는 움직임을 멈췄다.

"들었어?"

"어."

"오늘 개구리알 뿌릴 거라면서."

"쉿, 여기 아무도 없는 거 맞아?"

김 순경이 들어 있는 칸이 잠겨 있는 것을 뒤늦게 발견했는지, 그 둘의 말이 끊어졌다. 몇 초, 1분이나 지났을까 그는 자신이 숨을 멈추고 있다는 것을 깨닫고 조심스럽게 날숨을 뱉어냈다. 온 신경을 집중해서 밖에서 나는 소음을 들으려고 노력했다. 발자국 소리가 다시 여럿이 섞여 들어왔을 때, 김 순경은 헛기침을 하며 화장실 칸에서 나왔다. 양복을 입은 사람 둘이 소변기에 붙어 있었다. 그는 목소리들의 주인을 찾으려고 휘파람을 불며 두 개의 라인을 돌아보았다. 세면기 앞에 붙어 있는 거울을 통해서 본 화장실 실내에는 목소리의 주인공들이 없었다. 옆자리에서 손을 씻으며 아는 사이인지 양복쟁이 둘이 대화를 나누었다. 경찰인 걸 보고도 평온하게 눈인사를 보냈다. 핏기가 전혀 보이지 않는 풀 뜯는 동물들의 온순하고 낙관적인 눈빛이었다.

"오늘 의원님도 오신다고 했지?"

"그럼, 방송국에서도 올 거고. 장로님 설교에다 어쩌면 여기 단장님 실물도 볼 수 있을 거래. 외부 사람들 앞에서는 잘 안 나서신다잖아."

"단장님? 원장님 말하는 거야? 여기 온 지 몇 년이 됐는데도 나도 직접 본 적은 한 번도 없는데."

"고통을 느끼지 못하는 사람이라는 게 정말이야?"

"손에 못을 박아서 피가 줄줄 흐르는데도 표정 하나 바뀌지 않았대."

"직접 보면 무섭지 않겠어? 흐흐."

"자매님들이 그러는데, 너무 잘생겨서 그런 생각은 아예 들질 않는다더라."

김 순경은 그들을 뒤로 하고 자신이 화장실 칸에서 들었던 말을 되뇌었다. 개구리 알이 뭘까? 뿌려진다, 뿌려진다⋯⋯. 주차장으로 가서 사복을 집어넣고, 손가방에 지갑과 휴대폰, 서장의 인사말 원고를 넣어 정문을 향해 걸었다. 사방이 사람들로 북적거렸고, 그들의 웅성거림은 산속에서 메아리치고 있었다. 방송국 차량도 여럿 모였고, 한 곳에서는 이미 형제원 관계자들인 듯한 인물들을 잡아 놓고 인터뷰를 따고 있었다.

그는 천천히 돌계단 몇 개를 올라 정문을 향해 나 있는 벽돌길을 걸었다. 노란 벽돌 길이었다. 〈옐로우 브릭 로드〉, 김 순경은 콧노래로 올드팝을 흥얼거렸다. 길 양옆으로는 비닐로 덮여 있는 거름들이 썩고 있었다. 완만한 비탈에 조성된 목장의 목책 너머로 십수 마리의 소 떼가 한가로이 풀을 뜯었다. 목양견이 혀를 내빼고 숨을 헐떡이면서도 방문객들과 소 떼 사이를 뛰어다녔다. 사람들은 보더콜리의 뜀박질에 웃음을 터뜨리며 박수를 쳤고, 개는 그 소리에 더욱 혀를 빼물고 속도를 높여 달리며 소들을 몰았다.

감색 양복을 입은 보안요원들이 선글라스를 낀 채 초대장을 하나하나 확인하고 있었다. 사람들은 놀이동산을 방문하듯 밝은 표정으로 형제원의 기도원을 향해 줄지어 들어갔다. 전광판에는 방문객들을 환영하는 문구가 반짝이고, 김 순경은 보안요원들과 자신만이 무표정한 채 이곳에서 어둠을 발하고 있다는 생각이 들었다. 분명 낯설지 않은 풍경이었다. 세상 사람들이 모두 웃어도 혼자만 웃을 수 없는 상황. 대학을 졸업하고 노량진 생활을 시작한 후 가족들이 모이는 명절이나 부모님의 생일 따위들이 생각났다.

7급 공무원 시험을 치다가, 9급으로, 그 사이 여동생이 결혼했다. 부모는 점점 늙어갔고, 경찰 시험으로 방향을 돌렸을 때 아버지는 정년을 맞아 학교를 떠났다. 어머니의 걱정과 한숨, 친척들의 위로와 핀잔이 계속 쌓이는 사이에도 김 순경은 노량진을 벗어날 수가 없었다. 김 순경이 지닌 로켓의 탈출 속도로는 노량진의 중력을 벗어날 수 없었다. 다만 노량진 안에서는 모두가 어두웠으므로 그는 어둠 속에서 두렵지 않았다. 가끔씩 돌아가는 일상의 세계에서 그가 가장 어두웠다. 깔깔거리며 웃던 친구들도, 가족, 친척들도 그만 보면 입을 다물고 울상을 지었다. 위로와 비아냥이 섞인 온갖 색깔의 말이 뒤엉켜 결국 검정색으로 변해버렸다. 그의 손이 닿는 모든 것이 시들어서 썩어갔거나 이미 썩어 있었다. 김 순경은 점점 노량진에서 나오는 시간을 줄였다.

사촌들 가운데 공부를 곧잘 했던 김 순경을 어릴 때부터 귀여워했던 외삼촌이 어느 날 노량진을 찾아왔다. 비가 추적추적 내리고 있었다. 노량진역과 고시촌을 연결하는 육교 위의 노점들도 모두 철수하고, 분야를 종잡을 수 없는 고시생들이 우산도 없이 번들거리는 바닥 위로 고시원과 학원, 식당을 느리게 오갔다. 컵밥 노점들도 하나둘 천막을 내리고, 외부인들은 서서히 노량진 탐방을 끝내고 각자의 거처로 돌아가고 있었다. 그해 순경 공채 1차 발표가 끝난 지 일주일이 지났다. 날이 매섭게 찼다. 곧 서리가 내리고 눈이 올 것이었다. 노량진에도 계절은 흘렀다. 중력이 센 만큼 시간이 천천히 흘렀다.

그날 김 순경은 고시원의 짐들을 가지런하게 정리해놓고 나왔다. 몇 년 동안 쌓여 이젠 개정판이 나온 고시 서적과 유행과는 상관없는 옷가지들, 설거지 해놓은 반찬통과 슬리퍼까지. 수강 기간이 끝난 학원 자습실에 앉아 우두커니 창밖으로 종일 떨어지는 비를 보고 있었다. 부모와 친구, 형제 그 누구에게도 연락을 할 수 없었다. 잔고도 다 떨어지고 그는 정말 마지막에 다와 있다는 걸 느꼈다. 계기판의 주유등이 들어온 지는 한참 전이었다. 이젠 진짜 마지막 몇 방울의 기름만이 남아 있을 것이었다. 그 기름을 계속 태울 것인지, 그만 브레이크를 밟고 차를 멈춰야 할지 결정의 순간이 임박해 있었다. 자습실 문을 열고 떨어진 사람들끼리 맥주나 한잔하자고 동료 수험생들이 불렀다. 아무렇지도 않은 보통날 마치 직장 일을 마치고 회식이라도 가는 무리처럼 밝아 보였다. 그들은 아직 수렁에 빠지지 않았거나, 수렁에 빠진 걸 인지조차 하지 못하는 부류였다. 김 순경이 별다른 반응을 보이지 않자 그들은 미련 없이 무리를 지어 자습실을 나갔다.

수강 기간이 끝났지만 학원 사무직원은 그의 얼굴을 알아서 자습실 이용을 눈감아주었다. 어차피 당분간 이곳을 사용할 수험생은 단 한 명도 없었다. 경찰공무원을 전문으로 하는 이 학원은 다음 주나 되어야 다음 수강생들을 받을 거였다. 불합격자들은 계속 쌓이고, 새로운 예비 불합격자들은 계속 쏟아져 들어오는 구조. 김 순경은 자신이 삼각주에 끊임없이 쌓이고 있는 퇴적물 같다는 생각이 들었다. 무언가 끝내고 싶다는 생각은 없었지만, 이대로 계속 갈 수도 없다는 것쯤은 그도 알았다. 서울 4년제 대학을 나왔고, 성적도 나쁘지 않았다. 학창 시절 모범생으로 불릴 만큼 성실하게 살았다. 그 덕분에 그는 그에 맞는 대우를 받아왔다고 생각했다. 한 만큼 받는다. 그게 정의라고 믿었다. 무언가가 잘못되고 있었다. 아무리 노력을 해도, 안 되는 게 있었다. 김 순경은 추적추적 촛농이 녹아내리듯 비 내리던 날 자습실에서 그 자명한 사실에 대해서 곱씹었다.

낯선 전화번호로 전화가 몇 번이나 진동했지만 그는 받지 않았다. 그에게는 남은 번호가 얼마 없는 상황이었다. 합불 소식을 묻는 친구들, 합격 턱을 쏘겠다고 부르는 친구들, 고등학교 때 그보다 성적이 좋았던 친구들, 나빴던 친구들, 그보다 대학을 잘 간 사촌 형제들, 못 간 사촌 형제들의 전화번호를 하나씩 지워

나갔다. 그래도 넌 학자금 대출은 없잖냐. 그 전해 고시를 포기하고 노량진을 떠났던 지방 대학 출신 친구는 경멸과 부러움을 섞어 취한 눈으로 김 순경을 노려보았다. 그 눈에는 바닥을 알 수 없는 늪이 담겨 있었다. 어리석은 수많은 짐승이 빠져 죽어 만들어진 시체의 늪이었다.

'여깁니다.'

목소리가 익숙한 사무직원이었지만, 김 순경은 돌아보지 않았다.

'고맙습니다. 형우야.'

김 순경은 자신의 이름을 부르는 거라는 생각을 전혀 하지 못했다. 노량진에는, 아니 이제 이 세계에서는 그의 이름을 그렇게 부를 만한 사람이 없었다.

'형우야.'

김 순경이 돌아보았을 때, 자습실 문 앞에는 비에 젖은 긴 우산을 접어 들고 있는 외삼촌이 있었다. 최 과장, 당시에는 서울 남부경찰청 소속 최 팀장으로 불리는 경감이었다. 최 형사는 꼼짝 않고 앉아 있는 김 순경을 향해 천천히 걸어왔다. 그리고 고개를 숙이고 흐느끼기 시작하는 김 순경의 어깨 위에 두툼한 손을 얹었다. 김 순경은 가슴 속 깊은 곳에서부터 무언가가 무너지기 시작하는 걸 느꼈지만, 그걸 막을 수가 없었다. 눈물은 점점 말라갔지만, 응어리진 소리가 꺽꺽 쏟아지면서 자신도 막을 수 없는 통곡을 시작했다.

"서에서 나오셨나요?"

김 순경보다 머리 하나가 더 큰 보안요원이 그림자를 드리우며 인기척도 없이 다가와 있었다. 보안요원은 말을 던져놓고는 인이어를 통해 윗선의 지시를 듣는 듯 잠시 말을 멈췄다. 레이밴 선글라스의 칠흑 같이 반짝이는 양쪽 렌즈에 정복 차림의 경찰 두 명이 선명하게 박혀 있었다.

"네, 오늘 행사에 서장님 대신⋯⋯."

김 순경은 상의 안주머니에서 초청장을 꺼내 보였다.

"이쪽으로 오시죠. 오늘 같은 날은 내방객들이 많아 걸어서 올라가시려면 복잡합니다."

보안요원을 따라 메인 게이트를 지나 별도의 쪽문으로 들어가자 잘 조경된 나무들 사이로 좁은 편석길이 조성되어 있었다. 성인 남자 두 명이 어깨를 맞대고 걸어갈 수 있을 정도의 길이 정갈하게 뻗어 있었다. 바닥돌과 돌 사이 줄눈에도 먼지 하나 보이지 않아서 김 순경은 흠칫 서늘해지는 것을 느꼈다. 2미터 정도의 높이로 조성된 나무숲 때문에 길 바깥은 보이지 않았지만 사람들의 웅성거림은 쉽게 이쪽과 저쪽을 넘나 들었다.

보안요원의 뒤를 따라 첫 번째 모퉁이를 돌자 열차 객실 비슷한 기구가 문을 연 채 대기하고 있었다. 양복을 입은 사내와 투피스 정장을 입은 중년의 여성 커플이 먼저 자리에 앉아 있었다. 그들은 김 순경에게 웃으며 눈인사를 보내고는 가벼운 인사치레였다는 듯 곧 자기들의 이야기를 이어갔다. 객차의 전방 유리창 너머로 나지막한 오르막 경사를 타고 모노레일이 깔려 있었다. 마치 사파리처럼 울창한 활엽수림 사이로 레일은 눈에 보이는 곳까지 뻗어 있다가 오른편 나무 그늘 쪽으로 호를 그리며 사라졌다.

"천천히 올라가십시오. 도착하시면 안내하는 요원이 있을 겁니다."

보안요원은 인이어에 달린 마이크에 무언가를 속삭이면서 객차의 문을 닫았다. 김 순경은 처음 들어와 본 바롬형제원 기도원의 크기에 새삼 놀랐지만, 티를 내지 않기 위해 잠시 눈을 감았다.

김시오

병실은 15층 건물 중 7층에 있었다. 서울에 있는 대학 병원의 분원 같은 곳이었지만, 그나마 관내에서는 시설이나 규모면에서 최고의 병원이었다. 학교에서 다섯 블록 떨어진 병원은 김시오가 새로 얻은 아파트 단지로 가는 길 도중에 있었다. 애초의 도시 계획과는 다르게 베드타운으로 전락한 도시는 격자 형태의 도로가 전방위로 배치되어 초행자에게도 장소를 찾는 일은 쉬웠다. 도시의 메인 입구와 지방도가 연결된 나들목마다 랜드마크로 불릴 만한 고층 아파트와 주상복합 건물이 있어서 시민들은 따로 주소를 외울 필요가 없었다. 어쨌거나 인구 100만이 넘어서는 도시였지만 부동산 업계에서는 실패했다고도 성공했다고도 할 수 없는 신도시로 평가했다.

'김시오입니다. 혹시 권용준 학생이 입원한 병원을 좀 알 수

있을까요?'

'아, 혹시 무슨 일로 그러시는지 여쭤봐도 될까요?'

여자는 권용준의 담임교사였다. 건네 듣기로는 두 번째 학교였고, 경력은 5년이 좀 넘은 교사였다. 처음 내선 통화를 해보는 전입교사의 요청에 바로 응하지 않은 것을 보았을 때 기본기가 탄탄하게 잡혀 있다는 것을 김시오는 느낄 수 있었다.

'학기 초라 바쁘실 텐데 죄송합니다. 별일은 아니고요, 제가 학폭위원으로 참여하고 있어서요.'

'아 네. 그 건은 결론 난 거 아닌가요? 사실 저도 아직 용준이 얼굴을 본 적이 없어요. 담임 맡기 전에 벌어진 일이라. 잠깐만요, 통화 중. 아 그런데 병원은 왜 그러시죠?'

여자는 말버릇인 모양인지 독백과 대화의 선을 넘나들며 상대에게 말을 던졌다. 여자의 말은 캐스팅된 낚싯대에 매달린 줄처럼 허공을 이리저리 휘감고 있었다. 김시오는 대답을 하거나 어떤 반응을 보여야 할 지점을 쉽게 찾지 못해 여자의 말이 끝났다는 것을 잠시 뒤에야 눈치챘다.

'학생부장님이 한번 가보겠다고 하셔서요.'

거짓말이었다. 학생부장은 이 일에 관심조차 없었다.

용준의 담임교사는 예상대로 병원을 알려주었다. 처음 대화를 나누는 선배 교사의 요청은 거절하기가 어려울 테고, 자신의 입장에서는 어쨌거나 확인 절차를 거쳤으니 일이 생기면 김시오나 학생부의 책임일 것이다. 어딘가에서 보고 들었거나, 아니면 스스로 깨쳤을 것이다. 애매한 일이 생기면 무조건 위로 올린다. 젊었을 적에는 자존심이랄까 자만심이랄까 결재 라인 위쪽으로 무언가를 보고하는 것이 마뜩치 않았다. 적어도 김시오는 그랬다. 학생들의 가벼운 다툼, 학교와는 무관한 출장, 수업 시간의 자율적 운용, 사적 여행의 목적지와 일정 따위를 부장이나 교감, 더 나아가 교장에게 알리고 싶지 않았다. 그들이 알아야 할 이유가 무엇이란 말인가. 법제상 교사 하나하나는 독립된 교육기관이나 마찬가지였다.

몇 년 교직에서 굴러먹고 나서야 너구리 같은 선배 교사들이 사사건건 공식적으로든 비공식적으로든 위쪽으로 사안에 대해 알리는 이유를 알게 되었다. 감추고 있으면 결국 모조리 뒤집어쓴다. 무슨 일이 생기면 위로 올려라. 김시오는 용준의 담임교사가 어린 나이에 빨리도 교직에서의 처세를 익혔다는 생각이 들었다. 교사는 교감에게, 교감은 교장에게, 교장은 그 위로 폭탄을 넘긴다. 경험상 근태 문제를 비롯하여 성비위 사건이나 성적 관련 문제가 터지면 교장이 제일 먼저 하는 말은 언제나 '나는 몰랐다'였다. 뻔히 결재 라인에 본인의 사인이나 도장이 박혀 있는데도 모르쇠면 책임이 끝났다. 교장이 몰랐다고 한다면 아래에서는 그가 알게 해야, 아니 알았다는 것을 증명할 수 있어야 최소한의 안전을 확보할 수 있었다.

차를 지하주차장에 대고 엘리베이터를 탔다. 평일 일과 시간 이후였는데도 지하 4층까지 내려가야 겨우 빈자리가 났다. 중간에 1층에 내렸다가, 병원의 구조가 지상층이 3층이라는 것을 알고는 다시 탑승했다. 3층에 내려 편의점에 들러서 음료 선물 세트를 샀다. 한쪽에 과일통조림이 산더미처럼 쌓여 있었다. 김시오는 잠시 망설인 끝에 백도와 황도도 한 캔씩 더 담았다. 편의점 실내 한구석에는 테이블이 두 개 놓여 있었는데, 왼쪽 다리에 깁스를 길게 한 환자와 멀끔하게 환자복을 입은 환자가 서로 등을 돌린 채 컵라면을 먹고 있었다. 번갈아 면발을 빨아올릴 때마다 하늘색 병원 로고가 새겨진 환자복에 라면 국물이 이리 저리 튀었다.

저녁 무렵이라 면회객들은 별로 없는 편이었다. 텅 빈 고속버스 터미널처럼 수납 창구로 둘러싸인 대기석에는 무료함을 이기지 못한 입원 환자들이 혼자, 더러는 두셋씩 앉아 텔레비전을 보고 있었다. 응급수술을 받는 환자를 초조하게 기다리는 가족 몇 팀도 의자에 누워 있었다.

3층 메인 로비에서 병실의 배치를 확인한 후, 엘리베이터가 양옆으로 세 쌍씩 놓여 있는 통로에서 오름 버튼을 눌렀다. 이미 두 쌍은 운행이 종료되어 있었다. 직원용 엘리베이터가 먼저 올라왔지만 수술실로 올라가는지 침대에 누운 환자와 간병인 두 명이 실내를 꽉 채우고 있었다. 김시오 뒤에 서 있던 간병인 둘이 침대 옆 비좁은 틈새로 하나씩 올라탔다. 일면식이 있는 사람들이었는지 자기들끼리 인사도 나누었다. 억양으로 보아서는 조선족인 듯했다. 그들은 일제히 김시오를 쳐다보았다. 김시오는 말없이 손바닥을 살짝 위로 올려 보였다. 무심한 표정으로 조선족 간병인이 손을 뻗어 닫힘 버튼을 눌렀다.

　김시오는 오래전 자신의 눈앞에서 덜컹거리며 닫히던 병원 엘리베이터의 문이 생각났다. 복도 형광등 불빛을 날카롭게 튕겨내던 금속의 거대한 문. 여덟, 아홉 살 무렵이었다. 김시오는 그 이전의 생활에 대해서는 자세히 기억하지 못했다. 어느 심리학자는 인간은 말과 함께 사건을 기억한다고 했다. 인간이 유년기의 기억을 잘 떠올리지 못하는 건 말을 잘하지 못했기 때문이라고. 말이 더디게 트였던 김시오는 그 시절이 더욱 희미하기만 했다. 어머니와 아버지가 있었고, 집은 단독주택이었다. 작지만 마당이 있었고 그 마당에는 종을 알 수 없는 바둑알 무늬의 털을 지닌 큰 개가 뛰어다녔다. 파릇파릇했지만 아늑했고, 건조하지만 기분 좋을 만큼 서늘했던 그 기억은 커다란 화염 속에서 늘 일그러졌다. 아우성 소리, 사이렌 소리, 열기에 부풀어 깨지고 쏟아져 내리던 유리창과 전등들, 엽총에 맞은 늙은 코끼리처럼 주저앉던 지붕. 응급실에서 차가운 스텐인리스 침대를 붙잡고 따라 뛰다가 침대를 놓치고, 바디백의 지퍼를 올리던 소리가 영안실 안을 그어대고, 김시오를 안아주던 간호사의 품과 뭉클하게 느껴지던 젖가슴, 멀리 일렁이는 공중으로 닫히는 엘리베이터의 금속 문. 천천히 미끄러지며 닫히는 문 너머에서도 사람들이 김시오를 쳐다보고 있었다. 이쪽으로 같이 가지 않겠느냐고. 천수관음처럼 문틈으로 뻗어 나오던 무수한 손들의 아우성.

김시오는 뒤늦게 달려가 손을 뻗었지만, 문은 기다렸다는 듯이 닫히고 말았다.

"안 타세요? 저기요."

엘리베이터가 문을 열고 멈춰서 있었고 안에서 의사 가운을 입은 파리한 얼굴의 청년이 묻고 있었다. 벽에 붙은 도착 표시 등이 깜빡거렸다. 김시오는 망막에 비치는 사물들을 조금씩 식별하기 시작했다. 그는 처음으로 직립보행을 시도해보는 사피엔스처럼 느릿하게 발을 들어 안으로 옮겨 넣었다.

"죄송합니다."

담임교사에게 전해들은 바에 의하면 용준의 병실은 708호 아니면 608호였다. 그녀는 정확히 메모를 해두지 않아 미안하다면서도 그 둘 중 하나는 분명하다고 말했다. 김시오는 병동 층 전체를 관할하는 메인 의국에 들러 나이트 근무 교대 중인 간호사들에게 환자의 이름과 병실의 위치를 문의했다. 모니터와 차트에 집중하면서도 30대 정도로 보이는 간호사는 그의 다소 장황한 말을 정확히 알아듣고는 필요한 답을 대꾸해주었다. 어깨를 비롯해 상체 전체에 살집이 다소 있어 둥글둥글했지만 건강해 보였다. 덕분에 연두색의 어린 새싹 문양이 박혀 있는 베이지 간호복이 더 파릇파릇해 보였다.

"복도 끝에 있습니다. 권용준 환자는 708호입니다. 지금 저녁 식사 시간이고요, 외부인 면회는 30분 정도 남았을 거예요. 아, 그런데 어떤 관계시죠?"

"담임교사입니다."

김시오는 공무원증을 꺼내려고 재킷 안에 손을 넣었다. 짧은 사이 그녀는 김시오의 대답은 중요하지 않다는 듯 자판의 엔터 키를 마지막으로 친 후 의자에서 일어나 약제와 거즈, 앰플 상자가 가득 담긴 카트를 밀고 별도의 사무실로 들어갔다. 의국을 중심으로 동서로 길게 뻗은 복도로 저녁 식사 트레이가 담긴 전동 밥차가 느린 속도로 지나가고 있었다.

용준의 병실 맞은편 벽에 3인용 벤치가 배치되어 있었다. 김시오는 들고 간 음료와 통조림을 내려놓았다. 노크를 하고 습관적으로 재킷의 단추를 잠갔다. 무게감이 느껴지는 미닫이문을 밀어 열자 양옆으로 놓인 침대와 정면에 보이는 텔레비전, 그 양옆으로 난 어른 키 높이의 통창과 그 창을 반쯤 가린 블라인드가 한눈에 들어왔다. 왼편 침상은 완전히 비어 있었고, 오른쪽 침상의 간병인 침대에 어머니인 듯 보이는 여자가 앉아 있었다. 침대에 얼굴을 파묻고 잠든 것처럼 보였다.

인기척이 느껴지자 여자가 고개를 들었다. 여자는 어깨 높이까지 오는 머리를 아무렇게나 묶고 있었다. 염색을 하지 않아서인지 또래만큼의 새치를 정수리 부분에 갖고 있었다. 머리끈에 함께 묶이지 않았거나 잠을 자면서 빠져나온 머리카락이 여자의 복잡하고도 우울한 심정을 보여주고 있는 듯했다. 검정색 면목티를 받쳐 입고 아가일 문양의 카디건을 걸치고 있었다.

병실 안의 온도와 습도는 여자가 놓인 상황과는 다르게 인간이 숨쉬기에는 최적의 상태였다. 김시오는 기관지가 열리며 숨쉬기가 한결 편안해지는 것을 느꼈다.

여자는 침대 옆 간이 냉장고 위에 두었던 안경을 집어 썼다. 다소 작은 듯했던 눈이 제 크기를 찾았고, 눈의 크기만으로도 여자는 금세 생기를 되찾았다.

"처음 뵙겠습니다. 김시오라고 합니다."

"?"

꾸벅 목례를 하긴 했지만 여자는 김시오의 등장을 납득하지 못하는 표정을 지어 보였다.

"아, 학교에서 왔습니다."

"네."

여자는 학교라는 말에 약간 무릎을 굽히는가 싶더니 다시 병상 침대에 걸터앉았다. 학교라는 말은 적어도 그녀에게 위협과 공격성으로 다가가는 어휘가 아니었다.

"담임선생님께서는 어제 다녀가셨는데요."

"네. 저는 학폭위원으로 있습니다. 3학년 국어를 가르치고 있고요."

"그런데 무슨 일로 오셨는지. 제가 꼴이 이래서."

피해자 관련 서류에 의하면 용준의 어머니는 관내 초등학교 교사였다. 아마도 휴직을 했거나, 장기 연가를 사용했을 것이다. 선생들은 입이 가볍기 때문에 이미 그녀의 학교에서도 쉬쉬하면서 소문이 다 돌았을 것이다. 소문은 돌고 돌다 인근의 학교를 거쳐 관외의 학교까지 바이러스처럼 퍼져나갔을 것이다. 선생들의 입은 방역이 불가능했다. 박 선생 아들이 학교폭력에 작살이 났대. 유튜브에도 올라왔다던데. 맞은 걸 보니까 어마어마하더라. 뉴스에도 나왔던 게 박 선생 아들이래. 딱 봐도 엄마라는 여자가 박 선생이더구만. 애를 어떻게 그 지경으로 만들어놨대? 학교 애들이 무슨 문제야 자기 자식부터 돌봐야지. 엄청 잘난 척하더라니 지 자식을 쯧쯧.

김시오는 몸의 감각이 조금씩 사라지는 것을 느꼈다. 불규칙적으로 사위가 고요해지고, 귓속 깊숙한 곳에서 사이렌 같은 것이 들렸다. 도플러 효과처럼 약효가 사라지는 시기가 오면 사이렌 소리는 조금씩 커지면서 마지막엔 맹렬하게 고막을 울렸다. 일순간 사이렌이 끊기면 김시오에게는 촉각도 함께 사라져버렸다.

"선생님?"

"아, 네. 그런데 용준이는 어디?"

"애 아빠가 심리 상담에 데리고 갔어요. 옆 건물에 있는 병동인데, 오늘은 좀 오래 걸리네요. 그런데 무슨 일로 오셨다고 하셨죠? 학폭 결과는 이미 등기로 받았는데요. 담임선생님도 어제 저녁에 향후 학사 일정에 대해 설명하고 가셨고요."

여자는 자신이 같은 질문을 하고 있다는 것을 곤혹스러워 하고 있었다. 불행이 계속 겹치는 사람이 지을 법한 그 표정을 그녀는 짓고 있었다. 울적하면서도 무기력하며 분노와 짜증이 섞인 얼굴.

"사회봉사 5일 말씀이시죠? 가해학생 강제전학이랑. 교직에 계시니까 잘 아시겠지만 교육청에 이의신청 가능합니다. 행정심판도 하실 수 있고요."

용준의 어머니는 말없이 김시오를 쳐다보았다. 홍채에 맑은 물결이 차오르면서 일렁이기 시작했다. 수정체 어디로부터 갑작스럽게 물이 흘러드는 것인지 김시오는 알 수 없었다. 여자의 깊이를 알 수 없이 어두운 눈 속과 얇고 파리한 입술은 미세한 떨림만으로도 이렇게 묻고 있는 게 분명했다. 그래서 그게 무슨 소용이냐고. 고작 그 따위 이야기를 지껄이러 왔느냐고.

"우리 애와 어떤 관계가 있으신가요? 아 내 정신 좀, 이쪽으로 앉으세요."

여자는 텔레비전 테이블 옆에 있는 접이식 의자를 가져와 펴주었다. 김시오는 그 사이 복도에 두었던 음료수와 과일통조림을 슬쩍 용준의 침대 아래에 두었다.

"솔직히 이번에 전입 와서 용준이와 인연은 없습니다. 우연히 학년부장님 대신 학폭에 참가해서 사정을 좀 알게 되었을 뿐입니다만. 그게 흔치 않게 악랄한 경우라."

여자에게 좋지 않은 기억을 떠올리게 하지 않으려 노력했지만 이런 상황에서는 늘 그랬듯이 그 노력은 무의미했다. 여자는 이미 안경을 벗고 눈을 훔치고 있었다.

"죄송합니다. 다시 떠올리게 해서. 네?"

여자가 입술을 달싹이며 울먹이는 목소리로 무언가를 말했지만 잘 들리지가 않았다. 투명한 말뭉치 하나씩이 바닥으로 톡 톡 떨어지는 것이 김시오의 눈에 보이는 듯했다. 여자의 목소리 가 껵껵거리는 울음으로 바뀌면서 그 말뭉치는 덩어리가 조금 씩 커졌고 이내 김시오의 귀에도 들리게 되었다.

"죽여버리고 싶어요. 그 새끼들 모두. 다, 죽여버리고 싶다구 요."

들썩이는 어깨, 요동치는 몸과 울음을 삼키는 원한. 김시오는 지금껏 무수히 같은 모습들을 보아왔다. 어머니가 아니면 아버 지, 때로는 부모가 버린 아이를 홀로 키운 할머니가 어깨를 들 썩이며 그런 울음을 울었다. 돌이킬 수 없는 일을 겪은 인간들 만이 쏟아낼 수 있는 울음은 어딘가 고래의 초음파와도 닮은 곳 이 있었다. 같은 주파수대를 쓰지 않으면 주변의 어떤 생물도 그 울음의 의미를 알 수 없었다.

모두 죽여 버리고 싶다.

인터넷이나 방송을 통해 가해학생들의 잔혹한 범죄가 고발 되어도 그때뿐이었다. 대중의 비난과 욕설은 짧은 계절과 같아 서 하나의 사건이 지나면 순장 때 묻혔던 후궁들처럼 함께 사라 졌다. 차곡차곡 쌓이는 인터넷상의 범죄들은 앞선 사건들을 조 용히 모래처럼 덮었다. 세월이 흐르면 피해자나 그 유족, 담당 기자와 변호사들 정도가 흙을 파서 화석처럼 굳어버린 사건을 해마다 모여 기념할 뿐이었다. 그것도 어지간히 대단한 크기의 화석이어야만 가능한 일이었다. 자잘한 사건들은 피해자와 가해자 모두 시간의 모래 속에 퇴비처럼 스며들어 원소기호로 사라져버릴 뿐이었다. 범죄에 어떠한 패턴이라는 것이 있다면 어린 녀석들의 범죄가 시간이 흐를수록 많아지고 잔혹해졌다는 정도였다.

반성을 모르고 태어날 때부터 악마로 태어난 것 같은 느낌의 아이들이 점점 늘어가고 있었다. 이 세계가 그것에 대처하는 꼴은 수도꼭지를 완전히 틀어놓고 종이컵으로 욕조에서 물을 퍼내는 격이었다. 물을 잠그거나 욕조의 바닥을 뚫어야 하는데, 세상은 종이컵의 개수와 크기에만 열을 올렸다. 그들은 범죄를 저지르는 소년들을 개별화하지 못했다. 당연히 범죄 이후의 상황이 피해자들의 바람대로 되는 경우는 없었다. 촉법소년들은 학폭을 거치거나 운 좋게 입건이 되면 수사를 받고, 언론에 대서특필되어 사회가 호들갑을 떨어 어쩌다 기소가 되더라도 결국엔 집행유예나 기소유예 처분을 받았다. 판사들은 그들이 건강한 사회 구성원으로 자랄 기회를 박탈하는 것은 가혹하다고 했다. 그 판사들은 남녀와 노소를 구분하지 않았다. 그들은 나라를 이끌 미래의 싹이 솔라닌 같은 독소라는 걸 간과하고 있었다. 판사들은 자신들이 성장했던 세상과는 전혀 다른 절반 이상의 세계와 인간에 대해 무지했고, 무지하다는 것을 인정하기 싫어했다. 관련 기사에 댓글을 다는 평범한 시민들이 오히려 합리적이거나 더 양심적이었다. 죄를 지었으면 남녀와 노소를 떠나 처벌을 받으라는 것이다. 지위고하가 문제가 아니다, 성별이나 노소에도 평등해야 한다, 판사 새끼 자식 놈이 강간당하고 뒤져야 정신 차리지, 라는 식의 악에 받힌 저주의 글이 베스트 댓글을 차지하곤 했다. 그러한 피해 사례와 사건은 수백 건을 넘어섰다. 그 피해자가 그 피해자인지, 낄낄거리며 잘 사는 가해자 놈들이 그 사건 가해자 놈인지 이제는 사회의 어느 누구도 정확히 판별할 수 없는 지경까지 오고 말았다. 가해자들이 어떤 식으로든 잘 먹고 잘 사는 동안 피해자 가족들은 상처 입은 짐승처럼 고통 속에서 죽어가고 있었다. 익명과 인권의 습하고 더운 기운 아래 너무 많은 싹들이 썩고 있었다. 썩은 싹 옆에서 또 다른 싹들이 썩어갔다. 법은 아무리 말해도 못 알아듣는 귀머거리였고, 그걸 집행하는 판사는 한 치 앞도 못 보는 장님이었다. 김시오는 이미 건강한 사회 구성원으로 자랄 기회가 박탈된 피해자들에게는 무엇으로 위로할 것인지 묻고 싶었지만 그러지 않았다. 그러지 않고 피해자나 유족들의 소원을 들어주는 길을 택했다. 그 편이 더 효율적인 선의 실행이라고 믿었다.

"진심이십니까? 용준 어머니."

"네?"

"정말 죽이고 싶다는 말씀."

"네, 우리 애는 정말. 우리 애는 정말⋯⋯."

여자의 말은 끊일 듯 끊이지 않고 이어졌다. 새끼를 잃은 어미 원숭이가 죽은 후 배를 갈라보았더니 창자가 끊어져 있더라는 고사가 이 땅에서는 아직 옛이야기가 아니었다.

"다 제 잘못이에요. 아이가 외고에 가고 싶어 했거든요. 제가 반대했어요. 공부도 곧잘 하니까 일반고에 가도 대학에 잘 갈 수 있을 거라고. 평등한 보통 교육을 받아야 한다고 설득했어요. 친구들도 대부분 일반고로 배정을 받을 테니까."

"특별한 이유라도."

"애 아빠하고 제가 사교육 폐지를 위한 학부모 모임 회원이에요. 사교육도 그렇고 본래 취지에서 벗어나 서열 만들고 경쟁만 강화시키는 특목고도 없애야 한다고 시위를 많이 했거든요. 솔직히 내신을 잘 받아서 수시로 원하는 대학에 갈 수 있을 거라는 생각도 없진 않았어요. 그런 마음이 나쁜 건 아니잖아요. 그런 마음을 먹었다고 이 지경이 되어도 좋은 건 아니잖아요."

여자의 눈빛에는 회한이 가득했다. 손에 담긴 무언가를 모두 흘린 것처럼 여자는 자신의 손바닥을 망연히 쳐다보았다.

"애 아빠는 후회하는 거 같지 않은데 원체 자기 고집이 세서 티 내질 못하는 거 같아요. 특목고에 갔으면 이렇게 어처구니없게 망가지진 않았을 텐데. 선생님, 아이 이가 다섯 개밖에 안 남았어요, 이가 다섯 개."

여자는 다시 안경을 벗고 울음을 터뜨렸다. 두 손으로 감싼 얼굴을 무릎에 묻었다. 김시오는 손을 뻗어 여자의 어깨를 감싸주고 싶은 충동을 느꼈지만 그러지 않았다. 나눌 수 없는 아픔은 위로할 도리가 없다는 걸 잘 알고 있었다. 그는 또 잘 알고 있었다. 용준의 부모가 학폭 따위를 무시하고 직접 고소를 해서 장현철이 입건이 되어 기소가 된다고 해도, 기껏해야 징역형이 나올 거라는 것을. 그것도 운이 아주 좋을 경우고 징역은 열에 아홉은 집행의 유예를 받을 것이라는 것을. 만에 하나 징역을 마치고 나와도 장현철은 아직 20대 초반의 청춘일 거라는 것을. 장현철은 아비의 교회를 물려받아 더 많은 먹잇감들을 가두리에 담아두고 원할 때마다 씹어 먹을 것이라는 것을.

'인간은 원래 혼자란다. 하나님께서 처음 만드실 때도 하나만 만드셨지. 너도 그렇고 나도 그래. 부모님이 안 계시거나 계시거나 혼자인 건 마찬가지란다. 함께 웃고 울 수도 있지. 그래. 그렇지만 그건 울고 웃는 행위를 모방한 거에 지나지 않는단다. 함께 감정을 나눈다고 생각되는 순간에도 상처 입은 사람의 고통은 단 1그램도 사라지지 않는 거다. 이 우주가 사라지지 않은 이상 말이다. 그럼에도 함께 살아가는 게 인간이야. 그래서 인간은 슬픈 존재란다. 아니 하나님께서 만들어 내신 생명은 다 슬프고도 쓸쓸한 존재지. 오직 자신만이 온전히 자신의 고통을 감내해야 해. 오직 하나님만이 우리의 고통을 덜어주시지. 우리는 그 일을 대신 해주고 있는 거란다. 시오 너도 이제 우리와 함께 그 삶을 사는 거란다.'

형제원의 초대 목사이자 원장이었던 사내는 김시오가 기도원에 들어온 첫날 머리에 손을 얹고 나지막이 안수기도를 하듯 말해주었다. 그에게는 아버지와도 같은 원장이 아직은 미래를 꿈꿀 수 있을 만큼 젊은 시절이었다. 일평생 건설노동 현장에서 일했다는 그는 체구는 작지만 군살 하나 없이 탄탄한 몸을 미사복 안에 감추고 있었다. 세상으로부터 받은 무수히 많은 흉터도 함께.

"그런데도 사회봉사 5일이래요. 어젠 그쪽 부모랑 그 자식이 변호사를 끼고 같이 왔더라구요. 무릎 꿇고 사과하는데 다 지랄 같아요. 우리 아이는 경기를 일으켰어요. 간호사들이 와서 진정 제 놓고 난리도 아니었죠. 애 아빠가 좋게좋게 내보냈는데, 그 변호사라는 사람이 다시 들어오더라고요. 사과받으시고 이쯤에서 마무리하시자고, 이대로 마무리 해주면 치료비 위자료는 물론 용준이 유학 자금도 대주겠다는 거예요.

"그래서, 받으실 건가요?"

"무슨 소리예요?"

여자는 노기 가득한 목소리로 소리를 질렀다. 아마 본인 스스로도 자신의 목소리가 그렇게까지 크게 나왔을 거라고는 알 수 없었을 것이었다. 김시오는 단호하고 노기를 띤 목소리와는 다른 이야기를 하는 여자의 눈빛을 보았다. 어쩌면 자신도 30여 년 전에 지었을 그런 눈빛.

'여기가 이제 네 방이다. 네가 성인이 될 때까지 여기서 지내게 될 거야. 돌아가신 너희 부모님께서 공을 들인 기도원이란다. 여기 원장님께서 은혜를 갚는 심정으로 널 돌보려고 하신다.'

아직 30대 초입이었던 안 집사의 머리는 숱이 풍성했고 건장한 풍채였다. 안 집사는 거실에서 그의 캐리어를 끌어 방 안에 넣어주었다. 방 안은 단출했다. 금속 프레임으로 된 이층침대와 마호가니 책상과 의자, 붙박이장이 전부였다. 전등갓이 없는 형광등은 방 안을 표백시킬 정도로 환하게 밝히고 있었다. 책상 위에는 10여 권이 들어갈 정도의 책장이 하나 있었고, 그 위로 못 박힌 예수가 부조된 목제 십자가가 걸려 있었다.

'불행은 우리의 죄가 아니란다. 네게 불행을 가져온 자들을 곧 만나게 될 거다.'

'그들을 만나면 제 불행이 사라지나요?'

'그건 네 손으로 직접 해결해야 한다. 그때까지는 믿음을 갖고 공부하거라. 기도하고. 아, 그리고 원장님께서 네게 직접 새 이름을 지어주셨구나.'

그는 바롬형제원 로고가 박힌 편지지를 펼쳐 보여주었다. 거기에는 붓펜으로 정갈하지만 다소 신경질적인 글씨가 적혀 있었다. 그 이름은 복자 제론시오였다.

용준 어머니의 목소리가 먼 바다에서 입항을 준비 중인 어선의 뱃고동 소리처럼 다시 김시오의 청각세포를 두드리고 있었다.

"유학? 썩을 놈의 유학. 그게 무슨 소용이라고. 용준이는 이미 망가졌다고요. 그런데도 그 자식은 반성하고 뉘우쳤으니 잘 산다고요? 나머지 자식들은 코빼기도 안 비치는데."

"알겠습니다."

"이제 그만 가보세요. 이런 말들이 무슨 소용인지 모르겠네요."

"어머니 마음은 잘 알겠습니다. 저도 어머니께서 원하시는 결과가 꼭 나오길 빌겠습니다. 잠시만, 아주 잠시만 기다려주시기 바랍니다."

무음으로 예능 프로그램이 나오던 텔레비전 화면이 어느 사이엔가 뉴스 속보로 바뀌어 있었다. 붉은색 띠 바탕에 '여배우 진주하 자택에서 사망'이라는 흰 글씨가 보였다. 김시오는 텔레비전 선반 근처에서 리모컨을 찾았지만 보이지 않았다. 다급하게 본체의 볼륨 버튼을 높였다. 화면 오른쪽에 나타난 숫자가 높아지기 시작하더니 먼 공간의 소음이 병실 안으로 쏟아져 들어왔다. 얼굴이 붉게 상기된 남자 앵커의 목소리가 갑작스럽게 화면을 넘어 병실을 가득 채웠다.

- 다시 한 번 알려드립니다. 어제 낮 배우 진주하 씨가 자신의 자택에서 숨진 채로 발견되었습니다. 자세한 사인은 아직 밝혀지고 있지 않은데요. 잠시 뒤 서울지방경찰청에서 브리핑이 있다고 합니다. 갑작스럽게 출입기자들에게 문자가 돌았는데요. 잠시 현장에 나와 있는 기자와 연결해보겠습니다. 김필 기자 나와주세요.

- 네, 여기는 서울지방경찰청 브리핑 실입니다.

- 아직 시작 전인가 보죠?

- 네. 경찰은 조금 전 오후 5시 10분경 배우 진주하 씨가 자택에서 숨진 채 발견되었다고 공식 발표했는데요.

- 사망 시간은 어제라고 하지 않았나요. 왜 이렇게 발표가 늦

어진 건가요?

- 경찰청 차원에서 엠바고를 걸었습니다. 조금 전에야 풀었는데요.

- 그렇군요. 사인이 뭐라고 나왔나요?

현장의 기자는 이어폰을 매만지면서 옆 자리의 누군가와 이야기하는 듯했다. 그는 아무런 말도 하지 않고 고개만 끄덕끄덕하고 있었다. 용준의 어머니도 어느새 김시오의 옆에 서 있었다.

- 정확한 발표가 나기 전까지는 확실하지 않은데요. 당국 역시 국과수 부검 결과를 기다리고 있는 상황으로 보입니다.

- 그렇군요. 그러면 오늘 브리핑 내용은 뭐라고 안내가 되었나요?

- 네, 현재까지 취재가 된 바로는 일주일 전 마포구에서 있었던 폭사사건과 관련이 있는 것으로 보여집니다. 아마 사인이 같은 일이 벌어져서 엠바고를 걸었던 것으로 보입니다만.

순간 기자의 뒤쪽으로 사람들이 마구 몰려 들어가는 모습이 보였다. 화면만으로도 눈이 부실 정도로 플래시가 터지고 있었다.

- 지금 시작할 예정입니다. 카메라와 마이크를 단상으로 연결하겠습니다.

화면이 경찰청 마크가 선명한 연설대를 향해 초점을 잡았다. 서울지방경찰청장이 마이크를 잡고 범죄사실 관련 브리핑을 막 시작하고 있었다.

박 형사

목적지는 지도상으로 두 개의 시계를 넘어선 곳에 있었다. 순환고속도로로 연결되어 있다 보니 거리에 비해 시간은 많이 걸리지 않았다.

예전 수첩에 적혀 있던 주소의 집에는 이미 다른 사람들이 살고 있었다. 대지만 200평이나 되는 2층 단독주택을 이어받을 수 있는 재력가가 관내에 또 있다는 것이 쉽게 납득이 가지 않았다. 초로의 관리인은 신분증을 제시하자마자 전 거주자가 이동해 간 곳을 줄줄 읊었다. 불법이었지만, 마약사건을 제외하면 법은 모르고 한 일에 관대했다. 모르는 것 자체가 죄라고 오래전 어머니는 말했지만 그녀는 세상의 대부분에 대해 무지했다.

박 형사는 김 순경을 형제원 행사에 보내두고 자신의 2003년식 무소를 몰고 관외에 있는 전원주택 단지로 향했다. 브랜드별 대규모 아파트 단지를 몇 블록 지나면 시의 왕복 8차선 메인 도로는 남쪽 진입로를 향해 동서로 갈라지고, 편도 4차선 도로는 왕복 2차선으로 좁아졌다. 서쪽으로는 기도원이 있는 정미산 시립공원으로 길이 이어지고, 동쪽으로는 길게 호를 그리며 순환고속도로, 인터체인지로 이어졌다. 거기서부터 편도 4차선 고속도로를 타고 속도를 내다 20킬로미터 간격의 톨게이트를 세 개 지나면 목적지인 E시가 나왔다. E시의 도심으로 들어가지 않고 외곽으로 이어진 지방도와 국도를 번갈아 탄 후 북동쪽으로 향하면 혼잡을 겪지 않고도 비교적 손쉽게 전원주택 단지에 도착할 수 있었다. 구도심의 외곽 지역으로, E신도시로 개발되기 전에는 맹지였다가 서울과의 접근성이 좋고, 공기가 깨끗해 재력가들이 땅을 사들이고 전원주택을 하나둘 지어 들어서기 시작한 곳이었다. 시에서도 뒤늦게 땅의 가치를 눈치채고 중요 세수원으로 삼기 위해 택지 개발에 적극적이었고, 입주자 유치 홍보에 열을 올렸다. 그 집안들의 자녀들은 대부분 미국으로 유학을 가거나 영익이와 연경이처럼 특목고에 진학했다. 시민단체의 자문 등을 맡고 있는 그들은 의사 부부, 변호사 부부였다. 간혹 종편 시사프로에 패널로 나와 여러 정치 시사 사건들에 대해 조언을 하는 준유명인이기도 했다. 그런 사람들을 네임드, 또는 셀럽이라고 부른다고 김 순경은 알려주었다. 방송국에서는 아무도 과거를 묻지 않았으므로 때 묻은 자들이 과거를 세탁하기에 최적의 장소였다. 방송은 살인마도 불쌍한 희귀병 환자로 묘사해 수억의 후원금을 몰아줄 수 있을 만큼 무소불위가 된 지 오래였다.

앞 창문으로 굵은 빗방울들이 잽을 날리듯 툭툭 떨어지기 시작했다. 멀리 논과 대규모 과수 비닐하우스 단지를 지나 산등성이 너머로 먹장구름이 잔뜩 몰려오고 있었다. 비 예고는 없었으므로 지나가는 비일 가능성이 높았다. 젊은 사람들은 일기예보를 등한시하고 조롱하기까지 했지만 박 형사는 공식적인 기관에서 만들어내는 여러 단계의 결재를 거친 결과물들을 신뢰했다. 시스템을 믿지 않으면 사회는 엉망으로 망가지게 되어 있었다. 그가 보기에 이 세계는 서로를 믿지 않으면 결코 유지될 수 없는 곳이었다. 세계는 실제로 믿을 만한 지식과 정보, 판결과 입법 절차와 민주적인 통치 행위들을 제공하기도 하였다. 지구상에 인간이 만든 정치 체계는 모두 민주주의와 사회계약을 표방하고 있었다. 중동이나 아프리카 대륙의 제정일치 사회는 또 다른 생태계였다. 기상청의 경우도 열에 아홉의 경우 강우와 강설의 여부, 태풍의 생성과 진로, 소멸을 정확히 맞히고 있었다. 젊은 층들은 열에 하나의 오차를 견디지 못하고 그들을 조롱하고 비웃었다. 바로 지금이 그 열에 하나이지만 박 형사는 기상예보를 조롱할 생각은 들지 않았다. 확률적으로 그들은 대부분의 날씨를 맞혔으며, 그동안에 기여한 예측은 한두 번의 실수에 대한 면책에 충분하다고 생각했다. 날씨 예보는 거의가 돌이킬 수 있거나 만회가 가능한 일이었다. 비가 좀 온들, 폭설이 좀 쌓인들, 태풍이 온들 그 어떤 기상 상황도 결국엔 복구가 된다. 인생도 그랬으면 좋겠다고 그는 은주가 떠난 후 누군지 모를 대상을 향해 아우성을 치고 있었다. 단 한 번의 실수였다고. 아내와 자신은 누구보다도 가정을 평화롭고 안정적으로 꾸려가고 있지 않았느냐고 악다구니를 쳤다. 아내는 교회를 다니며, 은혁이는 아예 가족을 떠나 혼자만의 방공호를 꾸린 채 예상치 못했던 불행에 대한 고통을 견디려 했다.

박 형사는 물어볼 곳도, 도망갈 곳도 없었다. 가족이라고는 했지만 서로가 서로를 쳐다볼 용기가 없던 시절이었다. 서로가 서로를 할퀴거나 증오할 수밖에 없었던 그 시절로 다시는 돌아갈 수 없다는 것을 다행으로 여겨야 하는 것일까.

우박에 가까운 씨알 굵은 빗방울이 순식간에 사위를 가리기 시작했다. 맞은 편 차선의 차들이 비상등을 켜고 속도를 줄이고 있었다. 야음을 틈타 몰아쳐 오는 적군의 말발굽 소리처럼 차 지붕을 두드리며 떨어지는 것은 진짜 우박이었다. 전방 차창 위로 잔 얼음들이 부딪쳐 깨졌다. 그는 비상등 버튼을 누르고 잠시 차를 길가로 세웠다. 그의 무소 옆으로 비상등을 켠 1톤 트럭이 평상시 속도대로 지나가고 있었다. 멀리 논밭이 뿌옇게 시야가 흐려지는가 싶더니 어느새 햇빛이 구름을 뚫고 핀 조명처럼 한두 줄기 길 위로 쏟아졌다. 우박은 뒤쪽 도심을 향해 몰려간 모양이었다. 박 형사는 다시 기어를 넣고 길 위로 차를 몰았다.

전원주택 단지는 한눈에 들어오지 않을 만큼 커서 자칫하면 그냥 지나갈 수도 있을 정도였다. 박 형사는 신호 대기를 위해 정차하면서 입구에 작게 서 있는 마을 표지판을 볼 수 있었다. 빗줄기는 가늘어졌지만 해는 다시 구름 뒤로 숨었다. 야산을 뒤로 하고 얕은 경사로 기울어진 메인 도로가 산마루 쪽으로 길게 호를 그리며 사라지고 있었다. 송정마을이었다.

메인 게이트 앞에 경비실과 창고 두 동이 있었고, 겉보기에도 묵직한 차단 바가 길게 길을 막고 있었다. 게이트 초소와 이어진 벽은 논과 나대지를 끼고 시야에서 보이지 않는 곳까지 뻗어 있었고, 반대 방향 아래로는 계곡에서부터 내려오는 지방 하천이 흐르고 있어서 일종의 해자 역할까지 하고 있었다. 방범과 개인생활 보장에 적합하게 조성된 택지였다.

박 형사가 관할을 옮긴 두 번째 도시였다. 서울과의 거리로 따지면 지금 있는 도시에 비해 더 가까운 도시였다. 다만 해방과 전쟁을 거치면서 미군 시설이 많이 자리 잡았고, 워낙 오래전부터 조성되었던 도시여서 재개발 계획에서는 번번이 후순위로 밀려나고 있는 곳이었다. 박 형사는 이 도시에서 결혼 전 마지막 자취 시절을 보냈다는 것이 생각났다. 하지만 너무나 오래전 일이었다. 기억의 보정들이 일어나기 시작하면 인간은 자기 위주로 역사를 미화하기 마련이다. 그는 옛일들이 얼개와 순서를 갖춰 머릿속에 들어차기 시작하면 고개를 흔들어 그 가상 역사들을 무화시키기 위해 애써야 했다.

경비실 위쪽의 폐쇄회로 카메라가 박 형사의 차를 집요하게 비추고 있었다. 박 형사는 렌즈 위의 빨간 점이 거슬려서 차를 좀 더 앞으로 뺐다. 카메라는 잠시 시간을 두고 박 형사의 차를 따라왔지만, 이미 박 형사의 시선에서는 사라진 상태였다. 소강 상태를 보이기는 했지만 여전히 그냥 서서 맞을 정도로 만만한 비는 아니었다.

박 형사는 때마침 습기가 차오르기 시작하는 창문을 반쯤 내 렸다. 경비실에서도 나오지 않고 창문만 열고 반쯤 일어서서 박 형사를 응대했다.

"경찰입니다."

박 형사는 신분증을 꺼내 보여주었다. 여러 번 말하는 것이 번거로워서 그는 평상시보다 두 배 이상 목소리를 높여 외치다 시피 말했다.

"아이구, 어쩐 일로 경찰이."

한눈에 보기에도 두툼한 살집이 있는 남자가 진한 검정색 경 비복을 입은 채로 그제야 초소 문을 열고 처마 밑으로 나왔다. 금발에 햄버거까지 입에 물고 있었다면 게으르고 오만한 백인 경관이라고 해도 믿을 만하게 보였다. 키도 박 형사만큼은 돼 보이는 남자는 큰 코에 부리부리한 눈을 하고 있었다. 전체적 으로 목이 두껍고 하체가 튼실해 운동을 많이 한 것처럼 보이 는 몸매였다. 일반 아파트 단지의 경비들은 분리수거에 민원 처 리에, 대리 주차와 택배 수발 같은 허드렛일을 하는 노인들이었 다. 엄밀히 말해 그들은 경비 업무를 설 수가 없는 존재들이었다. 그들은 자기 자신도 지키기 힘들 정도로 노쇠한 사람들이었다. 얼마 전에도 관내 아파트 단지의 차량을 털던 중학생들을 제지하던 60대 경비원이 집단 폭행을 당하는 일이 있었다. 그들은 대부분 아파트 주민들이 던지는 모욕을 맞으며 생계를 잇고 있었다. 이곳은 마을의 관리를 맡는 용역은 따로 두고 경비 업무를 맡는 쪽은 전문 인력으로 채웠다. 상류층의 라이프 스타일은 또 저만치 앞서가고 있었다. 아킬레우스가 먼저 출발한 거북이를 잡을 수 없다면 같은 논리로 가난한 자들은 부자들의 덜미를 절대 잡을 수 없을 것이라고 박 형사는 생각했다. 저 건장한 사내는 잔챙이 10대 차털이들 따위는 서너 명까지 제압할 수 있을 것이 분명했다. 게다가 이 마을의 관리사무소는 고용 인원도 아끼지 않았다. 그들은 2인 1조라는 경계 근무의 원칙도 지키고 있었다. 박 형사는 창문 안에서 다른 한 명이 지속적으로 자신의 차량을 지켜보고 있는 시선을 느낄 수 있었다.

"최지혜 교수님과 정현석 변호사님을 좀 만나러 왔습니다만."

"잠시만 기다리십시오. 잠시 확인을 해보겠습니다. 누구시라고 전하면 될까요?"

경비는 습관처럼 모자의 챙을 잡았다 놓았다 하며 말했다. 거들먹거리는 것은 아닌데 사람에 따라서는 기분이 나쁠 만한 행동거지와 말투였다. 박 형사는 신경 쓰지 않았다.

"경기청 박상효 경위라고 하면 아실 겁니다."

경비는 대답 없이 의미심장한 미소를 띠며 경례 시늉을 해 보인 다음 창문으로 다가가 안쪽에 대고 박 형사가 한 말을 전하는 모양이었다. 멀리 창 안으로 다른 경비가 어딘가로 전화를 하는 모양이 보였다. 그는 수화기를 들고 있는 내내 박 형사의 차에서 시선을 떼지 않았다. 어둠 속에서 노랗게 빛나는 뱀눈 같았다. 잠잠했던 빗방울이 조금씩 더 거세게 떨어지고 있었다. 쉴 새 없이 차 천장을 때리는 빗소리에 두통이 몰려왔다. 박 형사는 창문을 올렸다. 창문은 중간에 한 번 무언가에 걸린 듯 덜컹거리다 이내 외부와 차량 안을 격리시켜주었다.

마을의 메인도로를 타고 1분쯤 올라가자 회전식 교차로가 나타났고, 경비가 알려준 대로 오른쪽 2시 방향으로 길을 잡아 주택 세 채쯤을 지나자 목적지가 보였다. 정 변호사의 집이었다. 솟을대문처럼 높은 철문이 박 형사의 낡은 차를 찍어 누르듯 압도하고 있었다. 액셀러레이터에서 발을 떼고 클러치와 브레이크를 완전히 밟자 엔진이 낮은 소리로 그르릉거렸다. 모처럼 달린 장거리 주행에 무리가 갔을지 모를 일이었다. 박 형사는 손가락 끝으로 대시보드를 몇 차례 두드려주었다. 마치 파발 임무를 막 마치고 숨을 헐떡이는 늙은 말을 진정시키려는 것처럼.

사위를 둘러보니 집집마다 차고가 있어서 길에는 방문자들로 보이는 차량들만이 간간히 주차되어 있었다. 미 남부 소도시의 주택단지라고 해도 믿을 만큼 여유롭고 한가한 동네였다. 차고 출입문에는 무슨 가문을 나타내는 것처럼 저마다의 마크들이 페인트되어 있었다. 정 변호사의 차고 문은 앰버 컬러를 바탕으로 다크그레이색의 체스 퀸이 새겨져 있었다.

길 끝에 주차된 탑차에서 택배 직원이 비를 맞으며 물건을 내리고 있었다. 일종의 택배 집하장 같은 곳으로 꾸며진 천막 아래로 허수아비처럼 마른 사내가 꿀단지라도 옮기는 듯 소중하게 상자들을 옮겨놓고 있었다. 사내는 이미 우산을 쓰거나 비옷을 입는 것이 무의미할 정도로 젖어 있었다. 박 형사는 기어를 중립으로 옮기면서 시동을 끄고 재빠르게 문을 열어 대문 처마 밑으로 섰다. 입안에 잔뜩 고여 있던 침을 배수로에 뱉고 입을 닦았다.

"최 교수님은 오늘 안 계신다는데요."

뚱뚱한 경비가 그거 참 안됐다는 투로 말을 건네며 출입구의 바를 올려주었다.

최지혜, 영익의 어머니는 결국 또 피하는구나. 그때도 그녀는 우리 부부가 전염병 환자라도 되는 것처럼 매번 먼발치에서 내려다보았다. 몇 년 만인가. 박 형사는 오래전 비가 많이 오던 날을 떠올렸다. 아내가 커다란 대문 앞에서 비를 맞으며 주저앉아 울고 있었다. 상복을 챙겨 입은 채 은주의 영정을 품에 안고 앉아 빗소리보다 크게 울던 아내. 그곳은 최지혜의 집 앞이었다. 눈물도 한숨도 이제는 아주 오래전 일이었다. 아버지가 아닌 경찰인 그에게 은주는 사건 종결된 케이스였다. 수사와 입건, 기소와 재판과 형의 집행까지 모두 끝난 것이었다. 절차에는 하자가 없었다. 박 형사는 지금 다른 사건을 위해 와 있는 것이라고 자신을 다독였다. 은주와는 상관없다. 나는 다른 놈들을 쫓고 있는 것이다.

신경을 긁는 전자음이 크게 한 번 울리고 문이 슬쩍 벌어졌다. 박 형사는 육중한 무쇠문의 한쪽을 밀고 들어가 돌계단을 밟고 올라갔다. 클래식한 목제 흔들의자 하나와 125cc 베스파 스쿠터 한 대가 주차되어 있는 포치 앞에서 비를 털어내고 있을 때, 원목의 현관문이 열리며 단정한 차림의 중년 여성이 맞아주었다.

"들어오시랍니다."

여자는 인력 업체에서 고용하여 파견한 것으로 보였다. 회사의 유니폼을 입고 주방에서 차를 내왔다. 매뉴얼화된 언행이 입력된 로봇처럼 여자는 인격이라는 요소가 제거된 것처럼 보였다. 처음 말을 한 이후로는 입을 꼭 다물고 있었다. 입이 무거울 것, 아마도 그것이 이런 곳에서 일하는 자가 갖춰야 할 첫째 덕목일 것이었다. 그녀는 손님의 방문 의도나 차의 종류를 묻지 않았고 날씨의 상황 따위를 언급하는 인사치레도 하지 않았다. 거실은 2층까지 뚫려 있어서 층고가 높아 시원시원했다. 천정의 중앙에는 여러 개의 전등이 꽃다발처럼 묶인 커다란 조명 기구가 달려 있었다. 박 형사는 몇 가닥 가느다란 금속 체인에 매달려 있는 조명 다발이 떨어질까 두려워졌다. 그는 티 나지 않게 슬쩍 자리를 조금 옮겨 소파에 앉았다. 정현석은 자신을 기다리고 있었던 것이 아닐까, 아니면 이렇게 상대를 먼저 기다리게 하는 것이 싸움에 더 유리한 거라고 생각하는 것일까.

박 형사는 적당히 식은 찻잔을 들어 입을 축였다. 자스민이었다. 2층으로 이어지는 계단을 한참 들여다보고 있을 때 정현석은 주방 옆에 있는 원목 문을 열고 나타났다. 줄무늬 파자마 바지가 얼핏 보였지만 전체적으로 온몸을 감싸는 캐시미어 로브를 걸치고 있었다. 기억에 의하면 그는 박 형사보다 한두 살 정도 어렸지만 다시 보니 그보다 훨씬 더 어려 보였다.

"오랜만입니다, 박 경위님."

박 형사는 정현석을 맞아 일어서기는 했지만 따로 악수 같은 것은 청하지 않았다. 정현석도 역시 잠깐 마주 서기는 했지만, 앉으라는 손짓만 하고는 맞은 편 자기 자리에 앉았다. 하우스메이드가 소리도 없이 다가왔지만 정현석은 손을 들어 돌려보냈다. 여자는 주방으로 가는가 싶더니 급히 해야 할 일이 생각이라도 난 듯 2층으로 올라가는 계단으로 사라졌다.

"6년, 아니 7년 만인가요."

그는 여유롭게 상대를 대하려고 최대한 느리게 말을 꺼냈지만 박 형사를 제대로 쳐다보지 못하고 있었다. 그는 손을 모았다가 무릎에 두었다가 로브의 허리 매듭을 의미 없이 매만지기도 했다. 그 모습을 박 형사는 잠시 말없이 지켜보았다.

"7년입니다."

"그렇군요. 은주 아버님은 아직 그대로시네요. 현직이시고. 한데 무슨 일로 저를 찾아오셨는지. 우리가 옛날이야기 나누며 웃을 수 있는 사이도 아니고."

대법원에서 최종적으로 집행유예 판결이 떨어지던 날 정현석은 자신의 딸 연경이를 부둥켜안고 울고 있었다. 법정에서는 두 아비가 그들의 딸로 인해 같이 울었으나 그 눈물은 피와 물만큼이나 밀도와 점성이 달랐다. 지금보다 젊었던 정현석은 박형사가 본 적 없고 들은 바 없는 명품 브랜드의 정장을 입고 있었다. 모든 판을 사전에 짜두었어도 초조했던지 판사가 주문을 읽는 내내 기도를 하고 있었다. 두 아비의 기도는 달랐지만 신은 정현석의 값비싼 기도에 귀를 기울여주었다. 박 형사는 주문의 문장이 법정 안으로 채 다 스며들기도 전에 그들을 향해 달려가던 아내를 끌어안고 울음을 삼켰다. 파기환송은 일어나지 않았다. 법정에 아내의 절규가 울려퍼졌다.

"그렇죠, 우리가. 오늘은 연경이 일로 찾아왔습니다."

"내가 얼마나 고통받고 있는지 두 눈으로 확인하려고 왔군요."

정현석의 목소리가 가볍게 떨리고 있었다. 가족의 수술을 집도하는 의사의 심정이 지금 그의 마음일 거라고 박 형사는 짐작했다.

"대법 판결이었어요, 그건. 1심과 2심 다 같았어요. 내가 변호사라고 아는 인맥 동원해서 막았을 거라고 생각합니까, 지금도? 그거 따지자고, 몇 년이 지난 그때 일 따지러 온 거예요? 이제 와서 그게 무슨⋯⋯."

그는 벌떡 일어서려다 다시 앉았다. 박 형사는 정현석의 언행을 묵묵히 지켜보고 있었다. 자식을 잃은 부모는 함부로 건드리면 탈이 났다. 어쨌거나 박 형사의 입장에서도 완결된 사건을 다시 뒤지려고 온 게 아니었다. 박 형사는 비록 늙고 볼품없어졌지만 복수에 눈이 멀어 조직에 침을 뱉고 떠나는 커리어로는 마감하고 싶지 않았다. 이 집 식구들을 모조리 죽여야 했다면 그때 죽였어야 했다. 정현석은 7년 전의 정현석이 아니었다. 지금 그에게 복수를 하는 건 허깨비와 싸우려는 것과 같을 것이라고 박 형사는 생각했다. 물론 그 역시 7년 전의 그가 아니었다. 7년 전의 그 사람들이 아닌 자들이 서로 엉겨 붙어 피 튀기게 싸우는 것이 어떤 의미가 있을지 박 형사는 가늠할 수 없었다.

'망각하는 동물들은 매순간 새로 태어나는 거래. 아빠 나도 다시 태어나고 싶어.'

박 형사는 어깨에 붙어 속삭이는 은주의 목소리가 들리는 듯했다. 고개만 돌리면 유령 같은 딸아이의 옆얼굴이 보일 것만 같아 그는 목뼈에 힘을 주고 버텼다.

"안됐습니다. 연경이 일은."

갑작스럽게 정현석은 큰 소리가 나도록 박수를 한 번 쳤다.

"안됐다고요? 내 딸이 죽었는데 그래, 안됐다?"

"내가 어떤 말을 해도 당신은 분노가 치밀 겁니다. 나도 그랬으니까 압니다."

정현석은 손을 들어 잠시 양해를 구하고는 주방으로 사라졌다가 글라스에 위스키를 담아 한 모금 마시며 돌아왔다.

"한 잔 드릴까요."

알코올이 순식간에 정현석의 혈관으로 퍼지면서 그의 기분을 보다 들뜨게 만들고 있었다. 그는 한 모금을 더 마시고 자리에 앉아 테이블에 잔을 내려놓았다. 그 짧은 시간에 글라스 안에는 아이스 볼이 짤그랑거리면서 녹아내리고 있었다. 진땀을 흘리는 유리잔이 마치 자신의 피부 같아 박 형사는 눈을 뗐다.

"우리가 술을 나눌 만한 사이는 아니죠."

정현석은 유리잔에 담긴 위스키를 빙글빙글 돌리며 잠시 입을 다물었다가 말을 이었다. 장기간의 알코올 섭취로 도파민 분비의 시스템이 깨진 모양이었다. 그는 순식간에 장난감을 빼앗긴 어린아이의 표정을 짓고 있었다.

"아이가 하나 더 있으시죠?"

"네, 은주 오빠가 있습니다."

"우리는, 우리는 하나뿐이었어요. 아시겠어요? 하나뿐이었다고요. 그런데 어떻게 아셨습니까? 웬만한 곳은 막아두었는데요."

"예전에 준호라고. 우리 아이 사건 때 증인으로 나오려던 아이가 이야기해주더군요."

정현석은 준호를 전혀 기억하지 못하는 눈치였다. 그제서야 박 형사는 정현석의 눈이 여기가 아닌 아주 먼 곳을 보고 있다는 느낌을 받았다. 박 형사도 알 수 있는 증상이라면 증상이었다. 정현석도 아마 그 사건이 일어나기 이전의 세계에 눈을 박아 놓고 있을 것이었다. 준호 네의 새 집과 생활비를 댄 건 최지혜와 정현석이 함께였을 것인데 자신들이 매수했던 중요 증인의 이름도 그는 이제 기억하지 못하고 있었다. 준호를 다시 만나면 너도 이제 그만 자유로워지라고 조언을 해주어야겠다고 박 형사는 마음먹었다.

"기억을 못 하시는군요. 준호를."

"어디서 들어본 이름이긴 한데. 흔한 이름이지요, 준호라는 게. 제가 로펌을 좀 쉬고 있지만 매일 만나는 사람의 수가 상상을 초월하거든요. 은주 아버지께서도 그러시겠지만. 은주 아버지."

"네."

"우리 애가 당신 딸에게 죄를 지었어요. 그 죄는 저에게도 있는 거죠. 애 엄마에게도. 그래도 이렇게 되어서는 안 되는 거잖아요. 시신을 모을 수가 없었어요. 시신을 수습할 수가……."

박 형사는 잠시 시간을 두고 정현석으로부터 시선을 떼 거실을 둘러보았다. 정현석은 감정을 잠시 추스른 뒤 말을 이었다. 박 형사는 맞은편에 앉아 있는 옛날 자신의 모습을 참고 있기가 힘들었다.

"그래, 뭐가 궁금해서 찾아오신 건가요."

"제가 수사 중인 사건과 연결이 되는 거 같아서요. 사건이 나기 전에 연경이에게 특별한 일이 있었는지 말씀해주실 수 있겠습니까."

"별일은 없었습니다. 그 일이 있고 나서 이쪽 지역 외고에 들어갔어요. 학폭 기록이나 그런 건 생기부에서 지워지니까. 2학년 때까지 내신도 아주 좋았고요, 애 엄마도 단속을 많이 했죠. 지나친 승부욕이나 경쟁심을 자제시키려고요. 뭐든 과하면 좋지 않으니까. 3학년에 올라가기 직전이었어요, 겨울이었는데……."

정현석은 잠시 말을 잇지 못했다. 박 형사를 바라보는 그의 눈에 밀물이 들어오듯 물기가 차올랐다. 저 눈물은 때가 되면 자연스럽게 찾아오는 계절 같은 것이다. 일렁이는 눈빛은 이곳이 아닌 아주 먼 곳을 바라본다는 느낌이 들었다. 수평선 너머에 이제 막 떠오른 달을 쳐다보는 듯한 그 눈을 박 형사는 피하지 않았다. 그 역시 아주 오래전 이곳이 아닌 다른 곳을 꿈꾼 적이 있었으니까. 자식을 잃은 늙은 수컷들이 서로를 쳐다보았다. 속살이 다 녹아 없어진 바지락 껍데기 같은 모습으로. 그럼에도 박 형사는 정신을 바로 잡았다. 결과가 같다고 모두 동병상련일 수는 없는 일이다. 가해자와 피해자, 포식자와 피식자는 세상에 나올 때부터 다른 존재일 뿐이라고 주문을 외듯 입술을 달싹거렸다. 잠시 일어나 손을 뻗기만 하면 정현석의 어깨를 잡고 어쩌면 같이 통곡할지 모른다고 생각하니 몸이 오싹했다. 정현석은 눈을 훔치지 않았는데, 놀랍게도 그의 눈은 다시 물기가 하나 없는 건조한 사막 같은 공간이 되어 박 형사를 노려보고 있었다.

"그해 겨울 연경이가 갑작스럽게 살이 쪘어요. 스트레스였는지, 무슨 이유였는지는 지금도 알 수가 없습니다. 아비라는 게

다 그렇잖습니까. 다 큰 딸에 대해서 뭘 알겠습니까."

그는 박 형사의 동의는 이미 구했다는 듯이 위스키를 한 모금 더 삼킨 후 말을 이었다.

"처음에는 잘 몰랐습니다. 인식이 되는 순간까지 시간이 좀 걸렸죠. 하루는 거실에서 텔레비전을 보며 웃고 있는 연경이를 봤습니다. 큰 건을 처리하던 중이라 매일 퇴근이 늦던 때였지요. 자정쯤 되었나, 저를 슬쩍 보고 인사를 하는데 거대한 가축이 앉아 있는 듯한 느낌을 받았어요. 그제서야 테이블 위에 차려진 배달 음식들이 눈에 들어왔죠. 빙글빙글 웃는 눈으로 입안 가득 무언가를 씹고 있었어요. 무언가가 달라졌다는 걸 알았지만, 너무 늦었던 거죠."

"섭식장애가 있었던 건가요."

"애 엄마 말로는 자주 토했다고 하더군요. 어느 날 연경이가 지 엄마를 붙잡고 울고 있더라고요. 엄마 나 살 좀 빼줘. 엄마 나 살 좀 빼줘. 나중에야 안 일이었지만 단톡방에서 외모로 놀림받은 지도 꽤 오래되었더군요. 하, 왜 이런 이야기를 하는지, 아마 납득이 안 가실 겁니다."

"아닙니다. 저희가 듣는 이야기들 태반이 납득이 잘 안 가는 이야기들이죠. 신기한 건 납득이 안 가는 이야기들을 맞춰보면 큰 그림에서는 어느 정도 납득이 간다는 겁니다."

박 형사는 조금 더 이야기를 듣고 싶다는 눈짓을 보냈다. 콧속이 축축해지면서 재채기가 몰려온다는 느낌이 들었다. 물을 달라고 하고 싶었지만 흐름이 깨질까 싶어 박 형사는 항히스타민제 한 알을 털어 넣고 조심스럽게 씹어 삼켰다. 비릿한 냄새가 콧속까지 퍼져갔다.

"애 엄마나 저는 모두 그 나이 또래에는 있을 수 있는 일이라 여겼어요. 잠시, 우리 딸애가 은주에게 했던 짓이 떠올랐지만 연결 짓지 않으려고 했죠. 피해망상이죠 그건, 뭐 과체중인 경우가 아주 드문 것도 아니고요. 비만인 애들은 어딜 가도 환영받지 못하잖아요? 단식원도 다녀보고, 좋다는 다이어트 프로그램을 찾아다녔죠. 그러던 중에 연경이가 좋아하던 연예인이 다이어트에 성공했다고 자기도 그 약을 먹어보겠다고 하더군요. 처음에는 애 엄마나 저나 반대했죠. 그런데 연경이 체중이 급속도로 빠지기 시작한 거예요. 아이가 저희들 몰래 그 약을 먹고 있었더라고요. 우리 부부는 아이가 자신감을 되찾은 게 기뻤죠. 그래서 약을 대량으로 구매해 먹는 걸 허락했어요."

정현석은 약간 굽히고 있던 허리를 소파 쿠션 뒤로 크게 젖히더니 두 손으로 얼굴을 가렸다. 어느새 비가 그치고 해가 났는지, 거실이 환해졌다. 관리를 많이 받은 정현석의 얼굴과는 달리 그의 손등은 노화를 피하지 못했다. 그도 박 형사와 같은 손을 갖고 있었다.

"그러다가 그날도 학교를 갔는데, 아침 자율학습을 한다고 새벽같이 갔는데 그게 그렇게 되었습니다. 그렇게."

정현석은 뭍에 버려진 생선처럼 숨을 몰아쉬며 끊어질 듯한 목소리로 마지막 문장을 내뱉었다.

"사인은 뭐라고 하던가요."

"사인이요, 모릅니다. 그게 무슨 소용이 있습니까. 댁들 같은 사람에게나 필요한 거죠. 자식을 잃은 사람이 그 이유를 아는 게 무슨 의미가 있습니까. 수습할 수 있는 게 아무것도 없었다니까. 아시겠습니까, 그냥 핏덩어리, 살덩어리."

정현석은 눈에서 손을 떼지 않고 곡을 하듯 울음을 울었다. 박 형사는 맹수의 아비가 자식을 잃었을 때 지르는 고함같이 느껴졌다. 법정에서 연경이를 안고 기쁨의 눈물을 흘렸던 정현석이 지금 자신 앞에서 울부짖고 있었지만, 딱히 통쾌함이나 후련함을 느낄 수는 없었다. 박 형사는 형사 생활을 하며 자주 느낀 이러한 감정에 익숙했다. 복수나, 앙갚음은 돌이킬 수 없음 앞에 모두 부질없는 것들이었다. 일어나지 않았으면 좋을 일들은 일어나지 말았어야 한다. 일단 일어나면 그건 그것대로 흘러갈 뿐이다. 돌이킬 수 없는 사건들 앞에서 그는 늘 무력했고 절망했다.

"연경이 방은 아직 있습니까."

정현석은 고개만 느리게 끄덕였다. 흐느낌은 잦아들었지만, 여전히 얼굴에서 손을 떼지 않았다. 죄책감인지 수치심인지, 회한인지 아니면 그 모든 것이 섞여 있는 것인지 박 형사로서는 짐작하기가 어려웠다.

"괜찮으시다면 제가 잠시 둘러봐도 되겠습니까."

대답 대신 정현석은 손을 떼고 충혈된 눈을 부릅뜨고 박 형사를 뚫어지게 쳐다보았다. 잠시 후 정현석은 2층에서 청소를 하던 하우스 메이드를 불러 내려 박 형사에게 연경의 방을 안내하도록 했다.

"필요하신 건 조사하셔도 됩니다. 당신을 만나니 우리 애가 왜 죽었는지 알고 싶어지네요."

변호사로서의 감이 되살아나기라도 한 듯 정현석이 말했다.

"피해자에 대해 조금이라도 알고 싶은 것이 형사라는 작자들의 마음이죠. 그래야 원인을 알게 되고, 가해자를 잡을 수 있으니까요."

박 형사는 피해자와 가해자라는 단어를 발음할 때, 다소 머뭇거렸지만 정현석은 그런 건 전혀 관심이 없는 모양으로 빈 유리잔을 들고 돌아서 주방으로 사라졌다. 그 뒷모습을 쳐다보고 있자, 메이드가 박 형사의 시선 앞으로 나서며 말했다.

"2층입니다. 저를 따라오세요."

슬리퍼를 신고 첫 목재 계단을 밟자 오래 기름칠하지 않은 기계에서 나듯 삐걱거리는 소리가 길게 비어져 나왔다. 마치 한 가계가 뿌리부터 무너지기 직전임을 암시하는 것 같았다.

메이드는 방 앞까지 박 형사를 안내하고 문을 열어둔 다음 자신의 일을 보려는 듯 내려갔다. 그는 열린 문 안으로 몇 개월 전까지 생동감 있게 살아 있었을 여학생을 상상해보았다. 선뜻 들어서기가 꺼려졌지만, 그는 단단한 결계를 뚫듯이 방 안으로 들어갔다.

윤보영과 안 집사

연구소는 형제원에서도 가장 안쪽 정미산 기슭에 자리 잡고 있었다. 기도원 메인 입구에 설치된 대형 안내판은 물론 연구동 배치 조감도에도 연구소는 나와 있지 않았다. 서류상 가장 깊숙이 자리 잡고 있는 총본관보다도 더 들어가야 덕수궁 석조전을 닮은 단층 건물이 나타났다. 외벽만 콘크리트로 둘렀을 뿐 들보와 서까래는 금강송을 썼고 기와지붕까지 올려 겉으로 보기에는 박물관이나 유명 관광지의 여행자 인포메이션 사무실처럼 보였다. 두꺼운 무쇠문 옆에는 돋을새김 된 청개구리가 곧 도약할 듯이 하늘을 쳐다보고 있었다.

본관 뒤에는 상추와 깻잎, 케일 같은 푸성귀들을 재배하는 하우스 두 동이 농구장 하프 코트 크기로 있고, 그 밭을 내려다보듯 울창한 대나무 숲이 거대한 병풍처럼 둘러져 있었다. 외부인은 물론 형제원 내부에서도 그 대나무 숲을 지나는 좁은 길이 있다는 것을 아는 사람이 드물었다. 실제로 보안 카드를 태그해야 들어갈 수 있는 투명 아크릴 스피드 게이트가 가로막고 있었다. 게이트 양쪽으로 24시간 감시카메라가 눈을 치뜨며 출입자들을 감시하는 것도 빼놓지 않았다.

연구소는 각종 실험 도구들을 갖춰 놓은 랩실이 두 개, 냉동과 냉장창고가 각각 한 동씩, 소장실과 개인 연구실, 당직 근무자의 숙소까지 크게 총 여섯 구역으로 되어 있었다. 윤보영은 연구소 3대 소장이었고, 최연소이자 여성으로서도 처음 임명되었다. 진한 쌍꺼풀과 피가 흐르는 것처럼 보일 만큼 붉은 입술, 유난히 흰 피부는 그녀를 한껏 여성스럽게 보이게 했지만, 머리카락은 항상 쇼트 컷이었고 염색을 하지 않은 머리엔 새치가 검정의 영역을 거의 잠식하고 있었다. 각지고 좁은 어깨와 길쭉한 팔다리, 160을 간신히 넘는 신장이 아니었다면 보통사람들이 쉽게 접근하기 어려운 외모였다. 무엇보다 겉모습으로는 대략의 연령도 가늠하기 힘든 얼굴이었다.

"시오는 뭐라고 하던가요."

오후에 있을 방송을 준비하기 위해 가방을 챙기며 윤보영이 안 집사에게 물었다. 널찍한 마호가니 책상 위에는 아르데코풍의 심플한 철제 스탠드와 크리스털로 만들어진 소장 명패, 80인치와 35치 패널의 모니터, 무선 키보드, 신문과 서적들이 놓여 있었다. 어지러워 보였지만 나름의 체계를 갖춰 정리된 모습이 그녀의 성격을 그대로 보여주는 듯했다.

등 뒤의 격자무늬 창에서 들어오는 자연광이 스크린 위 영사기의 빛처럼 윤보영의 몸 전체로 쏟아져 들어오고 있었다. 그녀의 표정에는 초여름의 짙고 파릇한 그늘이 드리워져 있었지만 얼굴을 돌리는 사이사이 비치는 눈빛은 얼음처럼 투명하고도 서늘했다. 안 집사는 윤보영을 바로 쳐다보지 않고 응접용 소파에 몸을 살짝 기댄 채 한쪽 벽면을 장식하고 있는 성화를 보고 있었다. 형제원 활동사진들을 자잘하게 화소화해서 전체적으로는 양 떼를 이끌고 있는 예수의 모습을 거의 실물 크기로 만든 그림이었다. 예수는 신장 6피트 5인치 정도의 중동인으로 그려졌는데, 한 손에 지팡이를 든 채로 나머지 팔로 양 한 마리를 들고 있었다. 보기에 따라서 예수의 팔에 안긴 양은 안식을 느끼는 것처럼도 발버둥을 치는 것처럼도 보였다.

"원장님은 늘 그렇듯이 자신의 일을 하고 계실 겁니다."

"벌써 6개월이 지났네요. 병원에 잠깐 들러서 약 받아간 다음 저도 따로 연락은 못 해봤습니다. 그렇게 서 계시지 말고 좀 앉으시죠. 따로 하실 말씀이라도……."

"그게 저, 오늘 꼭 뿌리시려고 합니까."

안 집사는 무릎이 시큰거리는 것이 느껴져서 윤보영을 등지고 되도록 천천히 가죽소파에 앉으며 느리지만 분명하게 말했다. 낡은 소가죽과 지난달 새로 교체한 쿠션이 부드럽게 중력을 거스르며 그의 체중을 받아주고 있었다.

연구소에서 멀리 떨어진 집회 장소에서부터 인파들이 내는 소음이 미세하지만 무겁게 들려왔다. 그 소리는 매질을 타고 가벼운 진동까지 전달하며 인파의 규모를 과시하고 있었다. 소장의 집무용 책상과 응접 테이블 사이의 거리는 2미터 남짓 되었으나 연구소 건물 자체가 거의 완벽히 방음이 되는 공간에 있다 보니 서로의 호흡이 느껴졌다. 안 집사는 불필요한 헛기침이 올라오는 걸 애써 누르고 있었다. 늙으면서 몸에서 제어할 수 있는 근육과 신경들의 수가 줄어드는 것을 느끼는 중이었다. 그건 조만간 그의 몸이 작동을 멈출 수 있다는 신호였으므로 그는 갈증이 났고 다급했다. 무엇을 위해 다급해지는지 안 집사로서도 확신을 가지기 어려웠다.

살아 있는 것은 언젠가 죽는다. 안 집사가 70을 넘어 살아오면서 의심할 수 없는 진리는 그것 하나뿐이었다. 형제원의 목표대로, 김시오와 윤보영의 의지대로, 또는 형제원 신도들의 바람대로 이뤄지는 것이 과연 옳은 것인지 삶의 마지막 문턱에서 안 집사는 예배당 안 십자가에 못 박힌 예수를 올려다보며 기도하듯 묻곤 하였다. 모두 다시는 되돌아올 수 없는 곳으로 보내버려도 괜찮은 것인지, 눈 먼 응징이라는 것이 진정한 신의 뜻일 수 있는지 안 집사는 뒤늦게 답을 얻고 싶었다. 신은 언젠가부터 그에게 아무런 답을 주지 않고 있었다. 삶의 순간순간 자신에게 살길을 열어주었던 답을 더 이상은 주지 않았다.

열다섯이 되는 해부터 신은 불현듯 나타나 그에게 계시를 내려주었다. 그 목소리는 귀에서 속삭이듯 들렸는데, 가느다랗지만 분명한 바리톤의 음색이었다. 이비인후과에서도 정신과에서도 그에게 맞는 처방을 내려주지 않았다. 목소리는 그에게 어떤 예감 같은 식으로 전해져서 처음에는 그게 문장의 형식이라는 것조차도 눈치채지 못했다. 이제 그는 자신이 조현병 환자로 이 세상을 마감할 것이라고 생각하고 있었다.

'다음 번 버스를 타라. 약속 시간을 지키지 마라. 그 물을 마시지 마라. 잠들지 마라. 집 밖으로 나가지 마라. 당장 밖으로 나가라.'

그는 상식과 논리가 아닌 예감에 따라 행동했고, 이 나라를 크게 떠들썩하게 했던 교통사고와 건물 붕괴, 화재와 테러를 피할 수 있었다. 그게 신의 목소리라는 것을 알려준 사람이 기도원 초대 원장이었다. 그는 안 집사가 무료 급식을 먹기 위해 찾아갔던 개척 교회의 중년 목사였다. 그 무렵 표 목사는 일용직 건설 노동자로 잔뼈가 굵은 자였고, 자신의 손으로 직접 교회 건물을 올리며 사역 중이었다.

'신의 목소리는 예감의 형태로 나타납니다. 형제께서는 그걸 받아들일 줄 아는 것이고. 그 능력을 더 많은 사람의 구원을 위해 쓰지 않겠습니까.'

원장은 택지 조성이 한창이었던 형제원 부지를 바라보며 마치 기도하는 말투로 말했다.

윤보영은 소가죽 서류 가방의 걸쇠를 잠근 다음 창문 밖으로 펼쳐진 기도원의 대나무 숲을 한동안 쳐다보았다.

"날씨가 좋지 않습니까. 신의 목소리를 전하기엔 더할 나위 없을 만큼. 신의 목소리라는 게 있다면 말이지요."

"소리는 들리지 않으나 가볍게 몸을 뒤흔들고 있는 대나무들의 움직임을 보고 있자니 저는 꼭 오늘이어야 하는지 확신이 안 섭니다만."

안 집사는 불확실한 신의 뜻을 따르기가 두려웠고, 그 두려움으로 윤보영에게 맞섰다.

"불행은 낌새가 없어야 좋지요. 그편이 그들에게도 견디기가 편할 테죠. 무엇보다 재앙의 신은 눈이 없어야 하지 않겠습니까. 심리학자들도 인간이 미리 알지 못하고 당하는 불행은 그나마 조금 견딜 만하다고 합니다."

"원장님께서는 여전히 오늘 일을 반대하고 계십니다."

"시오는 너무 물러 터져서 그래요. 한가하게 선생 노릇이나 하고 있고. 형제원 사업에 더 집중해야 합니다. 오늘 푸는 약에 대해서는 지난번 최고회의에서 형제분들께서도 다 동의하신 겁니다. 얘기가 다 끝났다고요. 여기 형제분들은 분노가 아니었다면 지금까지 살아 있기도 어려웠을 겁니다. 누군가를 죽여야겠다는 분노가, 살아갈 이유가 된 거죠. 그건 저나 시오나 마찬가지입니다. 안 집사님은 영원히 모르시겠지만."

"초대 원장님께서 아픔 없는 자들을 받아들인 경우가 있었습니까? 소장님이나 원장님도 처음 이곳에 왔을 때……."

안 집사는 터져 나오려고 하는 이야기의 물꼬를 흙덩이를 던져 황급히 막았다. 고통을 내보여서 상대의 고통을 치유할 수는 없었다.

윤보영은 10년 전 일이 떠올라 눈앞의 사물들이 일그러져 보이기 시작해 눈을 질끈 감았다. 이웃과 법과 국가 모두에게 버림받았던 날들. 갑작스러운 이명이 다시 시작되면서 안 집사의 말이 잘 들리지 않았다. 모든 피해자가 그렇듯이 이 세상의 일이라는 걸 믿을 수가 없었다. 어떻게 그런 일들이 그녀에게 집중적으로 일어날 수 있었던 건지. 하지만 윤보영은 곧 알게 되었다. 사실 불행이 한두 개 겹치는 건 어디에서나 있을 수 있다는 걸, 확률적으로도 희박한 경우가 아니라는 걸, 인간은 원래 그런 존재라는 걸, 지구에서 생명이 발원하여 사피엔스까지 이어진 것 자체가 상상할 수도 없이 작은 가능성이었다는 걸, 그래서 서로 서로 어깨를 걸고 그 불행과 재앙에 맞서 싸워야 하는 존재라는 걸. 하지만 이 나라는 그런 사회가 아니라는 걸 그녀는 남편과 딸을 잃고 나서야 알 수 있었다. 저들에게 일어난 일이 나에게도 일어날 수 있는 일이었다는 세상의 법칙도. 홉스의 리바이어던은 단지 괴물 중에 하나가 되었을 뿐, 다른 괴물들로부터 희생자들을 지켜주는 기능을 잃어버린 지 오래되었다. 잡귀들로부터 지켜주지 못하는 괴물은 그냥 괴물일 뿐이다. 계약을 잊은 리바이어던은 결국 계약의 상대를 뜯어 먹는 괴물이 되었다.

날씨가 아주 좋은 날이었다. 대기는 포유동물이 활동하기 최적의 기온과 습도였고 코끝을 살짝 간지럽힐 정도의 바람은 기분을 들뜨게 했다. 초여름, 딸아이는 결혼 5년 만에 얻은 세상 무엇과도 바꿀 수 없는 존재였다. 그 비릿하게 달콤한 살 냄새와 옹알이 소리, 있는 힘껏 젖을 빨아대던 야무진 입술, 친구들과 한나절 뛰놀다가 돌아와 그녀의 얼굴에 비비던 한껏 땀에 젖은 머리칼. 또래보다 말이 빨리 트였던 그 아이는 남편과 윤보영의 사이를 더욱 단단하게 결속시켜주었다. 그녀는 세상에 무관심해졌고, 셋은 세상의 비바람이라고는 단 한 조각도 들어올 수 없는 아늑하고 편안한 우주선 안에 있었다. 문만 살짝 열면 인간이 살 수 없는 비정한 우주가 있다는 것을 알지 못했다. 윤보영은 세계의 발톱에 찢겨진 자신의 가족을 보며 사방으로 흩어져버린 정신을 그러모을 수 없었다. 흩어진 그대로 모든 정신을 놓아버리고 싶었다.

보건복지부 장관과 행정안전부 장관이 나와 차례로 무릎을 꿇고 머리를 조아렸다. 언론에서는 연신 인재와 안전 불감증에 대해 성토했고, 연수원 원장부터 건물 설계자와 감리회사, 연수원 조교들까지 모두 불려나왔다. 아이들 열 셋이 화마에 목숨을 잃었지만, 세상과 이 나라는 윤보영에게 아무런 핏값을 주지 않았다. 양을 데려갔으면 그에 합당한 구원의 목소리라도 들려주어야 했지만 신은 오래도록 침묵했다. 당장에라도 구속되고 엄벌에 처해질 것 같았던 자들은 낡고 성긴 그물망을 통과해 조금씩 시간의 지층으로, 수많은 익명 속으로 사라졌다. 사건은 또 다른 사건으로 묻혔고, 30일, 90일, 6개월 단위로 서서히 대중들의 관심에서 사라져갔다.

유품을 정리하고, 유해를 수습해 상을 치르고, 매일 아침 정부종합청사 앞에서 시위를 하러 유족들과 몰려갔다. 비가 오고, 폭염이 지나고, 태풍이 광장을 쓸었다. 이제 세상은 태풍으로 인해 무너진 자들에게로 눈물과 한숨을 몰아주었다. 그녀의 주변은 조금씩 지쳐갔고 무너져내렸다. 병원에서는 이제 그만 돌아오라고 했고, 그만하면 할 만큼 했다고 했으며, 유급 휴직이 무급으로, 무급 휴직이 무단결근으로 종래에는 권고사직으로 변했다. 그녀와 그녀의 가족들에게 한없이 관대하고 따뜻했던 사람들은 이제 지겹다고 말하기 시작했다.

"세월이 많이 흘렀습니다."

안 집사는 마지막으로 해야 할 말을 했다고 생각했다. 뒤통수로 박혀 오는 윤보영의 살기 어린 눈빛에 명치 부근이 아파왔다. 그와 그녀 사이에 깊이를 가늠할 수 없는 침묵의 바다가 메워져 있었다. 상대가 보이지만 건너갈 수 없는 거리에서 두 사람은 쓸쓸하게 늙어가고 있었다. 안 집사는 자신의 몸이 더 이상 움직이지 않기 전에 여기서 해야 할 일을 해야 한다고 믿었다. 그건 그동안 찾아오지 않았던 신의 목소리일지도 몰랐다. 그는 자신이 그래야 하는 이유가 먼저 상처가 치유되었기 때문이라고 생각했다. 인간은 서로를 이해할 수 없으니까, 분노도 애정도 연민도 동정도 슬픔도 행복과 희열도 각자의 몫에 맞는 눈금 정도만 채울 수 있는 것이었다.

"아직까지도 소장님을 이해한다고 믿고 있습니다. 저야 평생 여기서 아무런 고통도 후회도 없이 살아왔습니다만, 지금 제 느낌에는 그만 멈추라는……."

"이건……."

안 집사가 할 말 정도는 이미 알고 있다는 듯이 윤보영이 말허리를 잘랐다.

"소정이보다는 어쩌면 그이를 위한 거예요. 사람처럼 살려고 했던 사람을 위한 거죠. 남편은 유독 어깨가 넓었어요. 저와 소정이가 평생 매달려서 안전하게 살아도 되겠다 싶을 정도로. 보신 적 있으신가요?"

"네. 오래전 사진으로."

안 집사는 세 살 딸아이를 목마 태우고 있는 청년의 모습을 떠올렸다. 파릇파릇한 숲을 배경으로 아이의 환한 웃음과 파란 하늘이 사진 절반을 꽉 채우고 있었다. 미세한 불운도 끼어들 수 없을 정도로 행복이 꽉 차있던 순간을 사진은 가두어 두었다. 어깨가 넓고, 눈과 입이 큰 시원시원한 얼굴의 청년을.

"그냥 교통사고여도 피가 끓을 판인데, 정신 나간 그 새끼가 휘두른 칼에 목을 맞았죠. 어쩌면 그 사람은 죽고 싶어서 그랬는지도 모른다고, 지금은 생각해요. 저한테 오던 길이었는데, 하필 그 골목으로 길을 잡은 것도, 그 시간에 미친놈이 길 가던 여고생을 인질로 잡은 것도, 그 많던 사람이 비명만 질러대고 흩어져버린 것도, 출동을 하려던 경찰의 차량 진입이 어려웠던 것도 다 그이가 그렇게 되려고 그랬겠죠."

윤보영은 말을 마치고 가방을 들고 책상을 돌아 나왔다. 소파 옆에서 출입문을 바라보며 잠시 발걸음을 멈췄다. 안 집사는 앉아서, 윤보영은 선 채로 같은 곳을 바라보는 모양새가 되었다.

"그때 그이 옆에 있던 사람들이 열둘이었어요. CCTV를 100번도 더 돌려 봤어요. 아무도, 심지어 미친놈에게서 풀려난 그 여고생도 남편이 목을 잡고 쓰러졌는데 도와주질 않았어요. 지혈만 했어도 지혈만. 다들 도망치기에 바빴죠. 다, 겁 많은 양들처럼. 한 마리 양이 뜯어 먹혀도 가만히 있었어요. 그런 양들은 다 도축이 되어야죠. 아시죠, 그 미친 새끼는 심신미약으로 보호관찰소에 있어요, 지금도. 그이를 해치기 전에도 전과가 열 건은 있었어요. 법이 줄기차게 그자를 풀어준 거죠. 결국 열한 번째에 그이가 죽은 거구요."

윤보영은 그 방에 아무도 없이 혼자 독백 연기를 하는 것처럼 나지막이 중얼거리며 말을 이었다.

"오늘 배포해서 약효가 발현되려면 한 2주쯤 걸립니다. 오늘 방송에서 프로그를 더 돌리면 더 많은 사체들이 생길 것이고, 어쩌면 누군가 눈치를 채는 사람들이 생기지 않을까요."

안 집사는 일의 효율성 측면을 건드려보기로 했다.

"숫자 조절을 잘해야죠. 지금까지보다 조금 더 양을 늘리는 것뿐이에요. 인간은 자신에게 직접 일어나지 않는 일들에는 관심을 갖지 않아요. 아시잖습니까. 이번 건 이후에 한 템포 쉬어가죠. 다른 사건들이 또 사건들을 덮을 테니까. 터지기 시작하면 엔터 쪽을 통해서 기자들에게 마약 리스트 한번 돌리세요. 시간은 쉼 없이 흘러가고, 사건은 모래처럼 사건을 덮을 테니. 그때쯤이면 여기 형제님들의 고통은 아마 석탄기 화석보다도 오래전 일이 되어 있을 겁니다. 아, 그리고 집사님. 우리는 눈 먼 복수를 하지 않습니다. 터질 만한 사람들이 터지는 겁니다. 사실 마지막 구원의 기회는 주는 거죠. 남을 위해 봉사한다는 허위의식이나, 신 따위가 우리를 구원할 수 있다는 망상, 돼지처럼 처먹으면서도 살을 빼야겠다는 욕망이 없는 자들은 죽지 않을 겁니다. 시오도 그 점은 이해한 거니까. 하나 더 있네요. 이미 죽은 사람들은 터지지 않을 수 있습니다."

"오늘 온 내방객들 가운데는 10대들도 꽤 있습니다. 아직 죄를 짓기에는 어린 나이 아닙니까."

안 집사는 부질없는 걸 알면서도 한 번 윤보영의 소매를 잡아당겨보았다.

윤보영이 고개를 돌려 빙긋 웃으며 말을 받았다. 안 집사는 윤보영이 자신을 내려다보는 시선을 느꼈지만, 똑바로 마주 볼 용기가 나지 않아 눈을 지그시 감았다.

"소년들은 죄지은 자가 아닙니까. 시오가 보통 처리하는 놈들이 그 나이대죠. 이참에 뿌리를 확실히 뽑아놔야 합니다. 시오도 지난번 병원에서 만났을 때, 이제 학교에서는 그놈들을 제어할 도구가 하나도 없다고 하더군요. 아, 이거 한번 보세요."

윤보영은 몸을 기울여 책상 위에 있던 일간지를 집어 안 집사 앞에 놓았다. 사회면에 짤막한 기사가 적혀 있었다. 어린이공원에서 흡연하던 10대를 태권도장 사범이 훈계를 했다. 본인이 데려온 원아들 앞에서 어른 노릇을 한 것이었지만, 당연히 흡연하던 10대 세 명은 30대였던 사범에게 쌍욕을 하며 덤볐고, 난투극이 벌어졌다. 경찰은 양쪽을 모두 조사한 후 기소의견으로 검찰에 사건을 송치했다. 이젠 단신으로밖에는 전해지지 않을 만큼 사소하고 흔한 일이 되었다. 안 집사는 대꾸할 말을 찾을 수 없었다. 그녀의 의도는 그 기사가 아니라 온몸에서 보내는 분노로 전해지고 있었다.

"그 정도는 우습죠. 아시잖아요? 그냥 좀 전에 본 김에 보여드린 겁니다. 10대도 죽을 만하면 죽어야죠. 죽는 데 순서가 없는데 나이가 어디 있습니까. 법이 못 죽이면, 그 누구라도 죽여야죠. 그래야 알 거 아닙니까. 뭔가가 있구나. 잘못을 하면 죽을 수도 있구나, 겁이라도 줘야죠. 그게 어른이 할 일 아니겠습니까. 겁을 먹는 놈은 먹는 대로, 겁 대가리가 없는 놈은 없는 대로 죽어야죠."

윤보영은 잠시 숨을 몰아쉰 뒤 소리 없이 러그 위를 걸어가 문을 열고 소장실을 나갔다. 도어클로저가 천천히 그녀가 전달한 운동에너지를 지우며 문을 닫고 있었다.

그렇게 싹 다 죽인다고 한들 이미 죽은 자들이 살아올 수 있습니까, 라고 말하고 싶었지만 안 집사는 생침과 함께 울대뼈 아래로 깊이 삼켰다. 그는 그냥 흰색 가운을 입은 가녀린 여자의 등을, 곧은 자세로 문을 나서 복도 왼쪽으로 걸어 나가는 옆모습을 블라인드의 틈으로 오래 처다볼 수밖에 없었다. 그녀의 걸음걸이는 등의 털을 잔뜩 세우고, 송곳니를 있는 힘껏 드러낸 겁 많은 삶의 사족보행이 연상되었다. 그 삶은 무심하고 겁 많은 양들의 목덜미를 물어뜯을 정도로 강해졌고 오로지 복수심으로만 가득 차 있었다.

형제원을 처음 만들었던 때가 생각났다. 초대 원장은 세상의 범죄로부터 희생당한 사람들을 치유하기 위해 이곳에 터를 잡았다고 했다. 조부가 불하받았던 적산 가운데 값어치가 전혀 없던 땅과 임야가 그런 식으로나마 쓰일 수 있다는 것이 다행이라고 생각했다. 그곳에 나라와 보험회사로부터 받은 가족들의 사망보험금과 십일조로 모아 둔 돈, 자신이 직접 지어 올렸던 교회를 넘기고 받은 돈까지 모두 쏟아 넣었다. 얼마 지나지 않아 원장은 그들이 원하는 것이 치유와 구원이 아닌 복수라는 것을 알게 되었다. 안 집사는 그들을 찾아온 자들의 연혁을 들을 때마다 형제원이 가야 할 방향이 복수라는 것에 동의할 수밖에 없었다. 구원은 성경에도 예수의 말에도 그 어느 곳에도 없었다. 원장 역시 가야 할 곳이 분명했던 모세의 처지가 부럽다는 생각을 그 무렵 자주하곤 했다.

형제원 부설 신약 연구소 오른쪽으로 조금 더 깊숙이 들어
간 곳에는 형제원에서 살다 소천한 형제들의 무덤이 모여 있었
다. 강수량이 줄어들어 바닥이 드러난 계곡에 바위를 쌓고 흙과
시멘트로 매워 만든 못자리였다. 봉분은 세우지 않고 바닥 돌
만 깔고 생몰연도와 세례명을 적어 그곳이 누구의 묘인지만 알
게 한 곳이었다. 십자가는 어느덧 쉰다섯 개가 되었다. 처음 그
묘에 전국 각지에 흩어져 있던 열두 형제들의 시신을 이장했다.
모든 의식이 끝나고 신도들이 떠난 자리에 원장과 안 집사 둘
만 남게 되었다. 중장비들도 다 돌아가고 평신도들은 저마다 막
걸리를 마시러 떠난 묘지에 두꺼운 이불 같은 적막이 가라앉아
있었다. 무리에서 떨어져 나온 까마귀 한 마리가 묘비 위에 앉
아 길게 울었다. 붉은 해가 대나무 숲에 걸려 있어 세상이 온통
불붙은 듯이 환해 보였다. 아직 도시가 신도시 부지로 지정된
후 본격적인 개발이 시작되기 전이었다.

　'안 집사, 구원이라는 게 뭐 별다른 게 있겠소? 억울한 자들의
한을 풀어주는 게 구원이지.'

　도라지 향 담배가 타는 연기와 냄새가 두 중년의 눈높이에서
시야를 뿌옇게 만들고 있었다. 담배를 피워본 적 없는 안 집사
도 원장의 도라지 담배 냄새만큼은 역하지가 않았다.

　'그렇긴 합니다만, 그래도 저는 아직 그 한풀이라는 게.'

　'나도 이해는 하오. 직접 베인 상처가 없는 사람들은 잘 모르
는 법이니까. 안 집사는 상처가 생기기 전에 신께서 품에 감싸신

거요. 왜 안 집사만 골라서 보호하셨던 건지는 그분만 아실 테지만. 여기 묻힌 형제들은 구원받지 못하고 하늘로 갔소. 자식을 잃고, 배우자를 잃었는데 그들에게 그걸 빼앗아간 자들은 아직 저 밖에서 잘 살고 있지. 법이나 국가가 처단해주길 기다리다가 다들 이 세상에 처음 왔던 모습 그대로 흙으로 돌아간 거요.'

'하나님께서는 다 아시지 않겠습니까. 심판하시지 않겠습니까.'

'안 집사는 영생이라든가 심판 같은 말을 진짜 믿소?'

원장은 타다 남은 꽁초의 불씨를 고무신 뒤꿈치로 비벼 끈 후 작업장 쓰레기를 모아 놓은 더미 위에 마치 소원을 빌 듯 던져 올리면서 말했다. 그의 목소리는 더 이상 그의 입에서 나오는 것 같지가 않았다. 마치 신들린 영매 같았다.

'나는 죽을 때가 다 되어가니 여기 내가 발 딛고 있는 이 땅만이 진짜인 거 같아서. 이 땅에 없는 건 어디에도 없는 것만 같아. 하늘에서의 영광이 땅에서도 이루어지길 바라기에는 인간은 말이요, 터무니없이 약한 존재가 아니오?'

그때 하염없이 고무신 앞코로 막 녹기 시작하던 흙바닥을 툭툭 파던 초대 원장의 목소리가 들리는 것 같아 안 집사는 소파에서 일어났다. 행사가 끝나기 전에 10분의 1 분량의 프로그를 무작위로 사은품 가방에 넣어야 할 때였다. 두통약이든 소화제든 같은 모양의 정제를 몇 알 넣어두면 사람들은 무심코 입에 털어 넣을 것이었다. 형제원의 약들은 이미 약효가 좋은 걸로 입소문이 나 있었다. 재수 없게 그 쇼핑백을 들고 간 신도들이

집 한구석에 낯선 약통을 처박아두고 영원히 먹지 않기를, 오래
오래 묵혀두었다가 이삿날 같은 때 우연히 발견하고 바로 쓰레
기봉투에 넣기를 안 집사는 바라고 또 바랐다. 그는 자신의 마
음을 자신도 이해하기 힘들었다. 분명한 건 자비 없는 눈 먼 사
자들이 메인 예배당 입구 테이블 위에 아가리를 벌리고 먹이를
기다릴 순간이 곧 다가오고 있다는 것이었다. 아가리에 물린
모두의 육신은 눈보라 같은 살점들로 변해 허공에 흩뿌려질 것
이다.

박 형사

경찰서로 돌아오는 길은 어느새 개어 있었다. 빨래를 마치고 막 비워낸 스테인리스 대야처럼 하늘이 반들반들했다.

운전을 하는 내내 박 형사는 연경의 방에 대해 생각했다. 그 아이의 방은 시간을 박제해놓은 듯한 모습이었다. 시간을 붙잡아 박제해둘 수 있다는 것이 어쩌면 정현석의 재력을 가장 강력하게 보여주는 것일지 모른다고 그는 생각했다. 모든 것을 기억하고 그대로 보존하기 위해서는 돈이 들었다.

박 형사는 딸의 방을 지켜주지 못했다. 은주가 남긴 공간과 물건들은 남은 가족들의 생활을 위해 조금씩 사라졌고 한쪽으로 치워졌다. 연경의 방에서는 널따란 책상과 낮은 높이의 침대, 책장을 가득 채운 소설과 만화책, 제 아버지 것으로 보이는 턴테이블과 스피커가 눈에 띄었다. 붙박이장의 색과 벽지 색은

옅은 베이지로 통일되어 있어서 언뜻 보기에 심리치료사들의 진료실 같기도 했다. 박 형사의 입장에서는 보는 것만으로 무기력에 빠질 만한 색감이었다. 그는 루틴대로 일단 사물을 그대로 두고 문 밖에서만 둘러보았다. 무대 밖과 안에서 인간의 의식은 외부를 다르게 인식한다는 것이 그의 경험칙이었다. 연경의 방은 전체적으로 여고생의 것이 틀림없다는 느낌을 주고 있었다. 박 형사는 천천히 보이지 않는 결계를 찢고 피해자의 부장품들이 쌓여 있는 무덤 같은 방 안으로 들어갔다. 무언가를 찾아야겠다는 생각은 없었지만 동물적으로 이 책 저 책을 꺼내 넘겨보고 다시 집어넣었다. 초동수사로부터 이미 많은 시간이 지났다. 무수히 많은 생체 증거가 사라지고 섞였을 것이 분명했다. 갑갑한 기분이 들자 기관지가 또 말썽을 일으킬까 두려운 마음에 박 형사는 커튼을 열고 불투명으로 되어 있는 안쪽 창을 열었다. 말간 유리창 너머로 뒤쪽 저택의 전경이 시야에 들어왔다. 두 집 사이의 거리는 들여다보기엔 멀고, 안 보인다고 하기에는 가까운 정도를 유지하고 있었다.

서에 돌아와 사무실로 올라가기 위해 중앙 로비로 막 걸음을 디뎠을 때였다. 경비를 서고 있던 의경의 경례에 인사를 하던 순간 박 형사는 조 반장 손에 이끌려 1층 빈 공간으로 들어갔다. 들어가고 보니 사무실도 조사실이 아닌 탕비실이었다.

"무슨 일이야? 나도 바빠, 바로 올라가 봐야 돼. 하루 종일 돌아다녔다고."

박 형사는 1층 서쪽 끝에 있는 본관 탕비실에 와본 것이 얼마만인가 싶어 새삼 주변을 두리번거리면서 말했다. 박 형사는 운전하는 내내 연경의 방 책꽂이에서 발견한 다이어리가 머릿속에서 떠나지 않고 있었다. 겨우 생각의 갈피들을 정리하면서 차를 대고 주차장을 빠져나와 청사로 막 들어서려는 순간 조 반장에게 잡힌 것이다. 박 형사는 자신의 머릿속이 마구 어지럽혀질까 봐 조바심이 났다.

연경의 다이어리는 두 권이었다. 첫 번째 다이어리에는 진주하에 대한 모든 것이 빼곡하게 정리되어 있었다. 그녀의 신상 정보는 물론, 그녀의 모든 공식, 비공식 스케줄부터 그녀가 다니는 미용실과 맛집, 사용하는 뷰티 용품이나 의약품의 브랜드까지 일반인들이 알 수 있는 정보를 넘어서는 것들이었다. 그 다이어리 마지막 표지에 정갈한 글씨로 'F&B엔터테인먼트'라는 글자와 전화번호가 수놓인 직물 재질의 명함이 붙어 있었다. 명함은 셀로판테이프로 위아래 떨어지지 않게 고정해놓은 상태여서 행위의 주체가 소중하게 여기는 것이라는 점은 직감할 수 있었다. 그리고 그 아래 '프로그'라는 글자와 청개구리 그림이 그려져 있었다. 나머지 한 권에는 연경의 사적인 이야기가 적혀 있었다. 고등학교에서 따돌림을 당하며 겪었던 일들이, 은주도 겪었던 일들, 정현석이 두 번 다시 보고 싶어 하지 않을 일들. 박 형사는 첫 번째 다이어리에만 집중하려고 애썼다. 청개구리 그림은 무엇이었을까.

박 형사의 생각은 들불이 번지듯 은주에게 들려주었던 청개구리 동화로 옮겨갔다. 청개구리 엄마는 시키는 것과 늘 반대로 하던 자식이 자신의 무덤마저 냇가에 만들까 봐 두려웠다. 조금만 비가 내려도 무덤이 쓸려 내려가는 냇가에 어미 개구리는 자신의 무덤을 쓰고 싶지 않았다. 그래서 유언으로 자신의 무덤을 냇가에 만들라고 청개구리에게 남겼다. 평생 어미 속을 썩였던 청개구리는 마지막 유언만은 엄마 말을 그대로 따르고 싶어서 무덤을 냇가에 만들고 말았다는 동화. 은주는 청개구리와는 다르게 박 형사가 시키는 대로만 살다가 세상을 떠났다. 사춘기에 들어서 너무 부모의 말을 잘 듣는 것이 갑갑하게 느껴질 무렵 박 형사는 은주에게 청개구리 엄마같이 어쩌면 속에도 없었을 말을 했다.

'이제 네 생각대로 좀 행동을 해봐, 엄마 아빠 말은 참고만 하고. 그게 어른이다.'

박 형사는 시간과 사건들이 머릿속에서 한데 뒤엉키는 것이 느껴지자 멀미가 일었다. 올해 들어 현기증은 띄엄띄엄이긴 하지만 규칙적으로 찾아들었다. 그 규칙적인 간격은 조금씩 빨라지고 있었다. 몸에 무언가가 다가오고 있었지만 그 무언가를 확인해보고 싶지는 않았다. 어지럼증이 오면 어떤 때는 눈앞의 모든 것이 일순 하얗게 증발하는 순간도 있었다. 그럴 땐 그 자리에 멈춰 선 채로 소금기둥처럼 시간의 흐름을 견뎌야 했다. 김 순경이 병원에 가보라고 타박한 것도 벌써 여러 달이 지나고 있었다. 병이 온다고 해도 병이 아니라고 해도 이미 무관한 삶이었다. 어쨌거나 지금까지 살아남은 은혁이와 아내, 자신까지 말 그대로 살아남은 것에 불과했으니까. 박 형사로서는 자의로 목숨을 끊고 싶지는 않았다. 그는 자신의 의도가 삶의 곳곳에 개입하는 것을 극도로 꺼려했다. 자신의 선택으로 남편에게 버림받고 자식을 키우느라 평생 고생만 하던 그의 어머니는 수술실에서 숨을 거두었다. 키는 작았지만 복부 비만이 심했던 40대 의사는 마치 두 결정을 저울에 올려놓은 듯이 양팔을 벌리고 이야기했다. 수술을 하면 남은 생을 편안하게 살 수 있지만 수술 중에 사고가 생길 수 있다. 수술을 하지 않으면 수술 중 사고는 없을 것이나 생활 속에서 언제든 심정지가 일어날 수 있다. 박 형사는 처음이자 마지막으로 선택을 했고, 그 선택은 결국 그에게서 어머니를 앗아갔다. 아내도 의사도, 심지어는 어머니도 선택을 내리지 않았다. 결국 그가 선택한 것이고, 모두 그 선택으로 인해 안식을 얻었다. 고통은 오롯이 그의 몫이었다. 그 후로 박 형사는 자신의 주장을 강하게 편 적이 단 한 번도 없었다. 그는 다른 사람들의 선택이 불러온 비극에 안타까운 반응을 보여주는 관객의 자리를 자처했다.

'아빠 나 전학 갈까?'

'아빠 나 영익이랑 계속 만날까?'

'여보, 은주 상담을 좀 받게 하는 게 어떨까요?'

'아빠, 나 전공 낮춰서 써도 돼.'

박 형사는 자신이 대답을 미루었던 모든 순간을 떠올릴 때마다 등줄기에서 진땀이 났다. 이제 네 생각대로 좀 행동을 해봐, 이 말은 은주가 아닌 바로 자신에게 하고 싶었던 말이다.

"김 순경은 들어왔어?"

"글쎄, 오늘 기도원 갔잖아."

"저번 주 학폭 당신 말고 김 순경이 다녀왔다며."

"학폭?"

"그 왜, 성도교회 목사 자식새끼 건 말이야."

"그 건을 어떻게 알아? 강력반에서 이젠 급식 먹는 애들까지 신경 쓰나."

"이 사람 이거, 요즘 어떻게 세상 돌아가는 줄 모르는구먼. 급식 먹는 놈들이라고 뭐 다른 줄 알아? 나쁜 놈들은 다 똑같다고. 나이 불문이야, 성별도 불문이고. 뭐, 직업도 불문이고."

심각한 말의 내용에 비해 조 반장은 여전히 능글능글 하게 웃고 있었다.

조 반장의 말은 거의 진실에 가까웠다. 처음 형사가 되었을 때만 해도 박 형사는 선입견을 가지고 있었다. 아니 그것이 선입견이라는 것조차 인식하지 못했다. 노동자는 선하다, 가난한 자는 선하다, 다방 레지는 선하다, 어린아이는 선하다, 여자는 선하다. 요컨대 주어진 사건 상황에서 사회, 경제적으로 약자인 쪽이 선한 경우가 많다고 믿었다. 그 직관은 고민이라든가 선택이 필요 없었다. 물론 잘못 짚는 경우도 간혹 있었지만, 8대2 정도의 확률로 맞는다면 그 직관은 법칙에 가까운 것이라고 박 형사는 믿었다. 억울한 한 사람을 가두는 것보다 죄인 아홉을 놓치는 게 옳다는 말을 박 형사는 가장 혐오했다. 그가 보기엔 문제는 억울하냐 아니냐가 아니었다. 한 사람인가 아홉 사람인가가 더 중요한 것이었다. 대부분의 경우 이 세계는 양의 문제가 선악을 좌우했다. 얼마를 죽이느냐, 얼마를 사기 치느냐에 따라 영웅도 되고 사형수도 됐다.

'호모 새끼는 사람 못 죽여.'

초임 때 박 형사를 끼고 다녔던 곽 반장은 그런 믿음에 빠져 있던 형사였다. 그는 판단력이 빨랐던 만큼 무죄추정 따위의 수사 원칙은 늘 무시했다. 가끔 박 형사는 곽 반장이 전성기를 누렸던 그 시절에서 다시 한 번 형사 노릇을 해보고 싶다는 생각이 들었다.

'일단 조져. 그러고 나서 수사를 시작하는 거지. 열에 일곱, 여덟은 범인일걸. 한두 놈 억울하게 걸렸다고 해도 그건 그놈들 재수인 거지. 사회 전체적으로 보자고. 사회 전체적으로 보면 내가 맞아. 이게 더 사회 안전에 기여하는 거라니까.'

곽 반장은 2년 전 간경화로 세상을 떴다. 그것도 그의 재수일 것이다. 영정 속의 곽 반장은 정복을 입고 온화하게 웃고 있었다. 그는 이 사회의 안전에 얼마만큼의 기여를 했던 걸까. 곽 반장의 가르침은 은주가 떠나는 걸 막지 못했고, 떠난 은주를 돌아오게 하지도 못했다. 박 형사는 곽 반장의 빈소에서 만취해서

울부짖었다. 동료들은 절친했던 선배 형사의 죽음을 애통해하는 모습으로 보고 안쓰러워했지만, 그는 또렷이 기억하고 있었다. 그는 애도의 마음으로 울부짖지 않았다. 그건 적어도 애도는 아니었다.

"그래서 왜 보자는 거야?"

박 형사는 발목을 잡힌 김에 숨을 좀 돌리고 싶었다. 기왕에 온 탕비실에서 믹스 커피를 한 잔 타 마시기로 마음먹었다. 익숙한 브랜드가 프린트된 스틱 봉지와 종이컵을 들면서 박 형사는 조 반장을 쳐다보지 않고 물었다.

"그 학교 목사 아들 말이야. 인터넷에 자기들이 가혹행위 한 거 찍어서 올리고 낄낄거려서 싹 털렸잖아. 뭐, 재판까지 간다 해도 대법 가면 나이 때문에 집유나 사회봉사 나오겠지만. 아무튼 그 자식이 실종됐대. 신고가 그제 들어왔어."

박 형사는 듣고 있다는 뜻으로 고개를 돌려 조 반장을 한번 쳐다보았다. 조 반장은 점퍼 주머니에서 해바라기씨를 한 줌 꺼내 입에 넣고 두어 번 씹다가는 찌꺼기를 뱉어냈다. 위기 상황을 주목하며 해결 가능한 프로세스를 머릿속에서 이리저리 돌려보고 있는 프로야구 감독 같은 모습이었다. 박 형사는 젊은 시절부터 익숙한 그 모습을 보며 전기포트를 들어 물의 양을 확인한 후 전원 레버를 내렸다.

"하고 싶은 말이 뭐야. 돌리지 말고 본론을 얘기해. 나도 커피 한 잔 마실 시간밖에는 없다고."

조 반장은 별 대꾸 없이 아예 테이블에 엉덩이를 걸쳐놓고는 블라인드 너머 복도를 슬쩍 내다보고 있었다. 태도와 발화의 내용이 전혀 일치하지 않는 건 조 반장의 특징이기는 했다. 그는 슬픈 이야기를 웃으면서 하고 기쁜 이야기를 정색하면서 했지만 그 자신은 그걸 인정하지 않았다. 동료들이 CCTV를 돌려 보여주었을 때에도 그는 자신의 모습을 인정하지 않았다. 자신이 생각하는 자신의 모습은 객관적인 증거와 전혀 상관이 없을 수도 있다는 걸 그가 보여주었다.

"이것 좀 봐볼래?"

조 반장은 씩 웃으면서 옆에 쌓여 있던 노란색 서류 파일 하나를 건넸다. 박 형사는 파일 겉표지를 넘겨 내용물을 넘겨 보았다. 쉭쉭거리며 커피포트의 물이 끓고 있었다. 파일에는 연관을 지을 수 없는 사건들의 사진과 도표, 날짜를 비롯한 숫자들이 엉킨 채로 적혀 있었다. 보고용 자료는 아닐 것이다. 이 자료들을 보기 좋게 PT용으로 만드는 것은 젊은 놈들의 몫이었다.

"다 볼 건 없고, 거기 마지막만 좀 봐봐. 내가 뭘 좀 적어놨어."

"말을 해주던가, 뭘 이렇게 내가 찾아보게 만들어."

"앞에 사진들도 좀 봐야 그래도 피가 좀 끓을 테니까 그렇지. 그 봐봐. 그거 그거, 어린놈의 새끼들이 할 만한 일들인가."

조 반장의 말을 듣고 천천히 살펴본 사진 속 피해자들의 육체는 오래 쳐다보기에 끔찍할 정도였다. 꽤 많은 시신을 현장에서 보아온 박 형사였지만 정체를 본 적 없는 가해자들에 대한 피가 끓었다. 아무리 많이 보아도 적응이 되지 않는 것들이 있다고 박 형사는 생각했다. 인간이 태생적으로 보아 넘기기 힘든 것들. 그런 것들 앞에서 사람은 그저 눈을 감아야 남은 삶을 제대로 살 수 있었다. 보는 순간 인간의 벽이 무너뜨리는 것들.

"그 애들 다 어린 애들이야. 어린 애들 말고도 노인들이랑 여성들도 좀 있는데 그건 좀 뺐고. 범주가 달라. 예전 새끼들이랑은."

박 형사는 속옷이 벗겨진 채로 멍든 얼굴을 가리고 울고 있던 은주의 사진이 떠올라서 파일을 덮었다. 코피를 흘리며 무릎을 꿇고 있던 모습, 울부짖고 애원하며 발길질을 당하던 영상이 소용돌이 쳤다. 다시 속이 메슥거리기 시작했다. 한동안 볼 수 없었던 자극들이었다. 청소년계에서는 캠페인성의 교육용 자료들만을 다루었다. 이건 그가 잊고 있었던, 무의식 저 깊은 곳에 집어넣어 두었던 사물과 풍경들이었다. 본청에서 파견 나온 상담사는 짧은 상담을 마치고는 박 형사에게 말했다. 자극적인 장면들을 좀 줄이시는 게 좋겠다고. 연필로 무언가를 적고 있던 그 어린, 여자 정신과 상담의의 기린처럼 길던 목덜미를 움켜쥐고 싶다는 욕구를 박 형사는 애써 눌러 참았던 기억이 떠올랐다.

커피포트의 물이 심하게 끓고 있었다. 구한말 증기기관차의 기적 소리와 수증기가 실내를 가득 채웠다. 끓는점에 도달하면 자동으로 꺼지는 포트가 나온 지도 오래였지만 이곳의 것은 여전히 인간이 버튼을 올려야 꺼졌다. 조 반장이 의아하다는 표정으로 박 형사 옆을 지나쳐 포트의 전원 레버를 올렸다.

"이 사람, 불내겠어. 이거 사람이 직접 꺼야 하는 것도 까먹었나 보네."

"미안. 그래서 그 새끼가 어떻게 되었다고?"

"실종됐다고. 피해자한테 사과하러 간다고 나간 길로 사라졌대. 사과하러 나간다고 말했다는 건 100퍼센트 구라일 거고. 어쨌든 그게 3일 전이야, 정확히는 52시간째 연락 두절이고."

박 형사는 조 반장이 이 사건을 자신한테 이야기하는 이유를 납득하기가 어려웠다. 학폭 가해자까지 신경 써줄 만큼 경찰이 한가한 기관인가도 싶었다. 조 반장 팀은 메인 부서가 아니긴 했지만 어쨌거나 폭사사건에도 팀원 절반 이상이 파견된 상태였다.

"이거랑, 이것도 봐봐."

박 형사의 의아해하는 표정을 보고 그럴 줄 알았다는 듯이 조 반장은 노란색 클립보드 파일을 세 개 더 건네주었다.

"김 순경하고 아까 통화했거든. 금방 온다고 했는데 좀 길어지는가 보네. 젊은 놈들이 빨리빨리 적당히 끊고 오는 법도 알아야지. 그런 거 안 가르치고 뭐 했어?"

조 반장이 손을 탁탁 털어 해바라기씨의 흔적을 바닥으로 날리며 악의 없이 빈정거렸다.

"이번 학폭 건이 처음이 아니라는 거지. 하긴 이런 놈들은 언제나 있었으니까. 그냥 예전 곽 반장처럼 다 조지면서 가르쳐놔야 하는 건데. 어린놈의 새끼들이."

박 형사는 말을 하면서도 자신도 모르게 노란색 파일을 넘겨 보는 행동에 힘이 들어가는 게 느껴졌다. 그는 파일을 소리 나 게 덮고 눈을 들어 형광등을 올려다보았다. 긴 형광등 한 쌍 가 운데 한 쪽이 나가 있었다. 꺼질 줄 모르는 포트의 물처럼 그의 기관지에서도 무언가 부글부글 끓어오르고 있었다.

"3일 전에 전화를 받고 누구를 좀 급히 만나러 간다고 하고 나갔다는 거야. 장 목사 말이 그래. 오늘 털어놓더라고. 그럼 그 렇지 사과는 무슨."

"누구?"

"모르지, 휴대폰을 갖고 나갔다니까. 신호는 따봤는데 거기 학교 옆 공원에서 끊겼어."

"공원 CCTV 보면 누구 만났는지 나올 거 아니야. 그 근처에 서성거리던 놈이라던가."

"그거야 기본이지, 그런데 없어. 마지막으로 휴대폰 쓰는 모 습이 잡힐 때까지 혼자였으니까. 정확히 2분 10초간 통화를 한 후인데, 그다음에 움직인 곳이 아주 기가 막혀. 다 카메라가 없 는 곳이라니까. 중간에 누가 차에 태웠을 가능성도 있는데. 신호 는 거기서 50미터 정도 부근에서 사라졌어."

"진행은 어디까지 됐어?"

"탐문 중이지. 모르긴 해도 장 목사도 움직이고 있을 거고. 최 과장이 당신과 김 순경더러 찾아보래. 거룩하신 목사님 아들 온

순한 양들이 찾아드려야지 어쩌겠어."

"알았어. 폭사 건은 그 뒤로 뭐 좀 나온 거 있고?"

"별거 없어. 일반인 피해 여성하고 진주하, 두 사건 사이에 연결 고리를 못 찾겠네. 그리고 학교폭력 가해자 새끼들이 터져나가고 있었던 모양이야. 우리 애들이 지금 케이스들을 하나둘 모으고 있어. 같이 넘겨줄게."

"가해자들이? 폭사 건 파다가 나온 거야?"

박 형사는 영익과 연경의 케이스가 떠올라서 바로 되물었다.

"그런 셈이지. 6개월 전쯤 관외에서 일주일 사이로 터진 놈들이 있어. 있는 놈들 자식. 어지간히 입단속들을 잘해놔서 지금 터지는 거 하고는 연결을 못 짓고 있었어. 그런데 터진 건 둘뿐이고, 나머지는 실종 상태이거나 사체 일부만 발견. 한 열 건은 족히 넘을 거 같아. 범인이 한 놈인지 우연의 연속인지 피해자 유족들부터 한번 털어보는 게 좋을 것 같아."

조 반장은 주머니에서 해바라기씨를 한 줌 더 꺼내 입에 털어넣으며 대답했다.

박 형사는 피해자 유족들이라는 말에 잠시 숨을 멈추었다. 아직 영익이와 연경의 죽음에까지는 연관 관계를 못 찾고 있는 걸까. 조 반장도 몇 년 전의 일은 이제 다 잊었을 것이다. 아니, 조 반장이 은주의 일을 잊지 않았기 때문에 자신에게 이 일을 넘긴 것일 수 있다. 잊을 수 없다면 인간은 고통의 늪에서 영영 헤어나오지 못할 것이다. 하지만 동료의 고통은 때론 내 고통보다도 잊히지 않았다.

따뜻하고 달큰한 커피를 한 모금 마시자 다시 숨을 쉬기가 한결 수월했다. 은혁이나 아내가 살인이나 살인교사를 할 수 있을까. 그 둘과 그러한 범죄가 어울리지 않는다는 것을 그는 누구보다도 잘 알고 있었다. 그런데 애초에 살인과 어울리지 않는 인간이라는 게 있는 걸까. 박 형사는 은주를 잃고 재판에서까지 진 후 그 자리에서 연경이와 영익이, 아니 그 아이들의 부모와 변호인들까지 쏠 수 있었다. 그렇지만 그는 하지 않았다. 무언가가 그의 손가락을 방아쇠울에 걸 수 없게 막았다. 박 형사는 그 묘사하기 힘든 힘의 정체를 알고 싶었다. 아내의 속에 대해서라면 알 수가 없었다. 그 순간 아내라면 방아쇠를 당겼을까. 은혁이도 자신과는 달랐다. 아들이라고는 해도 어쨌거나 그의 유전자가 절반밖에는 전해지지 않은 존재였다.

"김 순경 오면 함께 처리해볼게."

"못 한다 할 줄 알았는데, 생각보다 순순히 받네?"

박 형사는 조 반장의 마지막 질문에는 입을 다물었다.

"폭사 건에 대해서도 뭐가 더 나오면 알려줘."

조 반장 역시 대답 대신 슬쩍 미소만을 흘렸다. 마지막으로 주머니에서 씨앗을 한 움큼 꺼내 손바닥으로 비벼 껍질을 벗기고 입에 털어 넣었다. 그는 씨앗을 우적우적 씹으며 박 형사의 얼굴에서 한동안 눈을 떼지 않았다.

박 형사는 철문을 열고 나가 청사 중앙 로비로 걸어가는 조 반장의 모습을 블라인드 너머로 쳐다보았다. 연경의 다이어리에 있던 진주하의 사진들과 연예기획사 명함과 개구리 그림. 연경이가 무슨 연예인이 먹는 약을 몰래 먹고 있었어요, 정현석의 말. 다이어트. 카페 폭사사건 피해자는 다이어트 약을 장기간 복용하고 있었고. 그녀의 핸드백에서 발견되었다던 약통. 그렇다면 진주하도 연경이도 카페 여자도 모두 다이어트 약을 먹고 있었다고 봐도 되지 않을까. 그것이 어쩌면 폭사와 관련이 있지 않을까. 박 형사는 경동맥을 두드리는 핏줄기에 몸이 뜨거워지는 것을 느꼈다. 마음이 다급해졌다. 하지만 당장은 장 목사의 아들놈을 찾는 게 더 다급했다.

멈추지 않으면 멈추지 않을 것입니다.

멈추지 않는다? 소년들의 살인이나 실종과도 관계가 있을까. 무엇이 멈추지 않는다는 말이었을까. 그는 두 달 전 자신의 책상에 놓여 있던 제보 편지와 사진이 떠올랐다. 한번 연결을 시작한 뉴런들의 신호는 종잡을 수 없는 사건들 사이를 빛의 속도로 연결 짓기 시작했다. 박 형사는 자신에게 그러한 제보를 한 자가 누구인지 알고 싶어졌다. 제보자의 정체가 궁금해지는 건 그에게 드문 일이었다.

김 순경

여러 인사들의 축사, 지역 교회 목사들의 설교는 그럭
저럭 견딜 만했다. 간증의 시간은 좀처럼 끝나지 않았다. 전국의
가출 청소년을 모두 잡아 온 것인지, 간증을 올라오는 학생들은
여러 지역의 사투리를 구사하며 출신지를 밝히고 있었다. 성별
과 나이, 지역을 가리지 않고 쏟아지는 불행 앞에 김 순경은 귀
가 아플 지경이었다. 불행의 정도로 배틀을 붙는 모양새가 그는
견디기 힘들었다. 간증 청소년들은 자신들의 불행에 눈물을 흘
렸고, 그 눈물로부터 남은 간증을 이어갈 힘을 새롭게 얻는 것
처럼 보였다. 불행의 영구 내연기관을 장착한 인간들이 단상과
그 아래에 도열해 있었다.

합격자 발표가 한바탕 휩쓸고 간 노량진에는 패잔병들이 내
뱉는 불행으로 가득 찼다. 김 순경은 어느 순간 불합격자들이

서로의 불행을 덮고 서서히 죽어간다는 느낌을 받았다. 미지근한 물에 담겨 결국에 끓는 줄도 모르고 익어버리는 개구리. 첫 실패 이후 그는 자신의 출신과 실패담을 더 이상 패잔병들에게 털어놓지 않았다. 다른 사람들의 불행이 발목에 붙기 시작하면 늪에서 탈출하기는 불가능했다. 장수생들은 이 사람 저 사람의 불행들을 덕지덕지 붙이고 고시원 골목을 배회했다.

김 순경은 행사 초반에 서장의 축사를 대독한 이후 줄곧 단상 아래 내빈석에 앉아 가슴에 와닿지 않는 고통과 불행을 견디며 멍하니 무대를 바라보았다. 자신이 공감능력이 떨어진다는 것이 이처럼 다행스럽게 여겨질지는 몰랐다. 중간 중간 찬송 분위기의 노래를 초청 가수들이 불렀고, 유권자들의 표에 이끌려 온 시군 의원들이 취지를 알 수 없는 말들을 지껄이고 내려갔다.

김 순경은 형제원 관계자인 듯한 사람이 성경과 관련된 강연을 할 때는 지루함을 못 이기고 자주 주변을 돌아보았다. 객석은 휴대폰 불빛과 플래시가 간간히 터지는 사이에도 빽빽했다. 어둠 속에서 사람들의 까만 머리가 모여 더욱 실내를 어둡게 만들고 있었다. 사람들은 언제 등장할지 모를 형제원 원장의 강의를 기다리고 있는 듯 보였다. 신탁을 받은 자, 기적을 행하는 자, 가난한 자와 병든 자를 사랑으로 감싸 안는 자, 기도원에 모인 신자나 신자 아닌 사람들이나 모두 원장을 상찬하느라 바빴다. 실물을 본 사람들의 감동적인 목격담까지 더해지면 대화는 부러움과 자랑스러움이 섞여 들썩였다.

김 순경도 내심 원장의 얼굴을 보고 싶은 생각이 없지 않았다. 원체 종교는 멀리하는 집안 분위기이기도 했지만, 그 자체도 기적이나 구원은 믿지 않았다. 수년간의 수험 생활은 그에게 신이 없다는 사실을 알게 해주었다. 그렇지만, 진정한 안식과 평안이 있다면, 단 한 사람에게만 의탁해 남은 삶을 영위할 수만 있다면 자신의 몸과 정신을 내던지고 싶은 마음이 아예 없는 것도 아니었다.

안내장의 순서에 의하면 이미 시작되어야 했으나 행사 시작한 시간이 지날 때까지 그 원장이라는 사람은 보이지 않았다. 그때 전화가 울렸다. 무음으로 해놓았기 때문에 지루함을 이기기 위해 휴대폰을 계속 처다보고 있지 않았다면 놓칠 뻔한 전화였다. 김 순경은 옆자리 내빈에게 고개를 숙여 양해를 구했다. 물론 무음으로 깜빡이는 휴대폰 액정을 보여주며 조금씩 걸어 통로를 빠져나왔다. 강당의 좌측 게이트에 다다르자 테이블 위에 무언가가 담긴 쇼핑백 수십 개가 오와 열을 맞춰 늘어서 있었다. 안내하는 직원이 그중 하나를 들어 김 순경의 손에 들려주었다. 손사래를 치면서 빠져나가는데도 그 직원은 그의 손에 기어이 쇼핑백 하나를 안기고 나서야 떨어졌다. 김 순경은 안을 들여다볼 틈 없이 백을 쥐어 들고 묵직한 게이트를 밀며 밖으로 빠져나왔다.

"죄송합니다, 반장님. 아직 행사 중이어서요."

조 반장이었다. 용건 대신 핀잔이 바로 돌아왔다.

"뭐 하고 있어 아직까지, 대충 끊고 복귀해야지."

조 반장은 박 형사와 나누었던 사건 관련 이야기를 김 순경에게도 간략히 전달했다.

서로 돌아오는 길은 한산했다. 형제원 진입로까지 관리직원들로 보이는 사람들이 교통 통제를 하고 있었다. 차량이 기도원 입구의 다리를 건너 숲길로 들어서자 한결 정신이 맑아졌다. 조수석에 낯선 쇼핑백이 놓여 있는 게 눈에 들어왔다. 도심이 가까워 오자 길은 갈래를 치기 시작했다. 여기저기로 퍼져나가는 길은 한 곳에서 모아졌다가 다시 흩어졌다.

시청 방향으로 진입하는 사거리부터 본격적인 정체가 시작되고 있었다. 톨게이트를 통해 들어오는 유입 차량과 시 외곽에서 들어오는 출퇴근 차량, 근처 쇼핑몰에서 나오는 외지 차량까지 섞여 일상적인 혼잡을 빚었다. 초로의 모범 운전자가 완장을 차고 사거리 중앙에서 차량들을 통제하고 있었다. 김 순경은 사이렌을 올릴까 하다가 그만두었다. 아직 급한 일인지 아닌지 결정을 내리기가 애매하다고 생각했기 때문이었다. 대신 사이드 브레이크를 걸어놓고, 쇼핑백 안을 들여다보았다. 거리와 차량을 가늠해봤을 때, 직진 신호는 적어도 두세 바퀴는 돌아야 통과할 정도였다.

쇼핑백 안에는 형제원 로고가 찍힌 높이가 다른 정육면체의 상자가 세 개 들어 있었다. 그는 가장 위에 있는 포비돈 정도가 들어 있을 상자를 꺼내 들어보았다. 상자는 재생 마분지 재질로 되어 있었다. 후면과 양 옆면에 형제원을 나타내는 듯한 로고 스티커가 붙어 있었다. 개구리가 도약을 앞두고 움츠리고 있는 모양으로 바닥부터 개구리가 쳐다보고 있는 하늘까지 종을 알 수 없는 나무의 잎과 줄기가 뻗어 있었다. 살짝 도드라진 척추 뼈를 감싸고 있는 매끈한 피부 위로 하늘에서 구원의 빛이 내리 쬐는 모양이었다. 김 순경은 슬쩍 전방을 쳐다보고 신호가 아직 바뀌지 않은 것을 확인한 후 상자 뚜껑을 열었다. 하얀색의 플라스틱 약통이 들어 있었다. 꽤 많은 알약이 들어 있는지 묵직한 느낌이 들었다. 그는 창문으로 들어오는 햇빛에 통을 비춰보았다. 두통 및 복통 해소라고 적힌 스티커가 붙어 있었다. 배 선배가 출발 직전 그에게 건넸던 약통과 언뜻 보기에도 같은 것이었다. 그는 다시 발작적인 편두통이 느껴졌다. 약을 먹어볼까 잠시 망설이다 약통을 글로브박스에 던져 넣었다.

'식약처 허가 안 받은 약은 무조건 손대지 마. 우리 쪽은 약 조심해야 해. 마약은 몰라도 범죄야. 압수물도 절대 손대지 말고.'

김 순경은 연수원 강의에서 퇴역한 마약 전담 경찰관이 했던 말이 떠올랐다. 그는 쇼핑백 바닥에 있던 가장 큰 정육면체의 상자를 꺼냈다. 같은 재질의 박스에 좀 더 큰 로고 스티커가 붙어 있었다. 안 에는 가루 포장된 약 수십 포가 들어 있었는데, 박스 바깥에 스티커가 붙어 있었다. '식사 대용', '체중 감량'이라고 쓰인 것이었다. 허기는 두통보다 참기 힘들었다. 김 순경은 자신이 아침 식사 이후 아무것도 먹지 못했다는 것을 깨달았다. 한 포를 입으로 뜯어 입에 넣으려고 할 때, 뒤쪽에서 급하게 경적이 울렸다. 앞에 있던 승합차가 이미 10여 미터 앞으로 달려가고 있었다. 김 순경은 채 뜯지 못한 약포를 입에 문 채 기어를 넣고 브레이크 페달에서 발을 뗐다. 뜯어진 틈을 비집고 미세한 약 알갱이들이 차 바닥으로 후두둑 떨어졌다. 투명한 알갱이들을 신경 쓸 새도 없이 김 순경은 액셀러레이터를 급하게 밟았다. 그 순간 박 형사의 전화가 들어왔다.

"어디야?"

"복귀 중입니다."

"김 순경, 며칠 전에 학폭 다녀왔지."

"네."

"거기 성도교회 목사, 그 아들놈. 그놈 실종됐어."

"들었습니다."

김 순경은 박 형사의 말투가 신경질인지 아닌지 판단하기 어려웠다. 논리적 사고와 운전을 동시에 수행하느라 감정을 통제하는 힘이 급격히 떨어지고 있었다. 주체할 수 없는 짜증이 일었다.

"도착하려면 멀었어?"

"조금 걸릴 것 같습니다."

앞 차와의 간격이 조금만 벌어져도 차들은 다급하게 차선을 치고 들어왔다. 김 순경은 경적 위에 손바닥을 댔지만 누르지는 않았다. 조용히 욕을 씹어 삼켰다. 진즉에 사이렌을 울리지 않았던 판단이 후회막급이었다.

"그날 뭐 이상한 점 없었어?"

"이상한 점이라시면. 글쎄요, 그게."

"그날 분위기나, 피해 학생 부모나 짚이는 데가 없나 해서."

"특별한 건 없었습니다."

박 형사는 그 대답을 듣자마자 전화를 끊었다.

외곽 농경지 지대를 돌아 나올 때까지는 원활했던 차량 흐름이 도심으로 쉽게 들어오지 못하고 있었다. 가장 혼잡했던 시청 앞 사거리를 통과한 후에 서로 이어지는 이면도로로 경로를 바꿔 탔다. 왕복 2차선 도로는 올 때는 없었던 공무 차량들이 한 차선을 막고 잔뜩 늘어서 있었다. 차량을 통제하는 의경이 경광봉을 흔들며 차량을 이동시켰다. 창문을 열고 비표를 보여주자 의경이 경례를 붙였다. 가까이서 보니 상황은 더욱 난리 통이었다. 비린내가 훅 끼쳐왔다. 차량 통제선이 여기 저기 나붙어 흘날렸고 응급차와 순찰차가 되는 대로 정차되어 있었다. 아직 햇빛이 남아 있는 시간이었지만, 사이렌과 불빛들이 공간을 집어삼키는 중이었다. 행인들이 저마다 휴대폰을 들어 촬영 중이었고, 의경들은 그들을 제지하느라 정신이 없었다. 방송국 기자들은 아직 도착하지 않은 모양이었지만 이제는 모두가 방송국이었고, 일단 물리면 가해자든 피해자든 싹 발가벗겨지는 건 시간 문제가 되었다.

"무슨 일?"

잠깐 사이에도 경적을 울리며 바로 반대편 차선으로 차량들이 속도를 올리며 지나갔다.

"저기, 10분 전에 다시 터졌습니다."

"뭐?"

"차량 안에 있던 운전자가 신호 대기 중에 터졌습니다. 동승자가 피를 뒤집어쓰고 신고를 해왔습니다."

"서에는?"

"아마 바로 다 연락이 갔을 겁니다. 지금 인력 충원이 계속되고 있는 중입니다."

김 순경은 의경이 차량의 흐름을 막아주는 사이 왼쪽 깜빡이를 넣고 조금씩 현장을 빠져나왔다. 자신이 해결해야 할 몫이 거기에는 없어 보였다.

박 형사

　　"당신이 이 사람을 어떻게 알아?"

　"?"

　박 형사는 샤워를 마치고 머리를 말리며 거실로 나오는 중이었다. 아내는 저녁 기도를 다녀온 모양이었다. 아내의 질문에 대한 대답보다 박 형사는 아내의 얼굴을 오랜만에 본다는 생각을 하고 있었다. 눈가의 주름이 조금 더 깊어졌지만, 눈에 물기는 더욱 없어졌다. 그날 이후 그녀는 각질처럼 슬픔을 떨어트리고 있었다. 한없이 건조하여 곧 바스라질 것 같은 그 슬픔들이라도 바닥나지 않기를 박 형사는 바라고 또 바랐다. 그 슬픔들마저 다 떨어지고 나면 아내는 버티지 못할 것이었다.

　"여기 이 사진……."

　"왜? 당신 아는 사람이야?"

"김시오 선생님······."

아내는 보이지 않게 한숨을 쉬고는 흑백사진이 꽂혀 있던 수첩을 내려놓고 안방으로 들어갔다. 대화가 이어지지 않을 가능성이 보이면 아내는 말을 거둬들이곤 했다. 지켜야 할 게 많은 참새처럼 말이 많던 여자였다. 박 형사는 가끔 놀이공원 잔디밭에서 네 식구가 꽃구경을 하던 시절을 떠올렸다. 더할 나위 없이 평범했고, 그래서 하찮게 여겨졌던 날이었다. 은주와 아내의 웃음소리, 은혁이의 의젓했던 노랫소리. 소리가 사라진 집 안은 공기의 밀도조차 희미해지고 있었다. 은주가 세상을 등지고 모든 것이 달라졌다. 은주가 태어나서 온 세상이 달라졌던 것만큼.

박 형사는 아내가 놓아두고 들어간 수첩을 집어 들었다. 문을 열고 따라 들어가자 아내는 불을 켜지 않은 채 옷을 갈아입고 있었다. 베란다로 통하는 창문을 통해 희미한 조명만이 새어 들어왔다. 박 형사는 스위치를 켜서 형광등 불을 밝혔다. 아내는 세상의 명암 따위는 상관없다는 듯이 행동했다. 벗은 옷을 붙박이장에 아무렇게나 걸어 넣었고, 화장대에 앉아 옅은 화장을 지웠다.

"김시오가 누군데 그래?"

아내는 오래전부터 한곳에 있었던 바위 같은 뒷모습으로 그를 밀어내고 있었다.

"여보, 은주 엄마."

박 형사는 그녀와 이야기를 나눠본 지가 벌써 꽤 오래전이라는 걸 깨닫고 황급히 입을 닫았다. 은주 엄마, 라고 박 형사는 마치 오랜만에 자전거를 타는 어른처럼 아무런 망설임 없이 부르고 말았다.

"당신은 다 잊었구나. 은주 담임이잖아."

아내는 푸석푸석해진 머리를 되는대로 묶으며 돌아보았다.

"당신은 형사라는 사람이 그것도 몰라?"

박 형사의 눈을 똑바로 바라보는 그녀의 눈에 빗살무늬처럼 눈물이 일었다. 눈물은 하나로 뭉치지 못했고, 표면 장력을 이용해 끈질기게 버티며 뺨을 타고 흘러내리지 않았다. 화성의 표면처럼 아내의 얼굴엔 아주 예전에 흘렀던 눈물 자국만이 방어흔처럼 들러붙어 있었다.

"아니야, 이번엔 당신 착각한 거야. 이 사람은 김민주야."

박 형사는 자신의 대답 같은 건 들을 필요도 없다는 듯이 일어나 밖으로 나가는 아내를 잡지 못했다. 은주의 담임이라. 기억이 나는 것도 같았다. 참고인 조사는 자신이 아니라 최 과장, 아니면 조 반장이 했을 것이었다. 그들이 아니라면 그가 아닌 그 누군가가 했을 것이다. 서에서는 자꾸 박 형사를 사건의 중심에서 밀어내려고 했다. 그것이 그들의 입장에서는 최선의 배려였을 것이다. 어쩌면 자력구제를 하려는 박 형사를 막으려는 행동이었을지 모른다는 생각을 시간이 지난 후에는 하게 되었다. 동료들이 자신이 범죄자가 되는 것을 막아주었다는 것이 어쩌면 다행이었는지도 모른다. 하지만 박 형사는 알고 있었다. 그는 사적 복수를 할 의지도 능력도 없는 인간이었다. 그는 자신의 정체를 비로소 알게 되어 절망했으나, 그의 정체를 숨겨준 동료들에게 감사했다. 그들이 그를 말리지 않았다면, 그는 둔기라도 휘두를 수 있었을까. 박 형사는 자신이 손을 필요 이상으로 꽉 쥐고 있다는 것을 알고 손을 풀었다. 사과하고 싶었다. 은주에게도 그 시절 아내에게도. 그는 끈끈해진 손바닥으로 얼굴을 닦았다.

"이거 하나 남았어."

아내는 스냅사진 한 장을 화장대 위에 올려두고는 다시 밖으로 나갔다. 그녀는 대법 확정 판결 이후 박 형사와 한 공간에 있으면 무언가 불길한 징조가 들러붙기라도 한다는 듯이 행동하곤 했다. 새끼를 잃은 야생 늑대 암수 한 쌍을 다큐멘터리에서 본 기억이 났다. 올무에 걸린 새끼의 사체 앞에서 서로의 몸을 잘근잘근 씹으며 울부짖던 모습. 아내와 박 형사는 그 시절을 어쨌거나 떠나보냈다. 시간은 비가역적인 흐름이라 결코 돌아갈 수 없다는 것이 어쩌면 다행인지도 몰랐.

'엔트로피는 높은 방향으로만 흘러간대.'

은주가 열역학 수업을 듣고 있다가 했던 말이 떠올랐다.

'그래서 시간도 경우의 수가 많은 방향으로만 흐르는 거래, 아빠.'

그래서 시간은 돌이킬 수 없다. 그는 형광등 불빛에 반사되어 뿌옇게 보이는 사진을 집어 들었다. 사진에는 화사한 꽃들이 만발하고 있었다. 개나리와 진달래, 철쭉, 목련까지 아직 다 지지 못했던 꽃과 막 피어나는 꽃들이 한 청년과 교복 입은 여학생 두 명의 뒤를 환하게 밝히고 있었다. 꽃그늘 아래서 꽃잎의 수만큼 환하게 웃던 아이들. 연경이와 은주였다. 그 아이들은 둘도 없이 가까운 친구였고, 지금은 아무도 이 세상에 남아 있지 않았다. 연경이는 은주에게 그렇게 살 바에는 죽으라고 했다. 저 새 부리처럼 얇고 작은 입술로, 개나리 꽃대 같은 손가락으로 네 애비 에미가 너를 낳은 게 죄라고 했다. 박 형사는 눈을 잠시 감았다가 떴다. 콧속이 부들부들 떨리고 있었다. 뿌연 시야가 조금 가시자 캐주얼한 셔츠를 입고, 목에 타이슬링을 한 청년이 눈에 들어왔다. 그는 웃고 있는 듯했지만, 어색한 표정으로 렌즈 쪽을 쳐다보고 있었다. 여학생들이 사진 찍자고 고집을 부리는 바람에 억지로 끌려온 분위기가 역력했다. 두 손을 앞으로 모으고 잔뜩 긴장한 모습의 껑충한 청년은 쌍꺼풀이 없는 서늘한 눈을 지니고 있었다. 흑백사진 속에 있던 김민주였다.

그는 아내가 준 사진을 자신의 수첩에 다시 끼워 넣고, 주방 식탁에서 혼자 식사를 하고 있는 아내 맞은편에 앉았다. 식탁은 그들이 신혼 때 처음으로 마련한 가구였다. 원목의 무늬가 그대로 살아 있는 무게감이 느껴졌다. 어떤 풍파에도 흔들리지 않으리라는 확신을 주는 뿌리. 가격대가 높아서 아내는 다소 망설였지만, 드물게도 그가 고집을 부려 구입한 식탁이었다. 4인용 식탁. 그 식탁 등불 아래 네 식구가 단란한 저녁 식사를 한 적이 그래도 몇 번이라도 있었던 걸까. 맞은편에 앉아 그는 사기 컵에 미지근한 보리차를 따라 한 모금 마셨다. 아내의 등 뒤 복도 쪽으로 난 창문에 불빛들이 어른거렸다. 저마다 어딘가에 있는 거처로 향하는 차량들의 전조등 불빛일 것이었다. 구운 김과 깍 두기, 국그릇에 밥을 말아 아내는 꾸역꾸역 생을 이어가는 중이 었다.

"미안해, 같은 사람이네. 그 선생이라는 사람에 대해 기억나 는 게 좀 있어 당신은? 나는 하나도 없네."

아내는 그의 말을 들었다는 신호를 주지 않고 자신만의 의식 을 계속했다. 숟가락을 내려놓고 국 그릇째 들어 남은 밥을 마 시듯 먹어 치웠다.

"뭐가 궁금한데?"

원망과 회한 따위는 없이 아무런 고저와 리듬이 느껴지지 않 는 목소리였다. 그럼에도 원망이나 질책이 느껴지는 건 아무래 도 자격지심 때문일 거라고 그는 생각했다.

"자식 잡아먹은 년이라고, 자식 먼저 보낸 년은 어떻게 사는 지 좀 지켜보자고, 그런 세월이 5년이야."

그는 아무런 대꾸를 하지 않았다. 아니 아내의 그런 소리를 들을 때마다 그는 자리를 피했다. 어쨌거나 자식을 잡아먹은 건 그도 마찬가지였으니까. 사람들은 부모가 어떻게 자식이 그 지 경이 되도록 몰랐을 수 있느냐고 위로하는 척 힐난했다. 서의 동료들도 마찬가지였다. 자신들이 단죄를 해주겠다. 그렇지만, 자식을 그렇게 잃은 자는 좀 엎드려 있는 것이 좋겠다. 그는 엎드렸지만, 아내는 그렇지 않았다. 온갖 기관에 청원을 했고, 방송사와 인터뷰를 했으며, 법원과 검찰청, 경찰서, 연경이와 영익이 집 앞을 가리지 않고 시위를 벌였다. 응급실에 실려 온 아내는 몇 시간만 지나면 좀비처럼 일어나 같은 일을 반복했다. 박 형사가 할 수 있는 건 아내가 떠난 자리에서 비용을 처리하고, 자식 잃은 부모의 지위를 잃지 않기 위한 피해자의 퍼포먼스를 수행할 뿐이었다.

"예의 바르고 아이들한테도 관심 많고 그랬어. 은주 엇나가기 시작한 4월부터 계속 문자하고 전화하고. 은주도 그 선생한테는 이런저런 이야기를 했던 거 같고. 커피 줄까."

"응."

"뭐, 이상한 건 없었는데. 은주 떠나고 나한테 한 번 찾아왔었어. 그 애들 어떻게 하고 싶으시냐고. 그래서 내가, 다 죽이고 싶다고 그랬어. 그랬지, 다 죽이고 싶다고. 내가."

아내는 커피포트에 물을 올려놓고 반찬 그릇을 냉장고에 넣고 빈 국그릇을 개수대에 넣으며 딱히 누군가에게 이야기하는 것이 아닌 것처럼 이야기했다. 그 목소리가 보통 때보다 더 낮아 박 형사는 아내의 동선을 눈으로 쫓으며 귀를 집중했다.

"그런 얘기 왜 나한테는 안 했어?"

"당신이 부끄러워할 거 같아서. 당신은 아버지인데 나한테 한 번도 그런 거 안 물어봤잖아."

아내는 머그컵 두 개에 스틱 커피를 뜯어 넣었다. 가루가 떨어지는 소리가 부드럽게 들렸다. 뜨거운 물을 붓고, 티스푼으로 두세 번 저은 후 박 형사 앞에 놓아주었다.

"고마워."

그는 머그컵에서 올라오는 뜨거운 수증기 때문에 눈시울이 달아오르는 걸 느꼈다.

"우리 어쨌든 지금까지 잘 살아왔지, 여보?"

"우리가, 잘 살아왔나?"

아내는 자신의 컵을 붙잡고 고개를 숙이며 말했다. 소리가 잘 들리지 않았지만, 박 형사는 그녀의 어깨가 미세하게 들썩이고 있다는 것도 알아챌 수 있었다. 아내의 어깨를 감싸주고 싶었지만, 그는 그 순간에도 어떻게 하는 것이 진정한 위로인지 가늠하기가 어려웠다. 그는 아내의 어깨에 손을 어색하게 올렸다. 감정의 회로와 사고의 회로가 뇌에서 마구 엉키고 있었다. 그는 가슴뼈가 뻐근해지는 걸 느꼈다. 그래도 김 순경에게 전화를 해야 했다. 그들은 김민주를, 아니 김시오를 잡아야 했다.

"당신 일 봐, 난 괜찮아."

아내는 어깨에 올려진 박 형사의 손을 잡으며 말했다. 늘 그랬듯이 그녀는 박 형사의 생각과 감정을 모두 알아채고 있었다. 그의 배고픔과 조급함, 편안함과 불안함을 그녀는 손바닥 보듯이 알고 있었다.

김 순경은 전화기를 지켜보기라도 했다는 듯 바로 받았다.

"어디야?"

"탕비실이요, 라면 하나 먹고 있습니다."

박 형사는 힐끗 거실 벽에 붙어 있는 시계를 쳐다보았다. 막 10시가 지나고 있었다.

"늦었네. 배고프겠다."

"아뇨, 오면서 기도원에서 받은 주전부리 좀 먹어서 괜찮습니다. 댁이십니까?"

"응. 자세한 건 내일 만나서 이야기하고. 공문 하나만 넣어놔, 교육청에. 과장 전결이면 될 거야. 김민주라고 선생이야."

"김민주요? 제보 들어왔던 김민주요?"

"아니지. 김시오, 김시오다. 김시오라는 이름으로 근무 상황부 나 뭐든 나올 만한 거 정보 공개 요구 공문 보내놓고, 회신 오면 연락줘."

"네, 알겠습니다."

전화를 끊고 김 순경은 자신이 돌아오던 길에 보았던 사건 보고를 빼먹었다는 것을 깨달았다. 서의 인력이 대부분 출동하거나 퇴근이었으니 서가 잠잠한 건 사실이기도 했다. 그는 그 정도의 일은 뉴스를 통해 박 형사가 볼 것이라고 생각했다. 다시 전화를 걸기 어색해 그는 그새 붇기 시작한 라면 면발을 빨아들였다. 박 형사는 그새 땀으로 번들거리는 얼굴을 찬물로 다시 씻고 은혁의 방으로 들어가기 전에 안방에 잠깐 들렀다. 아내는 보통 때처럼 텔레비전을 켜두고 웅크린 채 기도를 하고 있었다. 음소거가 된 텔레비전은 세상과 이어지려고 노력하는 아내의 안간힘이었다.

시간을 잠시 체크해보고 리모콘을 들어 전원 버튼을 누르려다가 익숙한 얼굴이 눈에 띄어 잠깐 멈추었다. 토론 프로그램에 몇 년 전 본청 프로파일러로 전직한 권 경감이 나와 있었다. 소년법 개정이 주제인 모양으로 볼륨이 낮아 목소리는 잘 들리지 않았다. 보고 싶지 않은 주제였다. 그는 이전채널 버튼을 눌러 화면을 돌렸다. 건강 정보 프로그램이 진행되고 있었다. 여러 분야의 의사들이 나와 있었고, 연예인 패널들이 나와 자신의 건강 상태를 고백하고 치료받는 예능 프로그램이었다. '오늘의 주제는 사람 잡는 비만'이라는 큰 글자가 화면 아래쪽에 문신처럼 박혀 있었다. 유난히 피부가 흰 여의사가 카메라를 단독으로 받고 자신의 의견을 상냥한 표정으로 이야기하는 중이었다. 약력이 몇 줄 아래로 깔렸지만 화질이 낮은 브라운관이라 글자가 뭉개져서 잘 보이지 않았다. 아예 텔레비전을 끄려고 전원 버튼을 누르려는 순간, 클로즈업된 그녀의 옷깃에 달린 브로치가 박 형사의 눈에 들어왔다. 큐빅이 잘게 박힌 브로치는 도약을 준비하고 있는 청개구리였다. 연경이의 다이어리에서 보았던 그 청개구리였다.

구 교장과 박 형사

저 멀리 도시가 형성되기 그 이전부터 조성된 공단이 보이기 시작했다. 공단은 실제로 그곳에 다가가면 사라질 것처럼 희미하게 일렁거렸다. 성분을 알 수 없는 새하얀 연기들이 굴뚝들을 빠져나와 낮은 하늘을 배회하고 있었다. 발 딛고 다니는 짐승들을 노리는 말똥가리나 수리부엉이처럼 보이기도 했다. 거대한 육식동물 같은 공장들은 해안 방파제 쪽으로는 정화한 폐수들을 쉼 없이 내뱉고 있을 것이다. 냄새 분자는 아직 시외곽 지역까지는 침범하지 못하고 있었다.

차가 메인 고속도로에서 빠져나와 톨게이트를 지나자 좁은 길이 여러 갈래로 나눠졌다. 내비게이션의 안내에 따라 김 순경은 초행이었지만 도심 방면으로 정확하게 길을 잡았다. 공단 지역만을 제외한다면 도시의 날은 맑았다. 미세먼지가 걷히고 야산에는 봄이 드디어 만발하고 있었다. 먼 산과 가까운 언덕을 가릴 것 없이 철쭉과 개나리가 흐드러졌다.

천변 길은 부드러운 곡선을 여러 번 그리다가 마지막 언덕을 끼고 4차선으로 넓어졌다. 둔치 아래 산책로에 상춘객들이 두셋씩 모여 걷고 있었다. 신호가 많아지면서 기존 도로를 타는 차량들과 이웃 시들로부터 유입되는 차량들이 섞였다. 마치 토사를 싣고 흐르던 강물의 유속이 줄어들면서 하구에서 엉키듯 자연스럽게 정체가 생겼다.

태양이 천구의 정상을 향해 올라가고 있었다. 군데군데 거품이 끓어오른 하천에서 왜가리들이 부리를 박고 한가로이 낚시를 즐겼다. 비행운 한두 줄이 그어 있는 맑은 하늘을 보며 박 형사는 창문을 열었다. 미세하게 고무 타는 냄새가 차 안으로 훅 들어왔다.

가릉거리면서 차가 멈추었다. 시청 앞 메인 도로로 진입하기 직전이었다. 김 순경은 사이드를 걸고 앞을 주시하고 있었다. 그는 어떠한 신호도 없이 찾아왔다 사라지는 차량의 정체가 늘 신기했다. 기회가 된다면 정체가 시작되는 순간 드론을 띄워 납득할 만한 전방 상황을 찾아내야겠다고 생각하고 있을 정도였다. 원인을 알 수 없는 결과, 납득할 수 없는 지시 앞에 김 순경은 매번 난감함을 느껴야 했다. 최 과장은 그런 김 순경의 성정을 타고난 형사 기질이라고 치켜세워주곤 했지만 김 순경은 형사 기질 따위는 재능으로 갖고 싶지 않다고 생각했다.

"여기부터 벌써 냄새가 심하네요."

"이 동네 공단이 유명하잖아. 그래도 그 냄새가 먹여 살리는 사람 수가 한둘이 아니라고."

겉으로 보이는 봄의 풍경과 냄새가 불일치하자 박 형사는 창문을 올렸다. 심리적인 이유 때문인지 문을 닫았는데도 차 안에 고무 타는 냄새가 가득 차 있는 듯했다.

"창문 닫아도 냄새가 나요. 대단하네요, 여기 사람들."

김 순경은 넌더리가 난다는 듯이 말하며 차량 냉난방기 통로를 모두 닫힘으로 바꾸었다. 박 형사는 무엇이 대단하다는 건지 알 수 없었다. 잠시 전방을 주시하고 있는 김 순경의 옆얼굴을 보았지만 관련한 말을 이어 할 것 같지는 않았다. 냄새를 견디는 힘 자체가 대단하다는 건지, 견디기 힘든 걸 참고 버티며 살아가는 그 미련스러움이 대단하다고 비꼬는 건지 종잡을 수 없는 어조였다.

박 형사의 입장은 전자였다. 그는 그 미련스러움을 비꼬고 싶지 않았다. 고통스러움에도 살아가야 하는 존재는 조롱의 대상이 되어선 안 된다고 그는 믿었다. 그 믿음은 자신을 위한 것이기도 했고, 아내와 은혁이를 자신과 멀어지지 않게 단단하게 옭아맨 끈 같은 것이기도 했다.

직좌 동시신호로 바뀌자 김 순경은 사이드를 풀고 액셀러레이터를 밟았다. 클러치에서 발을 떼는 타이밍을 잠시 놓쳤는지 차량이 심하게 쿨렁거렸다. 내비게이션에 따르면 시청 메인 광장을 지나 지하철 역 두 개 정도를 지나 좌회전을 해야 했다. 공단은 그곳에서도 직진으로 5킬로미터 이상은 더 가야 그 거대한 몸집을 나타낼 것이다. 냄새는 이 도시의 시공을 지배하고 있는 듯했다. 이 냄새를 탈출할 수 있는 속도가 얼마일지 박 형사는 알고 싶었다.

박 형사는 김 순경이 팩스로 받아 챙겨 온 교육청 서류를 몇 번 넘겨보고 다시 파일에 넣었다. 이쪽만큼이나 일 처리가 더딘 곳이었는데 어지간히 잘 구워삶은 모양이었다. 교육장이나 그 밑의 국장급이라도 흠칫할 만한 소스를 던졌을 게 분명했다. 높은 곳을 바라보는 사람들일수록 시야는 좁아지게 마련이었다. 시야가 좁아지면 사람은 사리에 맞지 않은 사건들을 믿게 되었다. 자신이 챙겨 온 자료를 살펴보는 박 형사를 보며 김 순경이 말했다. 시선은 여전히 전방을 주시하고 있는 채였다.

"과장님께서도 관심이 있으시던데요. 폭사 건 때문에 다른 건은 그냥 무조건 패스일 줄 알았는데."

"최 과장 담당이잖아. 어쨌거나 우리 부서도. 뭐라고 잔소리 많이 해?"

"잔소리까지는 아니고요. 조심해서 파라고요, 어쨌거나 피해자들이 다 살아 있으니까 걱정이라고 하시던데요. 괜히 상처 헤집는 거 아닌가 하고요."

김 순경은 순간 피해자들이라는 말이 목구멍에 생선가시처럼 걸리는 걸 느꼈다. 말을 하면서도 입을 다물어야 한다는 걸 깨닫게 하는 문장이었다. 박 형사에게 직접 들은 적은 없었으나, 살펴야 할 그 피해자가 바로 박 형사를 가리킨다는 것쯤은 알고 있었다.

'실수했다 싶으면 그 즉시 입을 다물어. 그리고 상대 반응에 따라 사죄를 하든, 같이 맞장구를 치든 하라고. 정신 못 차리고 계속 지껄이면 나중에 진짜 되돌릴 수가 없게 돼.'

최 과장은 직장 생활 전반에 마주칠 수 있는 사소한 팁을 많이 알려주었다. 살아남은 자들이 갖추고 있는 저마다의 방책들을. 보수적인 방책들이 분명할 그 세세한 팁들을 지키면 남들보다 앞서나가지는 못하더라도 최소한 수렁에 빠지는 순간은 막을 수 있었다.

"궁금했던 게 다 잘 들어 있네. 수고했어."

박 형사의 칭찬이 마치 그의 두툼한 손으로 자신의 머리를 쓰다듬는 것만 같아 김 순경은 기분이 조금 들뜨는 것을 느꼈다.

"감사합니다. 이제 거의 다 왔네요. 학교에는 미리 전화해두었습니다."

김 순경은 고개를 한번 슬쩍 끄덕이면서 감사를 표했다.

좌회전 포켓차선으로 차를 붙였다. 앞차가 꼬리를 물고 신호의 마지막을 따라 사거리를 통과했다. 미리 마음을 먹었던 듯 김 순경은 부드럽게 브레이크와 클러치를 동시에 밟았다. 그는 기어를 중립에 놓고 클러치에서 발을 뗐다. 톨게이트를 지나올 때부터 김 순경은 정강이 부근 근육에 미세한 경련이 일고 있는 걸 느꼈다. 머지않아 쥐가 난 것처럼 뒤틀릴 것이 분명했다. 그는 내비게이션에 표시된 남은 거리와 시간을 쳐다보았다. 이미 도착지 부근이 표시되고 있었다.

신호 대기 사이 박 형사는 교육청에서 급히 복사해서 팩스로 보내준 서류를 복기해보았다. 김시오는 최근 관내의 고등학교로 전입해 올 때까지 총 다섯 군데 학교를 지나왔다. 신규 발령이 바로 이 공단 지역의 고등학교였다. 첫 번째 소년 실종사건이 일어났던 곳이었다. 고등학교가 현 임교까지 해서 다섯, 중학교는 은주네 학교가 유일했다. 지역은 세 군데를 옮겼다. 남서부 도시의 A시, 북서부 도시인 E시, 그리고 지금 있는 E시와 바로 인접한 서쪽 신도시인 G시. 은주가 다니던 중학교는 E시와 G시의 경계에 있었다. 함께 초등학교에 다니던 친구가 많았던 관계로 은주가 배정을 받은 이후에야 집을 옮겼다. 그때 아내의 고집에 손을 들어주었다면 그 일을 막을 수 있었을까.

아내는 은주가 G시의 중학교에 배정받기를 원했다. 새 도시에서 새 친구들과 중학교 생활을 하기를 바랐다. 은주와 아내가 팽팽하게 맞설 때 박 형사는 은주의 손을 들어주었다. 친한 친구들과 함께 생활하는 것이 은주의 중학교 생활을 더 안전하게 만들어줄 것이라고 생각했다. 그 친한 친구들이 은주의 옷을 벗기고, 온몸을 담뱃불로 지져댈 줄 그는 알지 못했다. 박 형사는 선택의 순간마다 악수를 둔 자신의 손을 참을 수 없었다. 그의 손은 날이 두툼하고 거대했지만 그 거대함이 불운을 계속 견디라는 뜻으로 신이 준 것이라는 생각이 들었다.

김 순경은 미리 오전에 출근해서 원본 대조필이 찍혀 있는 서류 하나를 복사해서 관련 사항들을 메모해두었다. 박 형사의 지시 사항 외에도 그가 놓친 부분까지 챙겨두었다. 빨간 플러스펜으로 체크 표시를 하고 화살표를 길게 빼 날짜와 인명과 지명, 각종 숫자들을 보기 좋게 적었다. 1, 2, 2, 1, 2. 세 번째 2라는 숫자 옆에 영익과 연경의 이름이 적혀 있었다. 그다음 1에는 '미싱', 그다음 2에는 낯선 이름 둘이 적혀 있었는데 성별을 가늠하기 힘든 이름이었다. 고등학교 2학년생. 마지막 숫자 옆에 점선으로 된 화살표가 있었다. '플러스 1. 정현철 미싱'이라고 휘갈겨 쓰여 있었다. 색이 다른 펜으로 영익과 연경의 옆에는 '폭'이라고 적혔다.

"체크해본다고 하긴 했는데. 뭐 좀 잡히는 게 있으십니까. 아직 영장을 치기에는 말이 좀 안 되죠? 현직이고 그쪽도 불체포 비슷한 특권 같은 게 있더라고요."

"그렇지. 현행범 아니면 교육기관에서 선생을 끌고 나올 수는 없지. 김 순경 오늘 일정이 어때? 여기 갔다가 다음 고등학교로 바로 갈 수 있나? 나온 김에 몇 군데 더 확인해보자. 피해자 가족들도 만나보고, 순순히 만나줄지는 모르겠지만."

잔뿌리라도 잡으면 끝까지 캐서 뽑아봐야 알맹이가 있는지 없는지 알 수 있다. 곽 반장은 직감을 맹신하기도 했지만, 미지근한 걸 싫어하는 걸로도 유명했다.

'상효야, 수사고 뭐고 그렇게 하면 안 돼. 끝을 봐야지. 드라마든 만화든 수사는 끝을 봐야 해. 실종 같은 건 없어. 사체, 죽은 걸 자기 눈으로 확인해야 해. 끝을 봐야 끝나는 거야.'

그는 간암으로 죽기 몇 해 전부터 연쇄살인범이 추가로 죽여 묻어두었다던 사체를 찾느라 온 산을 뒤집고 다녔다. 교도소에서 낄낄대며 곽 반장에게 자신의 살인을 자랑하며 으스대던 놈은 아직 살아 있었다. 곽 반장은 그놈의 진술에 따라 두 구의 유골을 수습했으나 남은 세 구의 사체는 찾지 못한 채 세상을 떴다. 귀신이 씐 거라고 동료들은 수근거렸다. 행정 업무나 인간관계 따위는 모두 내팽개치고, 범인이 잡혀 이미 끝난 사건을 뒤지고 다닌다고 위에서는 물론 아래서도 그를 비아냥거렸다. 그 무렵 인간에게는 각자 물고 있는 낚시 바늘 같은 게 있다고 박 형사는 생각했다. 단단하게 입을 꿰어 도무지 자신의 힘으로는 뺄 수 없는 바늘.

은주가 떠나고 민원실 근무를 한 지 두 달이 좀 지났을 때였다. 곽 반장이 한 방송사 기자와 사체를 발굴하는 다큐멘터리를 촬영하러 서를 빠져나가다가 박 형사를 만났다. 민원실 외부 파라솔 의자에 앉아 멍하니 시간을 죽이던 때였다. 한낮이었는지 일몰 무렵이었는지 박 형사는 기억이 희미했지만, 곽 반장이 플라스틱 테이블 위에 탁 하고 내려놓았던 캔커피의 서늘함은 아직도 손바닥에 남아 있었다. 그는 손을 들어 기자에게 잠시 양해를 구했고 기자도 전혀 개의치 않고 담배를 피워 물며 한쪽

구석으로 휴대폰을 보며 물러났다. 그 둘이 붙어 다니는 걸 본 지도 그때 이미 꽤 오래되었다.

'오랜만입니다 반장님.'

'그래, 박 경위.'

두 중년 사내는 묵묵히 캔커피를 따서 다 마실 때까지 아무런 말이 없었다. 곽 반장은 다 마신 캔을 쓰레기통에 던져 넣었다.

'갈 게. 좀 더 좋은 날 오면 소주나 한잔하자고. 나 이 건 다 수습하면 그때 보자고.'

곽 반장은 박 형사의 어깨를 짚으며 말했다.

'형님, 진범 잡혀서 다 끝난 사건 뭐 하러 그렇게 파고 다니십니까. 저도 저지만, 형님도 이제 편하게 지내셔도 되잖아요.'

'어이구 이 사람, 죽지는 않겠네. 지금 내 걱정하는 거야? 사건은 끝까지 파야 한다고 몇 번을 얘기했나. 살인사건 나면 사체를 수습해야 해. 그래야 끝나는 거라고. 유족들한테 이렇게 저렇게 되었습니다, 설명을 해줘야지. 실종 같은 건 없는 거야.'

멈추지 않으면 멈추지 못할 것입니다. 미미했던 시작을 잡아야 창대한 비극을 막을 수 있습니다.

김시오가 멈추지 못하고 있는 일은 무엇인가. 박 형사는 콧속이 간지러워지는 것을 느꼈다. 그는 항히스타민제를 찾아 입에 털어 넣었다. 입속에 떨어진 게 두 알이라는 느낌이 들었지만,

그대로 물과 함께 삼켜버렸다. 한동안 먹지 않았으니 괜찮을 것이라고 생각했다. 그는 재채기 기운이 잠잠해지면서 호흡도 안정되는 것을 느꼈다. 2세대 항히스타민제였지만 여전히 부작용은 졸음이었다. 그 졸음이 두려워 그는 운전을 해야 했던 시기에는 되도록 복용하지 않았다. 이제는 김 순경이 그의 옆에서 언제나 운전을 대신 해줄 것이었다. 훌쩍임이 잦아들더니 콧속이 편안해졌다. 그로서는 모처럼 맛보는 편안한 호흡이었다. 김 순경은 어쩌면 이미 노련한 형사가 되어 있는지도 몰랐다. 주변 사람들의 성장이나 아픔을 알아채지 못하는 건 박 형사의 유전적 형질이기도 했다. 김 순경은 공문 처리는 물론 김시오의 개인적인 신상에 대해서도 서류를 받아두었다. 범죄 경력이 없는 자의 정보를 터는 법도 잘 알고 있었다. 박 형사가 가르친 적 없는 부분이었다. 서류에는 김시오의 출생지와 성장 환경, 학력과 이력이 몇 문장으로 가지런하게 적혀 있었다. 40여 년의 세월이 단 몇 장으로 정리된 걸 볼 때마다 그는 삶이 한없이 가볍게 느껴졌다.

"어제 뉴스 보셨죠?"

"무슨?"

"못 보셨구나. 어쩐지."

아파트 단지를 끼고 이면도로를 100미터쯤 지나자 꽤 거대한 붉은 벽돌의 학교가 길 건너편에 나타났다. 학교 앞에는 횡단보도가 있었고, 차량의 좌회전 진입을 통제하는 비보호 신호

등이 있었다. 차량이나 인적이 드문 낮이라 그런지 신호는 점멸하고 있었다. 김 순경은 맞은편 차선을 잠시 살펴보다가 좌회전하며 학교로 진입했다. 차량이 정문의 과속방지턱을 살짝 넘어서고 있었다. 차량을 체육관으로 보이는 건물 필로티에 주차한 후 키를 뽑으며 김 순경이 말했다.

"어제 관내 톨게이트 부근에서 운전자 하나가 터졌잖아요."

"그래?"

"하긴 지침이 내려왔나 보더라구요. 단신으로 짤막하게 내보내고 오늘 아침 뉴스까지 잠잠했으니까요. 바깥에서는 잘 파악이 안 되나 보더라고요. 워낙 어처구니가 없다 보니까 외계인 음모론처럼 오히려 사람들에게 믿어지지가 않는 거죠. 직접 본 사람들이 자신들 채널에 막 올리는 모양인데, 너무 황당한 건 사람들이 잘 안 믿더라고요. 달 착륙 조작설 같은 게 워낙 떠돌아다녀서 그런가 봐요. 아 그리고 그때 교감선생님 진술을 녹음 좀 할 걸 그랬죠? 메모해놓은 게 별로 없어서."

"우리가 놓친 게 어디 그것뿐이겠어. 본격적으로 수사 들어가면 한 번 더 다녀오든가 해야지. 그땐 영장도 갖고."

박 형사는 새처럼 조잘거리며 잘도 목적지를 향해 걸어가는 김 순경의 등 뒤를 약간의 거리를 두고 따랐다. 종이 울리기 시작했다. 클래식의 몇 마디쯤 되는 멜로디가 끝나기도 전에 건물의 모든 출입구에서 교복 입은 학생들이 쏟아져 나왔다. 마치 범람을 막기 위해 댐 수문을 일제히 연 모습과도 같았다. 아이들은 종이 치기도 전에 이미 교실 문을 떠나 달리기 시작했을 것이었다. 매점이든 친구네 반이든 아이들은 학교에서 늘 달리거나 소리를 질렀다. 박 형사는 유난히 파란 하늘 때문인지 눈시울이 시큰해지는 걸 느꼈다. 김 순경이 유리로 된 출입문을 잡아주고 있었다.

교장실에는 머리가 보기 좋게 벗어진 노신사가 정장 차림으로 일어나 맞아주었다. 짤막한 인사를 나누고 박 형사가 명함을 건넸다. 교장이 어딘가로 전화를 하자 출입문 옆 쪽문이 열리고 행정실 직원인 듯한 여직원이 쟁반에 차 세 잔을 내왔다. 뜨거운 김이 모락모락 올라오는 찻잔을 유리테이블 위에 두고 여직원은 별다른 말없이 자신의 일터로 돌아갔다.

"너희들도 이제 교실로 돌아가거라."

누가 먼저랄 것도 없이 박 형사와 김 순경은 교장의 목소리가 향하는 곳을 쳐다보았다. 한쪽 구석에 파티션이 쳐 있는 곳에서 장발의 남학생 세 명이 노트와 펜을 들고 주섬주섬 나왔다. 모두 살집이 없이 비쩍 말라 있고 키만 껑충한 사내아이들이었다. 아이들은 인사를 하는 둥 마는 둥 하면서 출입문을 향해 비실비실 걸어갔다. 수줍은 듯하면서도 주변 상황 따위는 신경 쓰지 않는 행동 같기도 했다.

"이 녀석들아, 손님들을 뵀으면 인사를 드려야지. 경찰에서 오신 분들이다."

경찰이라는 말에 화들짝 놀란 듯 걸음을 멈춘 아이들은 꾸벅 허리를 숙이고는 하나씩 교장실을 **빠**져나갔다. 마지막으로 **빠**져나갔던 아이가 되돌아오더니 닫히지 않는 문을 두 손으로 잡고 조심스럽게 닫았다.

"신입생들인데 벌써부터 말썽이 심한 녀석들입니다. 걱정이네요, 허허."

"여기는 학생인권부라든가 관련 부서가 없나요?"

박 형사는 자세를 고쳐 앉으며 말했다.

"학생부는 당연히 있지요. 거기 선생님들이 하시는 일도 여전히 많고요. 여기가 생활지도를 주제로 한 혁신학교로 지정된 곳이라서 여기 생활지도는 기본적으로 교장이 하게 되어 있습니다. 뭐, 미국식 시스템을 도입하기로 한 거죠. 그 덕분에 저도 공모교장으로 오게 되었습니다."

김 순경은 두 중년의 대화를 들으며 차를 한 모금 마셨다. 비로소 자세히 본 교장은 희끗희끗한 머리에 주름이 많기는 하지만 그 주름에 비해서는 나이가 많아 보이지는 않았다. 학교를 다니며 눈에 익힌 선생들의 나이대는 어지간하면 알아맞힐 정도가 되었지만, 눈앞에 있는 선생은 가늠하기 힘들었다. 교장은 헐렁한 정장 바지에 체크 문양의 카디건, 초록 넥타이에 베이지색 셔츠를 받쳐 입었다. 테 없는 안경 너머로 큼직한 눈망울이 앳되어 보였지만, 그 옆으로 자글자글한 주름이 원래의 나이를 보정해주는 모양새였다. 많이 쳐봐야 50대 초반 정도.

"어쩐지 교장선생님 치고는 너무 젊어 보이신다 싶었습니다."

"교장 자격증은 없습니다만, 이래저래 경력이 쌓이다 보니 그리되었습니다. 운이 좋았죠. 교육감도 바뀌고 장관도 이쪽에 관심이 많고. 도내에 여기 말고도 혁신학교가 여럿 있습니다. 분야는 다르지만. 아 이런 이야기까지 아실 필요는 없겠죠. 김시오 선생님에 대해서 알아보고 싶다고 하셨죠?"

"네, 한 12~13년 전에 여기서 근무했던 걸로 알고 있습니다만. 그 당시 실종사건이 있었죠? 지역 언론에서는 꽤나 시끄러웠던 걸로 기억합니다. 그 당시 학폭 관련 자료나 김시오 선생님에 대해 알고 있는 동료분들이 있을까 싶어서 왔습니다."

그때 김 순경의 전화가 울렸다. 벨을 꺼놓았으나 진동음이 벨소리를 능가할 정도의 데시벨이었다. 어쩌면 교장실의 소음이 거의 없었기 때문인지도 몰랐다. 바깥이거나 운전 중이었다면 모르고 지나쳤을 것이었다. 교장은 차를 한 모금 마시며 편하게 받으라는 표정을 지었다.

"서에 조 반장님이신데요?"

"나가서 받고 필요하면 문자 남겨. 여긴 내가 마무리하지."

귀에 휴대폰을 대면서 구부정하게 인사를 하며 김 순경이 교장실을 나갔다. 급하게 나가면서도 테이블 위에 두었던 근무수첩과 펜은 잘 챙겨서 나갔다. 그 모습을 보며 박 형사는 자신도 모르게 잔잔한 미소를 지었다.

"많이 아끼시는 직원인 모양입니다."

"네?"

"저도 아랫사람들을 꽤 거느리고 있는 터라 그 마음은 잘 알죠."

박 형사는 교장의 말을 인정하기도 부인하기도 곤혹스러웠다. 초면에 거리 재기를 무시하고 달려드는 상대가 박 형사는 어려웠다.

"네. 제가 모자란 부분을 잘 채워주고 있는 친구죠. 한데, 김시오 선생님……."

"네, 김시오 선생님이라면 실종사건이 났던 학년도에 저도 같이 근무를 했습니다."

"아, 그거 좋은 소식이군요. 그럼 그 사건에 대해서도 기억이 잘 나시겠습니다."

박 형사는 노란색 파일을 열어 클립보드에 물린 사건 개요서가 보이게 펼쳐놓았다. 거기에는 두 건의 실종 미제 사건의 문서와 사진 자료들이 갈무리되어 들어 있었다.

"네, 저도 잘 기억납니다. 당시 수사기관들도 그랬겠습니다만, 저희 쪽 기관에서도 난리가 났었죠. 방송에서나 좋아할 만한 이야기들 아닙니까."

파일을 들고 천천히 앞의 한두 장의 서류를 넘겨다보던 교장의 눈가 주름이 슬쩍 올라가며 자연스럽게 미소가 피어올랐다. 박 형사는 명패에 적힌 한자 이름을 쳐다보았다. 보통의 사람이라면 미소 지을 만한 장면 따위는 없을 것이었는데 박 형사는 교장이 보통의 선생은 아니라는 생각이 들었다. 어느 분야

든 꼭대기에 오른 자들은 어딘가가 망가져 있기 마련이었다.

"가해학생들이었죠? 두 학생 다."

"잔인한 아이들이었죠. 둘 다 2학년 무렵에 그리되었고. 그때만 해도 이렇게 오랜 세월 동안 시신도 찾지 못할지는 몰랐습니다."

"공식적으로 사망 처리된 건이 아니기는 합니다만."

"아, 그렇군요. 실례했습니다."

교장이 잔기침을 하며 차를 흘렸다. 실례했다는 말은 상황에 맞는 어휘가 아니었다. 어쩌면 잔기침은 그 단어를 감추기 위한 것인지도 모른다고 박 형사는 생각했다. 그는 자신 앞에 놓여 있던 티슈를 자기 것인 양 몇 장 뽑아 교장에게 건네주었다.

"감사합니다. 그냥, 저는 그 아이들이 어딘가에서 고통을 받느니 죽었으면 좋겠다는 생각을 했나 봅니다. 교육자가 돼가지고, 허허."

진짜로 반성하는 눈과 말투가 아니었다. 박 형사는 교장의 표정에서 잘 통제된 분노 같은 것을 보았다. 아무리 두꺼운 솜이 불을 덮어 씌워도 송곳은 뚫고 나오기 마련이다.

"마냥 인자하시기만 한 분인 줄 알았는데 그게 아니군요. 솔직히 말씀드리자면 조금 놀랐습니다."

"더 많은 범죄자들을 상대하셨던 분 앞에서 할 이야기는 아니지만, 사람을 대한 케이스라면 저도 꽤 되지요."

"그러시겠죠."

"아까 아이들 보셨죠? 그 아이들은 그냥 공단 지역에서 부모들 보살핌을 못 받고 자란 잔챙이들입니다. 상황이 아무리 극에 몰려도 개, 고양이를 죽이거나 사람을 해칠 생각은 못 하는 아이들이죠. 저런 아이들은 살려서 잘 자라게 해야 합니다. 국가가 조금만 돌봐주어도 훌륭하게 자랄 테니까요. 절도나 싸움질이나 어른들에게 대들거나 담배를 피거나 그런 정도는 초기 조건만 조금 잡아주면 얼마든지 달라질 수 있습니다. 그게 소년법의 존재 근거 아니겠습니까. 법까지 갈 것도 없죠. 질 좋고 맛있는 급식만 먹여도 확 달라질 애들이죠."

쉬는 시간이 끝나고 멀리서 종이 다시 울렸다. 교장실에는 방송 선을 끊어 놓았는지 아득한 멜로디만이 들렸다. 잠시 양해를 구하고 자신의 집무 의자로 돌아간 교장은 어딘가로 내선전화를 넣었다.

"교장입니다. 네, 3교시 타임 아이들 4교시 타임에 내려보내 주세요. 중요한 손님이 오셔서요. 노트하고 펜은 꼭 들려서 보내 주시기 바랍니다. 수고하시고요."

"바쁘신데 죄송합니다."

"아닙니다. 다들 아시겠지만 교장이 사실 할 일이 많이 없어요. 없어도 학교 돌아가는 데 아무 영향이 없는 자리죠. 교감이라는 자리는 더합니다만."

자조하지만 굴욕감 같은 건 느껴지지 않는, 길바닥 싸움을 통해 굳은살이 박인 말투였다. 교장은 한 호흡을 쉬어갈 생각으로 차를 한 모금 마셨다. 그는 자신을 불쑥 찾아온 초로의 형사를 기억하고 있었다. 몇 년 전 시청했던 소년법 개정 다큐멘터리에서 봤던 기억이 났다. 피해자의 아버지가 형사였다는 것과 형사였음에도 가해자 처벌에 실패했다는 게 의외였다. 딸을 잃었음에도 소년법이 필요하다고 인터뷰하던 얼굴. 무슨 표정을 지어야 할지 몰라 오히려 무표정했던, 한없이 무표정해서 더 슬퍼보였던, 지금 눈앞에 있는 사내보다는 훨씬 젊었던 아버지.

"그때 그놈들은 소년법 같은 걸로 처리할 아이들이 아니었어요."

교장은 응접 소파로 되돌아오면서 말을 이어 붙였다.

"여학생 세 명과 남학생 둘이 폐인이 되다시피 했죠. 지금처럼 SNS가 발달되었다면 더 빨리 그 아이들을 구할 수 있었겠지만. 다 지난 일이죠. 제가 쓸 데 없는 말을 했군요. 김시오 선생님에 대해 말씀을 드린다는 게."

박 형사는 수첩을 접고 휴대폰을 테이블 위에 올렸다.

"괜찮으시다면 녹음을 좀 해도 되겠습니까. 원치 않으시면 하지 않겠습니다만, 제가 기억력이 예전 같지가 않아서요. 법정 증거로는 절대 쓰이지 않을 것이라고 약속드리죠."

"그럼요, 방송에만 안 나간다면 상관없습니다, 허허. 시작하면 되나요?"

박 형사는 녹음 버튼을 터치하며 고개를 끄덕이는 것으로 대답을 대신했다. 액정 타이머의 숫자가 빠르게 올라가며 시간과 소리를 이진법의 틀로 본뜨기 시작했다.

"김 선생은 아이들을 아꼈습니다. 그 나이대에 임용시험 치고 들어왔던 선생님들 중에서는 드문 케이스였죠. 애들을 학교에 오게 하려고 애썼고, 지구대에도 사안이 생길 때마다 꼬박꼬박 드나들었죠. 그 시절 여기는 비평준화 학교라 성적이나 가정 형편이 지금보다 더 열악했어요. 나이 든 선생들은 여전히 몽둥이를 휘둘렀고, 학생들이 더러 반항을 하기는 했습니다만, 아무도 문제아들의 호소는 들으려고 하지 않았지요. 김 선생은 신규이기도 했지만, 늘 아이들 편이었습니다. 그랬던 김 선생이 가해자들을 뚫어지게 쳐다보던 걸 우연히 본 적이 있어요. 다른 학교로 떠나기 두세 달 전이었을 겁니다. 경찰들이 현장 검증을 한다고 휴일에 가해 학생들을 포승줄에 묶어 학교 곳곳을 돌아다니고 있었죠. 부모들이 피의자 인권 운운하며 휴일을 강력히 원했다고 들었습니다. 무슨 일이 있었는지 김 선생도 출근했더라고요. 복도에서 가해자들의 모습을 한참 동안 우두커니 보고 있었죠. 제가 어깨를 칠 때까지 옆에 사람이 있는 기색도 눈치채지 못할 정도로요. 상식적이지 않은 표정이었죠."

"그 표정이라는 게 어떤……."

"생각해보니 표정이라는 말은 정확하지가 않네요. 김 선생은 울고 있었어요. 통곡이라고 불러도 좋을 정도로 많은 눈물이 흘렀죠. 옆에 서서 들어보니 무슨 문장 같은 걸 중얼거리고 있더군요."

"혹시 대강의 내용이라도 기억나십니까."

"정확한 건 잊었습니다만, 내용은 이런 거였죠. 내가 어린아이 때는 어린아이와 같이 생각하고 말하고 행동하다가 어른이 되어서는 어린아이의 것을 버렸다. 대충 그런 문장을 중얼중얼거리고 있었습니다. 실례가 안 되신다면 잠깐 나가실까요? 햇살이 좋은데 아침부터 일이 몰려서 나갈 일이 없었네요. 답답함이 느껴지네요."

"그러시죠. 저도 급한 일은 없습니다."

두 중년 사내는 건기의 사바나에서 풀을 뜯는 조랑말처럼 타박타박 이동했다. 교장은 이동하는 중간 중간 길머리를 틀며 학교에 대해 공연한 설명을 늘어놓았다. 박 형사는 선생들의 특징이 거의 비슷하다는 것을 새삼 느끼면서도 거부감 같은 것은 느끼지 않았다. 그가 부임해서 조성한 텃밭과 화단, 노작 교육에 대해서, 신설된 체육관 시설의 규모에 대해서, 친환경 급식에 대해서 박 형사는 예의를 갖춰 맞장구를 쳐주었다. 그들은 교문 앞 2차선 도로를 건너 있는 성당의 부설 카페에 자리를 잡고 앉았다.

"여기서 보면 아이들이 돌아다니는 게 어느 정도는 잘 보입니다. 선생님들 어디 나가나 감시하기에도 딱 좋은 자리죠."

그는 농담이라는 듯이 크게 소리 내 웃으며 말했다. 교장이 손님을 데려오는 게 자주 있었던 일인지 카페 종업원은 별다른 주문도 없이 커피 두 잔을 쟁반에 담아 내왔다. 어쩌면 다른 메뉴가 없는지도 모른다고 박 형사는 생각했다. 대학 신입생 정도로 보이는 여종업원은 이웃 어른에게 인사하듯 교장에게 웃음을 건네고는 매대 너머로 돌아갔다. 평일 오전 노천 카페의 좌석은 물론 길거리에 행인도 잘 보이지 않았다. 시에서도 가장 외곽에 조성된 아파트 단지여서 인적이 더욱 드물었다. 조금만 서북쪽으로 걸어간다면 거대한 공단의 메인 게이트가 나타날 것이다.

"한적하군요."

박 형사는 이 도시에 진입하면서부터 콧속을 괴롭히던 냄새가 더 이상 나지 않자 의식적으로 코를 킁킁거리며 말했다.

"그렇죠. 이 시간에 여기 사람들은 공장에 가 있거나 학교에 있으니까요. 더러 서울까지 일을 나가는 사람도 있습니다만. 무엇보다 냄새 참 고약하지요?"

"아닙니다. 이젠 적응한 모양인지 거의 나질 않네요. 후각이 가장 먼저 상황에 적응을 하니까요. 아, 적응이 아니라 지쳐서 제 기능을 잃는다고 하는 게 맞겠군요."

"그도 그렇지요. 외지인들에게는 냄새가 아주 충격적인 모양입니다만, 관내 사람들은 거의 모르고 지내는 형편입니다. 워낙 외국인 노동자들도 많고, 그 사람들 고향 식당도 많이 모여 있어서 이래저래 우리들한테는 낯선 냄새들이 많은 곳입니다. 도시 전체가 냄새로 덮여 있다고 해도 과언은 아니지요."

멀리서 종소리가 들려왔다. 그새 또 한 시간의 수업이 끝난 모양이었다. 박 형사는 자신의 기억 속에 각인되어 있는 수업 시간의 길이를 떠올렸다. 새삼 시간의 흐름이 낯설게 느껴졌다. 시간은 중력과 속도에 따라 다르게 흘러간다. 박 형사는 은혁이와 아내를 볼 때마다 그 자명한 사실을 목격하고는 섬뜩하였다. 아이들은 막 채굴한 원유처럼 건물 출입구 곳곳에서 또다시 뿜어져 나왔다. 저들은 곧 가솔린과 디젤, 등유를 거쳐 나프타와 아스팔트로까지 분별증류될 것이다.

"저렇게 많은 아이들이 사실 여기서 보면 다 똑같아 보입니다만, 저 중에 꼭 사람의 아이들만 있는 건 아닙니다."

박 형사는 자꾸만 먼 곳으로만 달아나려고 하는 의식을 힘껏 움켜쥐었다. 휴대폰의 녹음 버튼을 다시 눌러 철제 테이블 위에 조심스럽게 놓았다. 파라솔 깃들이 만장처럼 먼 바닷바람에 펄럭였다. 지도에 따르면 성당 오른쪽 산을 넘어 계속 가다 보면 공단을 지나고 길은 바다에 닿을 것이다. 그는 바닷바람이 불어오는 곳을 한번 쳐다보며 구 교장이 바라보는 곳을 함께 쳐다보았다.

"사람의 아이가 아닌 아이들이 자라면 저희 같은 사람들이 나서야 되는 거겠죠."

"그렇군요. 그래요."

교장은 박 형사의 말을 가벼운 농담쯤을 넘기는 듯한 말투로 받았다. 그는 커피를 한 모금 마시고 말을 이었다. 그 사이 교문을 빠져나오려던 남학생 한 무리가 교장을 발견하고는 화들짝 놀라 왔던 곳으로 뛰어 돌아갔다. 박 형사는 아직 무언가를 두려워하는 아이들이 어쩐지 사랑스럽게 느껴졌다. 두려워할 것이 없어지면 인간은 스스로 두려운 존재가 되었다.

"저도 어쩌면 촉법소년으로 삶이 마무리되었을지도 모릅니다."

박 형사는 이야기의 머리를 슬쩍 틀었다. 그는 인간에게는 그 잘못에 합당한 처벌이 필요하다는, 이를테면 죄형법정주의 같은 것쯤은 교장에게 이야기하고 싶었다. 물론 그 역시 그 합당의 수위와 부근을 찾고 있는 중이었다.

"그러시군요."

교장은 마시기에 적당하게 식은 아메리카노를 한 모금 마시면서 말을 받았다.

"아버지께서 일찍 집을 나가셨죠. 우리 나이대에서 드문 일은 아니겠습니다만, 모친이 홀로 고생을 많이 하셨습니다. 생계는 이어갔지만 늘 배가 고팠죠. 중학교 들어가서 학교 앞 문방구나 구멍가게에서 이것저것 손을 많이 댔습니다."

"형사님께서 절도를 다, 허허."

"그렇죠, 법률 용어로 절도입니다. 수박이나 참외 서리도 다 절도에 속하죠. 꼬리가 길면 밟힌다고 망봐주던 놈이 딴 생각을 먹었던 건지 주인아저씨에게 딱 잡히고 말았어요. 도망쳐보려고 발버둥을 쳤지만 그 아저씨가 워낙 덩치가 커서 꼼짝을 못 했죠. 집이 어디냐? 에미, 애비가 뭘 가르쳤냐? 고함을 지르

며 난리를 부리는 통에 지나가던 사람들이 다 쳐다봤어요. 그
때의 창피함을 지금도 잊을 수가 없습니다. 여지없이 파출소
로 끌려갈 순간이었지요. 그때 지금은 얼굴도 잘 기억나지 않
는 순경이 절 구해줬습니다. 경찰복을 입었으니 주인아저씨는
꼼짝을 못 했죠. 허허. 제가 보는 눈앞에서 계산을 해줬어요. 그
동안에 없어진 거에 대해서는 주인아저씨가 말도 못 꺼내게 했
죠. 시절이 시절이라 순경만 해도 일반 사람들이 벌벌 떨 때였
으니까요."

"혹시 그 순경과는 친분이?"

교장은 오랫동안 훈련된 교사답게 박 형사의 말을 이어받으
며 다음을 끌어내고 있었다.

"아니요, 전혀요. 나중에 두고두고 돌아봐도 전혀 모르는 사
람이었죠. 대학에 가서 그 지역 파출소며 지구대를 찾아 다녔는
데 만날 수가 없었습니다. 상의 주머니에 박음질되어 있던 이름
도 기억이 희미하고. 아무튼 근처 분식집에서 떡볶이까지 사주
고 헤어졌어요. 그때 그 순경이 해준 말이 저를 만들어준 건지
도 모른다고 요즘은 생각하고 있습니다. 물건을 훔쳤다고 여러
사람들 앞에서 망신을 주는 건, 법에 없는 거다. 그 둘은 다른 거
야. 너는 물건을 훔친 것에 대한 벌만 받으면 된다. 그 벌도 네
나이에게는 온전히 책임을 물을 수 없지."

"그날 많이 혼나셨나 봅니다. 이렇게 직접 경찰이 되어 법 집
행을 하시는 걸로 보면."

"그렇죠. 아버지는 물론 어머니께서도 해주지 않은 말이었죠. 그분은 나이가 들면, 어른이 되면 남의 것을 훔치면 안 된다, 남을 해쳐선 안 된다, 그렇지 않으면 반드시 처벌을 받는다. 정도의 말을 했습니다. 그 정도였지만 전 이상하게도 마음이 편안했어요. 그것만 지키면 되었으니까. 그때 그런 기회가 없었다면, 지금의 저도 없었겠죠."

"다행이군요. 한데, 전 그 경찰분만이 형사님을 키운 게 아니라는 생각이 드는군요. 형사님 안에 이미 그런 싹이 있었던 거라고 생각할 수는 없을까요. 예전에 이 학교에서 사라진 아이들, 이미 촉법소년 수준의 처벌은 다 받은 아이들이었죠. 더 어린 시절에 저지른 짓도 유명했으니까요. 물론 편부모 가정이었고, 가정 형편이 넉넉하지 못한 애들도 있었죠. 돌봐줄 사람, 애정을 쏟아줄 사람이 없었던 것도 맞아요. 다 맞습니다. 삐뚤어질 가능성이 아주 많은 아이들이었죠. 그런 아이들 아직 학교에 많이 있습니다. 그래도 반성하고 노력해서 대학도 가고 취업도 하죠. 제 제자들 중에 그런 학생 한둘 없을 거 같습니까? 그 아이들보다 더 열악한 가정에서 막살던 아이들도 가르쳐서 사람 됐어요, 결국엔. 그런데 그 아이들이 저지른 잘못들은 적어도 사람의 아이가 저지르는 잘못이었어요."

박 형사는 아이들의 소리가 들리지 않았지만, 자기들끼리 장난치며 엉켜 다니는 모습을 멀리서 지켜보았다. 아이들은 구름처럼 다채로운 모양으로 모였다가 흩어졌다. 교장이 이 자리로 자신을 데려온 이유를 조금은 알 것도 같았다. 멀리서 보면 사람의 아이와 괴물의 아이가 구분되지 않았다. 법은 그들 모두를 우리가 키워야 할 아이들로 인식하고 있었다. 너무 성긴 그물은 모든 물고기를 놓치거나 운이 좋아야 아주 큰 놈만 겨우 잡을 수 있을 뿐이었다. 커피잔에서 더 이상 김이 올라오지 않았다. 박 형사는 속 깊은 곳에서부터 올라오는 한기에 몸을 떨었다.

"그때 사라진 아이들은 사람의 아이들이 아니었습니다. 우리 같은 사람들은 조금만 봐도 알 수가 있어요. 일단 선을 넘은 아이들은 다시는 그 선 너머에서 돌아오지 않습니다. 법은 그걸 잘 모르는 거 같아요. 교화 가능성이라는 말, 솔직히 그건 사람에게만 해당되는 말이지요. 사람 고쳐 쓰는 거 아니라는 말, 그때 사람은 사실 사람이 아닌 놈들이죠."

박 형사는 연경이와 영익이를 떠올려보았다. 그 아이들이 은주에게 했던 일들, 은주를 만나기 전에 했던 수많은 문제 행동들, 그들의 잘못에 눈감았던 온정과 교화의 손길들. 그는 그 손길들 중에 자신의 손도 떠올렸다. 어쩌면 아내는 본능적으로 알고 있었는지도 몰랐다. 자기의 아이를 잡아먹을 존재들을. 박 형사는 연경이와 영익이 부모의 재력, 사회적 지위, 생활 환경 따위들을 근거로 저녁을 먹으며 그 아이들을 꺼림칙해하고 두려워하는 아내를 타박했었다.

'우리 같은 형편에 그런 집안이랑 친분을 쌓는 게 얼마나 다행인지 알아? 돈 주고도 못 사는 인맥이야. 그런 집 애들이 저지르는 잘못은 사소한 거라고. 경찰서 가봐. 죄지은 놈들 가운데 교수나 변호사 부모가 도대체 몇 퍼센트나 되는지. 그 아이들이 은주를 좋아하고 같이 어울려주는 게 다행인거라고. 은주가 크면 얼마나 큰 자산이 될지 당신은 집에만 있어서 잘 모르는 거야.'

남편의 말이라면 수더분하게 잘 따르던 아내가 유독 그 부분에 있어서만큼은 당나귀처럼 꺾지 않았다. 이상한 일이었지만, 지금은 어미의 본능이었을 거라고 박 형사는 생각했다.

엄마들의 모임에서 초등학교 시절 연경과 영익의 범법 행위들을 전해 들었던 아내는 은주에게 그 애들을 조심하라고 끊임없이 잔소리를 했다. 연경이는 초등학생 때 아파트 옥상에서 화분을 던졌고, 영익이는 유치원 소풍 길에 길고양이 새끼를 잡아 목을 꺾었다. 좀 더 머리가 크면서 또래들에게 돈을 주며 심부름을 시켰고, 함께 담임교사의 지갑을 털었고 자폐아에게 누명을 씌웠다. 그런 것들이 정말 별것 아니었을까, 그 나이대에는 비일비재한 것이었을까. 그날의 저녁 밥상을 박 형사는 잊을 수가 없었다.

"형사님?"

교장은 테이블 위 냅킨 상자에서 티슈 몇 장을 꺼내 건네며 말을 걸었다. 박 형사는 자신의 볼을 타고 흘러내리는 눈물을 그제야 느낄 수 있었다. 의태로 사용하려 했으나 그의 재채기는 미세하게도 작동하지 않았다. 모든 게 잠잠했다.

"김시오 선생은 학교라는 곳에 꼭 필요한 사람입니다. 괴물의 아이들을 다 잡아 없앨 때까지."

헤어지는 길에 교장은 박 형사에게 전래동화 속 금기를 말해 주는 노승처럼 말했다.

장현철

희미하게 의식이 돌아오고 있었다. 손끝의 간지러운 감각과 갈증, 머리가 부서질 것 같은 두통. 그 모든 감각이 해일처럼 한꺼번에 몰려오고 있었다. 피니시라인에 다다른 마라토너처럼 요동치는 심장 박동이 가슴뼈 아래로 느껴졌고, 등과 허벅지, 종아리, 몸 전체에 퍼진 욱신거림과 동통도 느껴졌다. 장현철은 자신에게 무슨 일이 벌어졌는지 알 수가 없었다. 눈을 떴는데 희미한 미색 천이 앞을 가리고 있었다. 소재를 알 수 없는 천은 주변을 완전히 가리지도 보이게도 하지 않았다. 그는 몸에 느껴지는 중력의 방향을 기준으로 자신이 어떤 상태로 있는지 맹렬하게 살폈다. 한 가지 분명한 것은 자신이 묶여 있다는 것이었다. 양 무릎이 붙을 정도로 강하게 무언가로 조여진 상태였다. 팔과 몸통도 결박되어 있었다. 그의 머릿속에 떠오른 이미지는 거미줄에 걸려 파닥이는 공작나방이었다. 그는 자신이 꼼짝할 수 없게 묶였다는 사실이 그 어떤 통증들보다 공포스러웠다. 며칠이 지난 건지, 장소는 어디인 건지는 그다음 문제였다. 이제 곧 그에게 닥칠 일이 무엇인가가 더욱 두려웠다. 멀리서 먹잇감이 깨어난 걸 눈치챈 거대한 거미가 발끝으로 거미줄을 타고 다가올 것만 같았다. 거미 다리에 촘촘하게 박힌 털이 곧 그의 몸에 닿을 것 같았다. 거미는 살아 움직이는 먹이에 이빨을 박았다. 죽음의 공포를 느끼는 순간에 분비되는 호르몬이 먹이의 맛을 더욱 좋게 한다는 것을 진화를 통해 터득했을 것이었다.

"정신이 좀 드니?"

목소리가 들리는 쪽으로 고개를 돌리려고 했으나 생각과는 다르게 돌아가지 않았다. 이마와 기둥을 결박한 테이프는 수 겹의 마찰력으로 그의 움직임을 완전히 봉쇄하고 있었다.

"누, 누구세요?"

혀를 움직여 말을 할 수 있었지만, 비명을 지를 수는 없었다. 어딘지도 모르고 자신의 비명이 지원군을 불러올 가능성도 전혀 없어 보였다. 순간 매질이 필요 없는 빛이 그의 망막 안으로 폭포수처럼 쏟아져 들어와 후두엽을 적셨다. 눈꺼풀을 필사적으로 덮으며 노력했지만, 라텍스 재질의 손가락이 그의 눈을 치뜨게 하고 있었다.

"조금만 있어 봐. 보일 거야. 빛에 적응을 해야지."

눈을 이리 저리 돌리며 바라본 장소는 어딘지 기도실 같은 분위기였다. 장현철은 어려서부터 생활했던 교회에서 자주 보던 장소에 일말의 안도감을 느꼈다. 상대가 종교인이라면 그래도 희망을 가져볼 수 있다는 생각을 했다. 맞은편 벽의 성화와 십자가, 생각보다 어두운 간접 조명, 녹음실에서 볼 수 있는 방음벽. 그는 동공을 조금씩 움직여 시야가 닿는 곳까지 공간의 모양새를 파악하려고 애를 썼다.

"이제 좀 적응이 되나."

눈앞에 나타난 얼굴을 보는 순간, 장현철은 모든 것이 순식간에 기억나기 시작했다. 온몸이 거대한 십자가 기둥에 테이프로 묶여 있었지만 부들부들 떨리는 게 느껴질 정도였다.

"깨어나기만을 기다렸다. 생각보다 오래 걸렸어. 어쨌든 그대로 죽으면 곤란하니까. 선택권은 너에게 줄 생각이야. 판결은 다른 분이 이미 내렸고."

"무, 무슨 말씀이세요?"

장현철은 자신도 모르게 존댓말이 나오는 걸 막을 수가 없었다. 학교를 다니면서 그 어떤 선생한테도 제대로 된 공손한 말을 한 적이 없었다. 뭐요? 언제요? 뭔 말이에요? 아닌데요. 따위의 말만 하면 선생들은 알아서 꼬리를 내리곤 했다. 그들은 장현철 뒤에 있는 신과 아버지와 돈을 보았다. 호가호위였지만 그는 부끄럽지 않았다. 부끄러워해야 할 자들은 오히려 등 뒤에 호랑이는커녕 늑대 한 마리 거느리지 못한 존재들이었다. 그가 보기에 선생들은 이빨이 죄다 빠진 큰 고양잇과 동물에 불과했다. 물론 십수 년 전만해도 그들이 학생들을 몰아세우고 물어뜯을 수 있었지만, 그건 화석으로만 남아 있는 기록이었다. 학생 인권과 언론, 교사들에 대한 분노만 등에 업으면 어지간한 것은 다 학생들이 이기게 되어 있었다. 이 건도 재수 없게 걸린 것뿐이라고, 사냥감 하나가 생각보다 건더기가 커서 반항을 하는 것뿐이라고 안이하게 대처했던 게 화근이었다. 그동안 먹어 치운 놈들이 한둘이 아니었다지만 회개만 하면 예수님은 늘 용서를 해주었으니까, 하늘의 뜻은 이 땅에 아직 이루어진 적이 한 번도 없으니까.

장 목사는 자신을 위해 기도를 하고 나면 늘 기도실에서 신도들을 건드렸다. 처음 그 장면을 보았을 때, 어린이 성경교실 선생이었던 대학생 누나를 장 목사가 올라탄 것을 보았을 때 장현철은 무언가 해방감 같은 것을 느꼈다. 내가 아버지의 아들이 맞았구나, 내 피가 진짜 아버지의 것이었구나라는 느낌.

장현철은 지난 시간들이 속도를 제어할 틈도 없이 재연되는 통에 당장의 눈앞에 있는 상황에 제대로 대처하기 힘들었다. 그는 뇌의 폭주에 제동을 걸기 위해 안간힘을 썼다. 우리를 시험에 들게 하지 마시고, 다만 악에서 구하소서. 회개, 회개가 필요했다.

이틀 전, 3일 전인가? 눈앞에 보이는 저자에게서 톡이 왔다. 모르는 사람이 보낸 톡에는 답을 하지 말라고 장 목사는 수도 없이 주의를 주었다. 하지만 그가 보낸 영상에는 장씨 부자가 한 여자 신도를 덮치는 장면이 녹화되어 있었다. 지금 생각해보면 그건 일본에서 만든 그냥 콘셉트 야동이었는지도 모른다. 사건과 시간이 너무 많이 쌓여 있었다. 부자가 어떤 짓을 하고 어떤 짓을 안 했는지조차 이제는 모를 정도가 되었다. 위험을 인지하는 호르몬이 마구 분비되고 있었다. 이 구역의 최종 포식자는 그의 부자였는데, 그 위가 이빨을 드러낸 것이다. 그가 지정하는 곳으로 너무 성급히 나갔다는 후회가 들었다. 아버지에게 말을 했어야 했다는 후회는 정신을 잃을 때 찾아들었다. 장현철 자신도 이제 당당한 수컷으로 성장했다는 걸, 이런 자잘한 문제 정도는 스스로 해결할 수 있다는 걸 증명하고 싶었는지도 몰랐다. 생태계가 그렇지 않은가. 최종 포식자는 어미의 배에서 나오는 순간부터 경계심을 가져야 할 필요가 없다. 그는 자신이 평소대로 행동했던 것뿐이라고 생각했다. 어쩌면 그가 선생이라는 사실에 경계심을 풀고 접근을 허락했는지도 몰랐다. 몇 마디 대화를 주고받고, 선생 따위로서는 거부할 수 없는 거래 조건을 건네기도 전에, 그는 멱살을 잡히고 목이 졸렸다. 그자의 악력은 예상을 초월했다. 정석에 따른 수순대로 클로로포름을 잔뜩 적신 수건이 코를 덮었다. 장현철도 숨을 멈추며 마지막까지 발톱을 세웠다. 지니고 있던 등산용 나이프를 휘둘러 어딘가의 근육을 마구 찍었다. 허벅지나 엉덩이였을 것이다. 수 초가 지나기도 전에 칼을 근육에 박아놓은 채로 놓치고 말았다. 저자는 조금도

움찔하지 않았다. 불수의근의 놀람을 틈타 수건을 떨치고 달아날 수 있으리라 여겼지만, 저자는 칼이 꽂힌 것 자체도 모르는 듯했다. 목뼈가 부러지는 느낌이 나는 순간 의식을 잃었다.

"넌 너무 많은 삶들을 망가뜨렸어. 동물과 사람 가리지 않고 해치웠지."

"나도, 알아. 아니, 저, 죄송합니다. 다시는 안 그러겠습니다. 한 번만 딱 한 번만 살려주십시오."

장현철은 눈앞에 기도 등을 등진 채 서 있는 사내가 자신을 죽이려 한다는 것을 본능적으로 알고 있었다. 이번만 이번 한 번만 빠져나간다면 아버지와 함께 저자를 반드시 죽여버리겠다는 결심을 동시에 하고 있었지만 그 생각을 들키지 않기 위해 짐승처럼 울부짖었다.

"살려주세요. 살려주세요."

"목소리를 조금만 낮추지. 어차피 여기서는 들리지 않겠지만, 우리 둘의 마지막 대화를 원활하게 진행하기 위해서."

"안 그러겠습니다. 죽은 듯이 살겠습니다. 죽은 듯이."

장현철은 순식간에 성대를 좁혀 속삭이듯 중얼거렸다. 그는 자신이 방언이 터진 이단처럼 느껴졌다. 아버지는 이단으로 판정한 신도들을 향해 죽음의 직전까지 채찍을 휘둘렀다.

"아니야, 넌 죽은 듯이 살 수 없는 존재야. 또 다른 인간을 망가뜨릴 테지. 그게 네 피고, 네 애비의 피다. 그래도 네게 선택은 하게 해주마."

"무슨 소립니까. 선택이라니."

"결론은 정해져 있어. 그 아이 어머니께서 네가 죽었으면 좋겠다고 하시더라."

"아니, 법이 있고 재판이 있는데 그냥 죽이는 게 말이 됩니까."

"법이라. 그 어머니가 법이지. 넌 선택만 해. 더 말하면 시끄럽기만 한 네놈의 혀를 뽑고 마저 이야기할 테니까."

그는 시야에서 사라졌다가 바퀴가 달린 선반을 가져왔다. 러그가 깔린 바닥에 구르는 바퀴의 진동이 느껴질 만큼 수레는 무게감이 느껴졌다.

"눈을 내려서 봐봐. 아, 조금 더 올려야 보이겠군."

전동모터 소리가 나는가 싶더니 장현철의 눈높이까지 테이블의 상판이 올라왔다. 반짝반짝 잘 닦인 스테인리스가 서늘하게 빛나고 있었다. 그 위에는 네일건과 하얀 약통이 하나 있었다.

"하나는 천천히 고통스럽게 죽는 거야. 대신 다 죽기 전에 누군가 너를 구하러 올 가능성도 있지, 어쨌거나 조금 더 오래 사는 쪽. 이쪽은 고통은 없지만 바로 죽어, 단 네 사체를 아무도 찾지 못하게 될 거야. 이제 선택의 시간이다."

"야, 야 이 미친 새끼야. 선택 안 해, 내가 너, 너 반드시 죽여버릴 거야."

장현철은 눈앞에 검은 그림자가 다가오는 걸 보다가 순간 의식을 잃었다. 깊은 수렁으로 정신이 빠져드는 느낌이었지만 어쩐지 평안한 느낌까지 들었다.

기도원 본관 지하를 빠져나오자 안 집사가 차에 시동을 걸어 놓고 있었다.

"오랜만입니다, 집사님."

산 중턱이라 봄이 한창인 평지에 비해 밤에는 아직 쌀쌀했다. 보안등 불빛의 경계 너머로 늙은 남자의 입김이 끊임없이 흩어졌다. 김시오는 천천히 발소리를 내며 계단을 마저 올라 안 집사와 발 높이를 맞추었다.

"들어오시는 걸 우연히 봤습니다."

"기도원에 별일은 없죠?"

김시오는 피곤이 몰려오는 것을 느꼈다. 며칠 째 잠을 설치고 있었다. 잠은 육체의 고통과는 전혀 다른 문제였다. 통증을 느끼지 못해도 잠은 여지없이 찾아왔다. 나른함에 이어 눈꺼풀이 내려앉았지만, 뇌에서는 끊임없이 정보와 감정을 주고받는 전기 신호들이 들끓었다. 눈을 떠보면 새벽이거나 한밤중이었다. 그는 땡볕에서 밭일을 한 농부처럼 땀에 흠뻑 젖어야 했다.

"뺨에 상처가 있습니다."

안 집사는 손을 뻗으려다 그만두었다. 김시오는 손가락으로 오른쪽 뺨을 문질렀다. 노란 가스등 아래로 보이는 피는 본연의 색이 모두 증발된 듯 잿빛이었다.

"조용해졌네요. 유난히 사나운 놈이네요. 못 하나 박아두었습니다."

"네. 프로그가 대량으로 풀렸습니다. 원장님과 연락이 안 된 사이에 원로회에서 통과되었지요."

"부원장님께서도?"

"반대하셨지만, 윤 소장님과 나머지 위원님들은 찬성하셨습니다. 그보다 진주하 건이."

"알고 있습니다. 법무팀 움직이세요. 부족하면 전관들 많은 외부 로펌에 외주를 줘서라도 선을 끊어야 합니다. 엔터 쪽에 연락해서 진주하 계약서 한 부 제게 보내주시고요. 저소득층에 쌀을 좀 더 풀지요. 결식아동이나, 가출 청소년, 실업자, 터미널에 널린 노숙자들까지 다, 우리가 돌보면 되지 않겠습니까."

"원장님, 우리는 이미 충분히 돌보고 있습니다."

김시오는 미세하게 꽃가루가 섞인 찬 공기가 기도를 부풀게 하고 있는 것이 느껴졌다. 호흡이 조금씩 가빠졌다. 쓸 데 없이 소리를 높였다는 자책이 들었다. 밀도가 낮은 산의 밤공기를 매질로 기도원에 오래전부터 터를 잡은 접동새의 쓸쓸한 울음소리가 전해져왔다.

"늦었습니다. 그만 가보겠습니다. 여기 일은 부원장님 전결로 당분간 처리해주세요. 놈은 제가 따로 지시할 때까지 저대로 두시고요."

김시오는 차 뒤쪽으로 돌아 운전석에 올랐다. 안 집사가 보조석의 열린 창문으로 고개를 숙이며 인사를 했다.

"조심하십시오. 이번에 한꺼번에 터지면 여기도 안전하지는 않을 겁니다. 한번 들어오기가 어렵지 일단 들어오면 아시지 않습니까."

　그는 대답은 들을 필요가 없다는 듯이 자신의 할 말을 하고는 차에서 떨어졌다.

　김시오는 기어를 넣고 액셀러레이터를 밟았다. 룸미러 속으로 허리를 숙여 인사하는 안 집사가 점점 작아지고 있었다.

윤보영

　　방송은 평상시처럼 원활하게 끝났다. 슬레이트를 몇
번 치기는 했지만 큰 NG는 나지 않았다. 오래 호흡을 맞춰왔던
멤버들이라 이제 방송은 궤도에 오른 것처럼 보였다. 이대로 몇
년 개편을 피해 순항할 것이다.

　　기도원 입장에서도 안정적인 홍보 채널을 하나 더 확보한 셈
이었다. 패널로 참여했던 연예인들과 사회자들, 다른 분야의 전
문의들과 간단히 인사를 하고 급히 옆 방송센터로 자리를 옮겨
야 했다. 오늘은 사람들에게 비만에 대한 경각심을 불러일으키
는 주제였다. 뚱뚱한 걸로 웃기며 사는 패널들은 자신의 혈액
검사와 비만도, 중성지방의 양에 곧 죽을 것처럼 호들갑을 떨
었다. 그녀가 보기에 그런 액션은 모두가 쇼에 불과했다. 그들
은 생활 습관을 고치기로 대국민 약속을 하고도 내일이면 갈비

찜이나 간장게장, 치킨을 물어뜯으며 황홀함을 자랑할 것이 분명했다. 그들은 자신들의 비만으로 인한 병증을 팔아 동정을 샀고, 비만이 되기 위해 먹어대는 것으로 돈을 벌어들였다. 몇 번의 계절이 지나면 다음 번 비만 특집에 다시 불려 나올 것이다.

몇 년간 방송에 참여하며 윤보영이 느낀 건 이 모든 헛짓거리에 사회의 모든 자본이 몰려온다는 사실이다. 그녀는 기도원이 십수 년을 모은 돈, 자회사인 제약회사나 엔터테인먼트가 벌어들이는 수익 같은 건 코 묻은 돈에 불과하다는 것을 깨달았다. 방송국에는 채 다 못 쓰고 남은 돈들이 썩어 넘쳐흘렀다.

윤보영은 복잡한 머릿속을 정리할 겸 엘리베이터에 붙은 거울을 보며 화장을 손보고 옷매무새를 가다듬었다. 마지막으로 심야 홈쇼핑 패널 역이 하나 남아 있었다. 며칠 전 기도원 행사에서 안 집사가 원안대로 일을 진행했는지는 조금 더 지켜봐야 결과를 알 수 있을 것이다. 그 노인은 나이가 들면서 애초의 강단이 많이 무뎌졌다. 늙으면 눈물은 늘고 잠은 주는 법이니까. 그럴 수 있다고 생각을 하면서도 언젠가는 그 노인도 치워야겠다는 생각을 하고 있었다. 애초에 초대 원장의 뒷배로 기도원의 살림을 맡아오고 있는 존재였다. 안 집사는 형제원 원로들이나 자신, 김시오와 태생부터가 달랐다. 역지사지는 어디까지나 상상에 불과한 것이라고 그녀는 생각했다. 실제로 자신이 발 딛고 서 있는 땅을 바꾸지 않는 이상, 인간은 다른 풍경의 물리적 실체를 알 수 없었다.

초대 원장이었던 표 목사는 죽기 전 안 집사를 부탁한다고 했다. 임종을 지키던 김시오와 부원장, 윤보영, 왕진을 와 있던 강 원장과 이름도 기억 안 나는 간호사 두세 명까지, 그 많은 사람 가운데 표 목사는 윤보영을 처음으로 곁으로 불렀다.

표 목사는 루게릭 확진 판정을 받은 지 1년 만에 스스로 곡기를 끊고 침상에 누웠다. 연명 치료와 식음을 거부한 지 일주일이 다 되어가고 있었다. 그해엔 눈이 많이 내렸다. 눈과 추위 때문인지 병증의 진행 때문인지 그는 명치 아래 부분의 근육들을 전혀 움직이지 못했다. 그는 자연스러운 자살을 택했다. 그가 죽는다면 강 원장의 사망 확인을 거쳐 형제원 장으로 간소하게 장례가 진행될 예정이었다. 표 목사를 집요하게 죽이려는 마비의 징후는 이미 발성 기관까지 잠식하려고 하는지 목소리가 쉽게 나오지 않았다.

'모두 자네가 원하는 대로 하게. 우리가 이만큼 자라서 아픈 형제들을 더 많이 품을 수 있게 된 것도 다 자네 수완 덕분이지. 고맙게 생각해. 그리고 안 집사를 부탁하네. 그 친구가 자신의 의지대로 죽을 수 있게 해줘. 그 친구가 아니었다면, 나는 지금보다 훨씬 전에 하느님께 갔을 걸세. 안 집사가 내 앞에 도사리고 있던 죽을 자리들을 짚어주었으니. 자네도 나와 함께 죽음을 피한 적이 있네. 그는 우리와 다르지만, 달라서 우리들을 구원해주었네. 그게 신의 뜻이야. 상처 있는 자만 아픈 사람들을 구원할 수 있는 건 아니라네.'

윤보영은 표 목사와 함께 이 세계 위를 자유롭게 움직여 다니던 시절을 떠올려보았다. 처음 기도원에 들어와 표 목사가 전국의 부흥회를 다니며 사역을 할 때 지근거리에서 수행했던 게 그녀였다. 사람들을 모아 간증하고 기도하며 찬송을 불렀던 자그마한 공간들, 학교, 시민회관, 노인정들과 그들을 잇고 있던 수만 갈래의 길과 도시의 경계들. 윤보영은 그 어디에 죽음의 아가리가 있었고, 표 목사와 그녀가 안 집사의 도움으로 어떻게 그 아가리를 피해갔다는 것인지 알지 못했다. 그녀는 무릎을 꿇은 채로 표 목사의 입에 귀를 더 가져다댔지만, 표 목사는 가쁜 숨을 몰아쉬며 고개를 돌렸다. 허공을 내젓는 그의 팔이 눈에 보이는 것 같았지만 그의 앙상하게 마른 팔은 린넨 이불 안에서 움직이지 못했다. 강 원장이 살며시 윤보영의 어깨에 손을 얹었다. 표 목사는 그 후로도 의식이 명징하게 돌아올 때마다 임종을 지키던 형제들을 하나씩 불러 앉혔다. 그들이 각자 다른 이야기들을 들었는지, 같은 이야기를 들었는지는 알 수 없었다. 다만, 그를 기도원 묘역에 안장한 후 형제원의 법률 고문은 공증을 거친 그의 유언장을 원로회의에서 공개했다. 유언장의 내용대로 형제원 원장은 김시오가, 연구소 소장은 윤보영이 되었다. 법인 등기가 이전되었고, 주식이 여러 형제들에게 증여되었다. 망자의 부탁대로 언론에는 최소한의 보도만 허용되었다. 추모 기간 내내 그로부터 유무형의 도움을 받은 어리고 늙은 양들이 줄지어 기도원을 찾았다. 윤보영은 표 목사가 이 기도원을 세운 이유를 알고 있었다. 표 목사는 전국 곳곳에 부흥회를 다니던 시절 윤보영에게 드문드문 자신의 이야기를 털어놓곤 했다. 그것이 진실이라는 보장은 없었지만, 딱 그 정도로 허위라는 증거 또한 없었다.

표 목사가 군복무를 마치고 돌아온 고향에는 학계에 처음 보고된 전염병이 휩쓸고 지나간 폐허만 남아 있었다. 나라에서는 병명을 알지 못했으므로 처방을 내릴 수 없었고, 처방을 내릴 수 없자 마을을 격리했다. 죽은 자들과 죽어가는 자들이 섞였다. 남녀와 노소들이 제 몸을 긁으며 피투성이로 쓰러졌고, 산을 넘거나 장마철 불어난 샛강을 건너 폴리스 라인을 뚫다가 사살당하거나 익사하였다. 총을 맞지 않은 자들도 총을 맞은 자들도 모두 피를 뿜으며 최후를 맞았다. 청년 표상진에게 남은 건 자연 방역이 끝난 후, 사람들이 사라진 선산과 땅, 뼈대만 남은 집들과 생석회 가루, 계좌의 찍힌 숫자들뿐이었다.

표 목사가 세상을 뜬 후 그의 영향력은 육체가 흩어지듯 점점 옅어지고 있었다. 윤보영은 제약회사와 엔터가 제휴해서 만든 브랜드인 프로그를 본격적으로 론칭하기 전부터 홈쇼핑을 뚫고 있었다. 홈쇼핑만큼 빠른 시간에 대량의 약을 뿌릴 수 있는 채널은 없었다. 그것도 가장 우매하고 어리석은 보통의 인간들을 대상으로. 원로들 가운데 그녀의 이런 방침에 반대하는 사람들이 있었다. 그들의 입장은 대개 너무 많은 사람이 죽을 수 있지 않느냐는 것이었다. 상식적인 생각이었지만 형제원의 초심은 상식과는 거리가 멀었다. 문제는 그런 안일한 생각이 현 원장인 김시오의 입장이기도 하다는 것이었다.

그녀의 입장에서는 그 정도도 너무나 부족했고 다급했다. 죽기 전에 죽여야 할 것들의 끝이 보이지 않았다. 날은 저물어 가는데 갈 길은 아직 멀었다. 남편이 죽어가던 순간 아무것도 하지 않았던 게으르고 보잘 것 없는 자들이 아직도 저 세상 밖에서 편안하게 살고 있다는 것을 그녀는 매순간 치 떨리게 견딜 수 없었다. 그 하찮은 자들은 짝짓기를 통해 자신들같이 무심하고 나약한 양들을 또 낳을 것이다. 그 새끼 양들은 또다시 양들을 낳을 것이며 온 세상은 그런 양 떼로 가득찰 것이고 그 양들의 세상이 바로 지옥일 것이었다.

로비에서 출입증을 반납하고 전화를 걸었다. 투피스 바지 정장에 실크 스카프를 한 그녀는 언뜻 보기에 금융 관련 회사에 다니는 직원처럼 보였다. 가죽 포켓에 담긴 태블릿을 한쪽에 끼고 버버리백을 들었지만 힐이 아닌 로퍼를 신었다. 창백할 만큼 흰 그녀의 얼굴은 많은 새치와 맞물려 언밸런스한 매력을 발휘하고 있었다.

출입증을 건네받은, 유달리 배만 불쑥 솟은 초로의 경비원이 힐끔거리는 걸 느끼며 그녀는 귀에 전화기를 대고 로비에 있는 팝업 커피숍으로 갔다. 오늘의 커피를 주문하면서도 신호에 계속 귀를 기울였지만, 상대는 아직 그 신호에 응하지 않고 있었다. 윤보영의 주문을 들으면서 캐셔 여직원은 매대 아래쪽에 기대 놓은 태블릿으로 지난 주 녹화했던 홈쇼핑을 보는 중이었다.

"내려놓은 게 시간이 좀 지났는데요, 손님. 새로 내려드리면 5분 정도 시간이 걸리는 데 괜찮으시겠어요?"

슬쩍슬쩍 아래쪽으로 시선을 돌리면서도 여직원은 능숙하게 고객을 응대했다. 훈련이 잘되어 있었다. 윤보영은 캐셔 등 뒤의 시계를 슬쩍 보았다. 입간판에 안내되어 있는 내용이 정확하다면 이미 매장을 정리해야 할 시간이었다.

"그냥 남아 있는 걸로 주세요."

"네, 알겠습니다."

그녀는 자신의 의중을 파악한 손님에 대해 친절함을 듬뿍 담아 환하게 웃으며 돌아섰다. 엔터 쪽 직원이 먼저 나와 소속 여자 연예인을 통해 홍보에 열을 올리는 중이었다. 트레이닝복을 입은 여자는 낯이 익었지만 어느 드라마에 출연했는지는 기억나지 않았다. 진주하를 이을 정도의 연예인이 나오려면 시간이 꽤 필요할 것이다. 이마에 맺히는 땀까지 연출되었을 그녀는 자전거를 타며, 스텝 기구를 밟으며 약을 한 알씩 먹는 시늉을 했다.

진주하 건은 예상하지 못한 돌발 사태였다. 그녀가 그 약을 그렇게 많이 복용할 줄은 엔터에서도 파악하지 못하고 있었다. 소속사 입장으로만 본다면 괜찮은 캐시카우 여배우를 잃어 안타깝지만, 세상 사람들에게 운동과 식단 조절만으로 쉽게 살을 뺄 수 있다는 허황된 꿈을 품게 한 건 그만한 죄가 될 것이라고 생각하기로 했다. 사회에 대해 입바른 소리를 하는 것과는 별개로 분기별 보고서 내용에 따르면 진주하는 체중 감량에 꽤나 애를 먹었다. 먹는 것을 좋아하나 체중은 줄이고 싶은 그 흔하디 흔한 양가감정 때문에 그녀는 약에 손을 댔고, 그나마 복용량마저도 지키지 못해 결국 세상을 떠났다. 한동안 떠들썩했으나 언론에서도 더 깊이 파고 들어오는 눈치는 아니었다. 프로포폴이나 약물 중독으로 인한 자살 같은 거야 연예인들에게 흔한 일이었다. 악플과 스토킹에 시달리다 죽는 여자 연예인은 손에 다 꼽지 못할 정도로 많았다. 그들은 자신들의 노력에 비해 과한 사랑과 돈을 얻으면서도 몇몇의 욕설을 견디지 못할 정도로 나약한 인간들이었다. 다행히 회사에 대한 대중의 관심도도 급격히 멀어졌다. 남자 아이돌의 음주운전 뺑소니가 터진 게 큰 도움이 되었다. 방송 전 분야에서 마초인 척 거들먹거리던 코흘리개 20대 사내놈은 비 맞은 들개처럼 끌려다니며 포토라인과 연예 프로그램에서 조리돌림 당하고 있었다. 예전 딸아이와 남편이 세상을 떠났을 때처럼 수많은 사건과 사고가 세계의 끝으로 밀려와 쌓이고 무너졌다. 경찰에서 비공개로 원인을 캐고 있을 가능성까지 배제하기는 어려웠다. 아직 법무팀에서 별다른 보고가 올라오진 않고 있었다. 하긴 김시오에게 직접 보고하는 조직이라 연구소에 보고를 올릴 이유는 없었으니 그녀 입장에서는 그건이 잘 덮인 건지 100퍼센트 확신할 수 없었다. 아주 작은 불씨처럼 그녀의 전두엽에 불안의 전기신호들이 반짝이기 시작했다.

"그거 사 먹지 말아요."

"네?"

뜨거운 커피를 그런데 사이즈 컵에 담아 내주던 여직원은 영문을 몰라 되물었다.

"그쪽이 친절해서 내가 선물 하나 주는 거예요. 저런 약 먹지 마요. 흘려듣지 말고, 내가 내과의라서 하는 말입니다."

"아, 맞다. 거기 프로틴에 나오시는 의사분이시죠? 저도 그거 자주 봐요."

머리를 단정하게 말아 망에 넣고 사이렌 로고가 박힌 모자를 쓴 캐셔가 환하게 웃으며 윤보영을 아는 척하며 말했다. 조금 더 자세히 보니 여직원은 피로에 젖어 있었지만 눈이 맑았다. 간과 폐가 깨끗해 보였다. 윤보영이 아직 이 세계와 인간을 사랑하고 있었던 무렵처럼.

"아가씨가 건강해 보여서 하는 말이니까 꼭 새겨들어요. 그 홈쇼핑 꺼요. 그리고 다시는 관심도 두지 말고 살아가요. 지금까지 해오던 대로. 보기 좋아요 지금도."

윤보영은 커피를 한 모금 마시며 말했다. 지금까지 해오던 대로라. 그녀는 그 말이 마치 자신에게 하는 말처럼 느껴졌다. 캐셔는 상황에 어울리지 않는 손님의 조언에 어떤 반응을 해야 할지 갈피를 잡지 못했다.

어리둥절한 캐셔를 내버려두고 윤보영은 용무가 끝났다는 듯이 무심하게 돌아섰다. 뜨겁고 묵직한 커피의 쌉쌀한 신맛이

식도 아래를 타고 내려갔다.

로비의 회전문을 나서서 옆 빌딩까지 이어진 보도블록으로 발을 내딛기 시작했을 때, 안 집사 번호로 진동이 울렸다. 브랜드별 대형 패널들이 뿜내는 눈부신 빛들이 허공에서 폭포수처럼 쏟아져 내리고 있었다. 어둠이 침범하지 못하는 이런 곳에는 죄가 숨어들 틈이 없을 것이었다. 언뜻 눈앞에 보이는 CCTV만도 수십 개에 달했다. 최첨단 아르고스의 눈알들이 죄의 낌새와 흔적을 샅샅이 잡아낼 것이었다. 빛이 있는 곳에서 죄는 숨을 곳이 없으리라. 윤보영은 표 목사가 빈민가에 가로등 설치 캠페인을 벌이던 모습이 떠올랐다. 그와 그녀가 함께 두르고 있던 어깨띠에 적혀 있던 문장. 빛이 있는 곳에서 죄는 숨을 곳이 없으리라.

"안 그래도 소장님께 전화를 드리려고 했습니다. 원장님은 통화가 안 되고 있어서요."

"무슨 일로? 전 그제 있었던 기도원 행사가 잘 마무리되었나 싶어서 전화를 드린 거였어요."

"그보다 진주하 건으로 압수수색이 들어왔다고 합니다. 엔터 쪽으로요."

윤보영은 걸음을 우뚝 멈추었다. 관성처럼 그녀를 뒤따르던 행인들은 도시에서는 흔한 일이라는 듯, 자연스럽게 두셋씩 갈라져 그녀 옆을 지나갔다.

"법무팀에선 뭐라고 하던가요. 검경 쪽에서 별다른 움직임이 없다고 하지 않았나요."

"워낙 갑작스럽게 들어온 거라, 그쪽도 대비를 못 했다고 합니다. 지금 변호사들이 붙어서 영장 집행을 저지하려고 애를 쓰고는 있나 봅니다."

"그쪽에서도 다 오픈하고 덤비는 건가요. 약 얘기로 번지면 패닉이 올 텐데요."

"잘 모르겠습니다. 지금 법무팀 팀장과 원로회 멤버들 긴급 소집 중에 있습니다. 원장님 연락이 안 되는 게 가장 시급한 문젭니다."

"네, 일단 방송 마치고 저도 들어가죠. 그날 풀었던 양은 정확히 얼마나 됩니까."

"재고의 10퍼센트 정도입니다. 보통 때에 비해 스무 배나 높여서 푼 거라서, 이게 진주하 건이랑 엮이면 쉽지 않을 듯 보입니다. 백신을 뿌릴까요?"

"아닙니다, 아니에요. 아직 아무것도 결정하지 마시고 행사 참석했던 인사들 명단만 갖고 있기로 하죠. 우선 기도원 진입로부터 봉쇄하시고요. 혹시나 영장 떨어지더라도 집행 막으세요. 동원할 수 있는 신도들 다 부르시고."

전화를 끊고 윤보영은 연락처 목록에서 김시오를 찾았다. 버튼을 눌러 신호를 보냈지만 긴 통화음은 스스로 끊어질 때까지 상대를 불러내지 못하고 있었다. 갑작스럽게 문자 알림이 울려 그녀는 휴대폰을 떨어뜨릴 뻔했다.

'거의 도착하신 거죠?'

홈쇼핑 채널의 막내 작가였다. 답 메시지를 보내기보다 걸음을 조금 더 서두르는 게 나을 거라는 생각에 휴대폰 화면을 껐다. 그 순간 대형 전광판의 빛이 더욱 환하게 빛나기 시작했다. 교차로에서 신호를 기다리던 행인들도 월식이 시작되기라도 한 것처럼 턱을 들어 브레이킹 뉴스를 쳐다보고 있었다. 차량들은 별다른 관심을 보이지 않고 신호에 따라 꼬리를 물고 미디어 시티 구역을 빠져나갔다. 낯익은 건물의 전경을 자료화면으로 깔고 화면 아래쪽으로 붉은 띠 바탕에 흰 글씨가 점멸하면서 지나가고 있었다.

오늘 오후 업계 3위권의 F&B 엔터테인먼트 본사 전격 압수수색. 소속 연예인 J양 마약 복용 혐의.

금붕어처럼 입을 벙긋거리는 기자가 표정만으로도 다급함을 알릴 수 있다는 듯이 소리 없는 기사를 송고하고 있었다. 방송사 2층으로 올라가는 에스컬레이터에 올라타서 윤보영은 급하게 포털 사이트 창을 열었다. 검색어 순위에는 아직 올라가지 않은 상태였다. 한 달에 한 건 정도씩 터뜨릴 생각이었다. 살짝살짝 맛만 보여주다가 한꺼번에 크게 터뜨릴 예정이었다. 원로회에서도 그렇게 결론을 맺었다. 마지막 회의에서 격론이 이어졌다. 그녀는 에스컬레이터 계단이 차례차례 빨려 들어가는 부분을 노려보다가 안전하게 대리석 바닥에 발을 내딛었다.

"시간 다 됐어요, 선생님. 어서 오세요."

인이어를 끼고 큐시트를 말아 쥔 조연출이 작가 대신 2층 스튜디오 로비에 마중 나와 있었다. 윤보영은 익숙한 길을 따라 간단한 메이크업을 위해 분장실로 들어가 거울 앞에 앉았다. 그러는 사이에도 그녀는 휴대폰 화면을 띄운 채 계속 새로고침을 눌렀다.

"뭐 급하게 보셔야 할 기사라도 있나 봐요."

머리에 핀을 여러 개 꼽은 채널의 전속 미용사가 파운데이션 퍼프를 윤보영의 이마에 두드리며 말을 걸었다. 아마도 그녀에게는 오늘의 마지막 고객일 것이었다. 건조한 실내 공기 때문에 미용사는 뺨의 파운데이션이 거의 일어나 있었다. 입술이 부르튼 것을 진한 와인색의 루즈로 가렸지만, 하루의 피곤함이 풍만한 상체를 잔뜩 짓누르고 있는 모양이었다. 그녀도 딱히 윤보영에게 관심이 많은 것은 아니었던지 이내 메이크업에 속도를 내느라 거울 속 어딘가 먼 곳을 응시하고 있었다. 브러시가 지나간 곳마다 윤보영의 얼굴에 음영이 생겨났다. 환하게 밝혀진 백열전구로 둘러싸인 거울은 이상하리만치 아늑하고 편안해 보였다. 눈앞의 거울 속이라면 이제 그만 몸을 뉘일 수 있을 거라는 착각에 빠질 듯했다. 윤보영은 약에 취한 듯 몽롱해짐을 느꼈다. 주변 소음이 잦아들며 일순 그녀의 귓속에 들어본 적 없는 고요가 꽉 들어찼다.

'모두들 이제 그만 결정을 해야 합니다. 밤도 늦었고.'

간접 조명만으로 실내를 밝힌 원장실은 아늑하고 포근했다. 테이블에 둘러앉은 인물들은 저마다 심리적으로 안정된 상태를 유지하고 있었다. 실제 거리로는 손을 뻗으면 닿을 사이였지만, 서로의 목소리와 시야는 어딘가 먼 해안선을 바라보는 것처럼 멀고 아득했다. 빛은 공간의 형태와 사람들의 마음까지도 쉽게 변형시켰다. 주인 없는 원장의 집무 테이블 위에 있는 메트로놈의 규칙적인 똑딱거림이 없었다면 여기 모인 모두가 밀랍 인형처럼 보일 거라고 윤보영은 생각하고 있었다. 두 시간에 걸친 정기 부흥회를 집전하고 온 부원장의 목소리는 핏기가 서려 있어서 갈라진 마디마다 비린 기운이 묻어났다.

'저는 그만두겠다고 이전에도 말씀드린 바 있습니다. 제 지분은 남겨두겠습니다. 기증이랄 것도 없지요. 제가 받은 은혜에 비하면 보잘것없습니다. 다만 여기 생활에 지쳤다고 할까요. 처음 한두 번에서 오는 희열도 이제는 많이 사라졌습니다. 아내와 딸이 죽은 지도 벌써 15년이 지났고요. 술 취해 역주행을 했던 그자도 진즉에 죽었지요. 복수는 모두 여기 형제원 덕분입니다. 그자가 아직까지 살아 돌아다녔다면 제가 어찌 제정신으로 살 수 있었겠습니까. 형제원을 설립하고, 신약을 개발하는 데 전 재산을 투자한 것을 후회하지는 않습니다. 그 약으로 어쨌든 전 복수를 했습니다. 집행유예로 기어 나와 또다시 술에 취해 운전을 하던 그자를 터뜨려 죽일 수 있었죠. 처음엔 그자를 낳은 그 부모까지 터뜨리고 싶었습니다. 그런 자를 세상에 나오게 했으니 당연하다고 생각했습니다. 그자의 부모는 시종 변호사만 줄기차게 보내 합의를 요구했었죠. 돈은 얼마든지 주겠다고. 딸아이와 아내의 유골함이 채 식지도 않았을 그때에 말입니다. 그런데 이제 나이도 들고 그만하려고 합니다. 사람을 죽이기 위해서 형제원에 들어와 성경을 공부하고 농사를 짓는 흉내를 냈습니다. 때 되면 이웃이라고 불리는 불한당들에게 음식과 돈도 베풀었죠. 신기하게도 흉내를 내다보니 마음속에 진짜가 만들어지더군요. 제 생각을 강요하고 싶은 생각은 없습니다. 시간이 흐르니 둥글게 눈이 뭉쳐지듯 그런 마음이 만들어져서 이제는 더 이상 굴릴 수 없을 정도로 커졌을 뿐입니다. 어쩌면 그런 눈뭉치 따위는 애당초 만들지 말았어야 했는지도 모르겠습니다.'

돋보기를 벗어 테이블에 올리고 눈을 문지르는 팔순이 가까운 사내는 지쳐 보였다. 정수리의 머리털이 어느덧 눈이 내린 듯 하얗게 새어 있었다. 큰 상처를 입고 무리에서 내쳐진 사자 같은 모습으로 그는 마른 울음을 울고 있었다. 그는 연신 짓무를 대로 짓무른 자신의 눈을 손가락으로 비벼댔다. 자신이 저지른 일의 무서움을 알아챈 오이디푸스가 제 눈을 후벼 파는 모습처럼.

'다른 분들도 같은 생각이신지요?'

어둠 속 위원들의 테이블 뒤쪽에서 불쑥 나타난 안 집사가 말했다. 참석자 가운데 아무도 대꾸하지 않자 그의 질문은 깊은 침묵 속으로 가라앉았다. 침묵도 여러 사람의 것이 더 깊고 무겁다는 것을 윤보영은 새삼 깨닫고 있었다. 이대로 있으면 모두가 이 침묵과 함께 심연으로 가라앉아 죽음을 맞이하고 말 것이라고 그녀는 생각했다. 저들 하나하나의 생각을 물을 필요는 없었다. 어쩌면 저들은 부원장과 같은 생각인지 아닌지조차 판단할 수 없을 만큼 퇴행했을지도 몰랐다. 개인의 판단 없이 한 몸처럼 살아온 세월이 십수 년이었다.

'시간이 얼마나 남아 있죠?'

여성 위원 한 명이 조명 속으로 얼굴을 내밀며 끊어졌던 말의 고리를 이었다. 그녀도 이제 칠순을 바라보고 있었다. 최초 형제원 설립 당시 가장 많은 돈을 투자했던 사람이었다. 초대 원장이 가진 이 부지에 기간 시설들을 건립할 수 있었던 건 그녀 김경숙의 재력 덕분이었다. 그녀는 사고 보험금으로 받은 네 식구의 돈을 망설임 없이 여기에 쏟았다. 무엇보다 그녀의 사회적 지위가 토지의 용도 변경과 종교법인 설립에 큰 도움을 주었다. 그녀는 고등법원 판사 출신이었고 사고 당시 대형 로펌 소속 변호사였다. 판사 시절 내린 판결이 그녀를 수렁으로 떨어뜨렸다. 법에 없는 죄를 더 물을 수는 없다. 사형은 폐지되어야 하며, 죄에 대한 벌은 돌이킬 수 없다는 것을 염두에 두고 신중에 또 신중을 기해야 한다고 그녀는 평생을 믿었다. 그녀는 자신이 집행유예를 선고했던 10대 소년에게 남편과 친정어머니, 두 자녀를 잃었다. 그녀가 풀어준 놈이 시녀를 끼었고 집에 불을 질렀다.

세상은 그녀의 비극을 다룬 기사를 따라다니며 조롱을 퍼부었다. 그녀는 세상을 향한 법적 대응의 의지를 잃었다. 그때 가족들을 태우던 화장터의 불꽃 속에서 그녀는 과거의 자신도 함께 태웠다. 그때 그놈을 징역이라도 살렸더라면, 법이 허용하는 한 계치에서 괴롭히기라도 했다면. 후회가 성난 갈치처럼 제 꼬리를 물고 맴돌았다. 자신이 가족들을 죽였다고 그녀는 믿었다. 부모도 버린 새끼를 애써 돌봐준 조부에게 칼을 휘두른 놈이, 다른 인간도 해칠 가능성이 클 것이라는 예상쯤은 했어야 했다. 중환자실에서 죽어가면서도 제 손자의 선처를 원하는 탄원을 넣었던 조부나, 김경숙 그녀나 어리석기는 마찬가지였다.

'저는 아직입니다. 이 나이를 먹어서도 참을 수가 없군요. 이젠 제가 무슨 마음을 먹든, 어떤 행동을 하든 세상 법에 어긋나는 인간이 되어버렸습니다. 어쩔 수 없지요. 제가 선택한 거니. 세상은 더 정화가 되어야 해요. 죄가 있으면 벌이 있어야 하죠. 계속 약을 풀어 항상 두려워하게 해야 합니다. 공포와 두려움만이 인간 같지 않은 자들이 그나마 덜 날뛰게 할 수 있는 길이에요. 우리의 목표를 잊지 말아야 합니다. 저는 오만했던 저의 죄를 씻을 예정입니다. 죽을 때까지.'

'그래도 너무 서두르게 되면 세상의 표적이 될 수도 있습니다.'

안 집사가 한 걸음 더 테이블 쪽으로 나와 말을 이었다. 짙은 회색 상하의로 되어 있는 기도원 수도복 때문에 안 집사는 마치 얼굴만 공중에 희미하게 떠 있는 모양새로 홀로그램 같은 느낌을 풍겼다. 그는 자신에게서 떠나간 신의 의지와 목소리를 다시 찾고 싶었다. 어떻게 해야 할지, 어디로 가야 할지, 이 세상을 떠돌아다니던 그때처럼 계시를 내려주기를 바라고 또 바랐다. 수십 년 전 지방 도시 터미널에서 노숙을 하던 그에게 군용 건빵과 1,000원짜리 지폐 두 장을 쥐어 주었던 청년 표상진을 본 순간 떠올랐던 계시. 그를 붙들고 신세 한탄을 늘어놓으며 되도록 그의 발길을 오래 잡아두고 싶었던 그 욕구. 몇 시간 사이 길과 마을들이 방역을 위해 봉쇄되었고, 방역복을 입은 군인들이 트럭을 타고 몰려들었던, 죽은피처럼 검붉었던 일몰의 시간.

나머지 세 명의 원로위원은 어둠 속에서 자신들이 하고 싶은 말을 찬찬히 입속에 굴리고 있는 중이었다. 안 집사는 표 목사의 유언이 떠올랐지만, 죽음에 다다른 인간의 뇌가 보내는 말을 신뢰하고 싶지 않았다. 표 목사는 심장과 폐가 굳어가면서도 기도원의 초심을 지켜달라고 당부했다.

'우리는 조금 천천히 하더라도 계속 갑니다.'

김경숙은 단호한 어투로 말을 끝맺었다. 병약한 노인의 목소리는 느릿하지만 그만큼 단호한 데가 있었다. 날카로움은 잃었으나 무게와 두께가 거대해진 무쇠언월도와 같았다. 베는 것보다 때려 부수는 칼.

'나머지 직원들이나 기도원 사람들에게는 어떻게 전할까요.'

안 집사는 어느새 지시를 따르는 자신의 원래 직책에 맞는 발언을 하고 있었다.

'그들로서도 모르고 있는 편이 더 좋을 듯합니다. 저도 기도원을 떠날 생각은 없습니다.'

부원장은 몸을 젖히고 어둠 속으로 몸을 피했다. 어둠이 밀물 때의 바닷물처럼 그를 덮었다.

'어차피 안정성이 큰 약은 아닙니다. 아시겠지만 완성 단계가 아직 아니라서. 열에 서너 건은 실패하기 마련이지요. 또 유전적 체질에 따라 듣지 않는 경우도 있습니다. 뭐 물론 양을 충분히 투입하면 반드시 반응하기는 합니다. 어쨌든 이번 행사에 10퍼센트 정도의 분량으로 섞어서 풀겠습니다. 먹는 자와 먹지 않는 자를 우리가 선택하는 것은 아니지요. 우리의 가족들이 자신들의 선택으로 세상을 등진 것이 아니듯이. 칼에는 눈이 없다고들 하지 않습니까.'

윤보영은 연구소 소장 자격으로 회의에 참석해 발언을 이어 받았다.

'한데 원장님은 아직이십니까?'

안 집사는 시내산에서 모세에게 내려졌던 계시가 자신에게도 떨어지기를, 애굽에서 노예처럼 살던 히브리의 아이들을 살릴 방도를 알려주셨듯, 살릴 자들과 죽일 자들을 선별할 수 있기를 바라고 바랐다. 신은 아무런 대답이 없었다.

'안 집사님?'

그는 윤보영의 물음이 자신을 향하는지를 몰라서 당황했다. 어쩌면 그녀가 자신의 속을 들여다보고 있는 것만 같아 애써 모른 척하고 있는지도.

'네, 지금 개인적인 전도와 심판을 계속하고 계십니다.'

안 집사가 답했다.

'그런데 우리의 끝은 어떻게 되는 겁니까.'

윤보영은 자신의 어깨를 두드리며 황급히 부르는 미용사의 목소리에 정신을 차렸다.

'우리의 끝은 어떻게 되는 겁니까. 우리의 시작처럼 우리가 선택할 수 있는 겁니까.'

어둠 속에서 어느 위원이 독백하듯 읊조린 문장이 거울에 새겨져 있는 듯했다.

"곧 생방 들어갑니다. 스탠바이 부탁드려요."

분장실 문을 열고 조연출이 누구에겐지 모를 방향을 바라보고 외치고는 다시 나갔다. 윤보영은 심장이 두근거리는 것이 느껴졌다. 끝이라. 그것도 우리의 끝이라. 윤보영은 수년 전 다짐했던 말을 중얼거리며 세트장으로 천천히 발걸음을 옮겼다.

'우리의 끝이 아니라 이제 너희들의 끝을 보여줄 것이다. 상처 없는 자가 없는, 모두가 상처투성이인 정의로운 세상을 만들 것이다.'

김 순경과 최 과장

김 순경은 박 형사에게 간단히 문자를 남기고 바로 시동을 걸었다. 택시를 타면 박 형사는 다음 일정을 충분히 소화할 수 있을 것이다. 출장을 달고 나온 거라 교통비도 사후 정산될 것이다. 한창 이야기가 진행되고 있을 교장실에 다시 들어가 박 형사의 흐름을 끊고 싶지는 않았다.

"지금 탐문 중입니다. 학폭 가해자 사건 관련해서 참고인들 만나보고 있습니다."

상대의 목소리를 듣지 않고, 교장실을 나서자마자 김 순경은 보고를 시작했다.

"어 지금, 야 이씨 거기 막아. 막으라고. 잠깐만 이것 좀 받아 봐. 일단 들어오라고 전해."

"여보세요, 여보세요?"

"나, 강력 3반에 강경민이야. 반장님이 전화기 넘기고 가시네."

김 순경은 강력 3반 멤버들의 얼굴들과 수화기 너머의 목소리를 순식간에 매치시켰다. 목소리의 주인은 자신보다 두세 살 많은 강 경사였다. 유도선수 무제한급 출신에, 잡히면 조폭이든 연쇄살인마 사이코패스든 죄다 넘겨버린다는 다혈질의 형사. 그는 건너 건너서 들은 소문과 정보들을 엮었다. 물론 그 정보들은 대개의 것들이 그렇듯 거짓과 사실이 뒤섞인 반죽 덩어리였다. 직접 대면하여 술 한잔 나눈 적이 없었으나 사무실 멀리서 수시로 고함을 치는 모습은 기억에 선명했다. 강 경사의 호통은 영역 다툼으로 피투성이가 된 수컷 바다코끼리가 번식기에 지르는 소리 같았다. 피의자들은 그에게 물리적으로 맞은 적이 없이도 스스로 무너져내리며 비명을 지르곤 했다.

"김 순경?"

"네."

"빨리 마무리 짓고 복귀하라셔. 어젠가 그제 서장실 배 경장 만난 적 있다면서?"

김 순경의 머릿속 뉴런들이 빛의 속도로 사건들의 전후 맥락들을 정리하기 시작했다. 시냅스에서 고압의 전기들이 튀는 느낌에 눈이 번쩍거렸다. 배 경사, 두통약, 바롬형제원. 조각난 기억들이 이합집산을 거듭하며 자신의 패를 들고 짝이 맞는 퍼즐들을 찾고 있었다.

"그렇습니다만."

"일단 들어와서 진술 좀 해줘야겠어. 김 순경 참고인이야, 지금."

"네? 참고인이요? 저 그런데 강 경사님, 무슨 일인지는 좀."

"반장님이 아무 말씀도 안 하시고 바꿔준 거야? 배 경장이 터졌어."

내비게이션은 박 형사와 이 도시로 들어왔던 길과는 또 다른 길로 차를 이끌고 있었다. 가는 길과 오는 길의 최적의 경로가 다르다는 점이 김 순경은 쉽게 납득되지 않았다. 반대 방향의 버스정류장은 길 건너편에 있어야 하는 게 아닌가. 명제가 진실이라고 해서 그 역도 진실인 건 아니라는 것인가. 그는 눈앞에 보이는 도로 상황이나 신호의 점멸, 옆 뒤 차량의 주행 따위들이 미묘하게 신경에 거슬렸다. 구식 관용차에 달려 있는 구형 내비게이션은 실시간 교통 상황 같은 건 반영되지 않았다. 갈 때와 올 때라. 김 순경은 야음을 틈타 달려드는 척후병들 같은 잡생각을 흩어버리려고 애썼다.

출근 시간 정체가 풀리기 시작했는지 차량의 흐름은 시를 빠져나가는 톨게이트에 진입할 때까지 무난했다. 나지막한 야산을 깎아 만든 톨게이트 진입로는 차량들의 운동에너지를 빼기 위해 오르막을 따라 반원을 그리며 외곽순환도로로 진입하게 되어 있었다. 고속도로는 북쪽으로는 수도권으로 동서로는 강원도와 인천까지, 남쪽으로는 서해안 고속도로까지 이어졌다.

서해의 수평선과 맞물려 공단은 시계에서 아득한 거리에 있었다. 공단의 굴뚝들과 경사지붕들이 톱니 같은 스카이라인을 연출했고, 그 이빨 사이사이는 배출가스로 범벅이 되어 뿌옇게 흐려져 있었다. 냄새 분자는 그의 차를 끈질기게 따라붙다가 어느 순간엔가 자신의 본진으로 복귀한 모양이었다. 냄새의 강도도 거리의 제곱에 반비례하는 건가, 그는 뜬금없이 만유인력의 법칙이 떠올랐다. 주입식 교육은 중력보다 질긴 놈인 모양이었다.

김 순경은 도로공사 출장소 건물 쪽 갓길로 차를 붙였다. 창문을 반쯤 내리고 비상등을 눌렀다. 메트로놈 같은 소음이 똑딱거리며 차량 안을 채웠다. 그는 차문을 열고 나와 담배를 물고 불을 붙였다.

'어른들과 다니면 아무래도 담배나 술에 대해서 사소한 예의를 잘 지켜야 할 거야.'

최 과장의 여러 팁 중 하나를 지키느라 박 형사와 다닐 때는 담배를 되도록 삼갔다. 시험을 통과한 이후 흡연에 대한 욕구가 급격히 줄었지만, 글로브박스에는 늘 두세 갑 정도 비치해두고 있었다. 갑작스럽게 찾는 선참들도 있었고, 참고인이나 용의자들과 대화할 때에도 여전히 쓸모가 많았다. 흡연율이 줄어드는 건 밝은 세상에 사는 사람들 이야기였다. 어쨌거나 금연은 삶에 대한 욕구였다.

톨게이트 지하계단 쪽으로 한 무리의 수납원들이 교대를 하고 있는 것이 보였다. 관리 직원인 듯한 남자가 거대한 전광판을 지붕에 인 순찰 픽업트럭을 몰고 비탈을 내려오다가 김 순경 쪽을 바라보았다. 주정차 위반 지역인가 싶어 슬쩍 쳐다보았지만 차량의 흐름을 보려고 했던 것인지 그는 별다른 표시 없이 속도를 높여 커브를 틀어 고속도로로 진입했다. 김 순경은 손을 뻗어 차량의 키를 아예 오프로 돌렸다. 숨이 가쁘던 차량이 일순 잠잠한 고철 덩어리로 변했다. 그는 뿌연 하늘을 머리에 인 공단 지역을 바라보며 담배를 깊게 빨아들였다.

배 경장이 터졌다는 것과 비서실 의경 외에 그가 마지막으로 대화를 나눴다는 것이 강 경사의 전언이었고 그건 사실이었다. 김 순경은 가급적 가장 먼 사건과 사건을 연결시키기 위해 노력했다. 배 경장과의 실랑이 순간을 최대한 느릿하게 몇 번이나 재연시켜보았지만 알 수가 없었다. 며칠 사이 기억 속 사실 관계의 상당 부분이 오염된 모양이었다. 뭘까. 그녀는 왜 터졌을까. 박 형사라면 무언가를 잡아낼 수 있을 것이다. 김 순경은 담배를 밟아 불씨를 완전히 끄고 이끼가 잔뜩 낀 배수로 안으로 던졌다. 초짜가 보기에도 상황은 더 이상 축소하거나 감출 수 없는 상황까지 와 있었다. 현직 경찰이 서 내에서 터졌다. 숙소에 밤새 죽치고 있는 출입기자들만 해도 십수 명은 될 터였다. 정제되지 않은 이야기가 이대로 세상에 새 나간다면 남은 건 패닉뿐이다.

김 순경은 시동을 걸고 차를 일으켜 세워 톨게이트를 빠져나왔다. 외곽도로를 타고 수 킬로미터의 터널 네 개와 인구 70~80만 규모의 시 세 곳을 가로지르고 나서야 관내 인터체인지로 진입할 수 있었다. 지루하고도 먼 길이었다. 내연기관을 탑재한 차량이 없었다면 세 개의 시는 보부상이나 발령받은 지방 관리들 정도가 평생 오갔을 거리였다. 시간은 감각을 속이는 것일 뿐 소요 시간이 얼마 걸리지 않는다고 하여 가까운 거리는 아니었다.

등속운동을 멈추고 차량은 서서히 감속 모드로 들어섰다. 길은 세부 방향을 향해 하나씩 가지를 치며 좁아졌다. 차선을 제때 바꾸지 않으면 다른 시로 나가는 간선도로를 다시 타게 되어 경력자들도 성가셔하는 구간이었다. 그는 평지의 시 진입로로 완전히 내려서기 한참 전부터 좌측 방향 지시등을 켠 채로 조금씩 차선을 물었다. 시의 랜드마크인 신축 아파트 다섯 동이 위용을 자랑하며 긴 그림자를 드리우고 있었다. 여기서 2, 3차선을 잡고 그대로 중앙의 편도 4차선 도로만 타고 진행하면 곧 바로서 내 주차장으로 갈 것이었다. 전화벨이 울렸다. 김 순경은 핸드프리 버튼을 누르고 늘어져 있던 이어폰을 찾아 귀에 끼웠다.

"네, 경위님. 일은 다 끝나셨습니까."

"이제 나도 이동하려고 택시 불러놓고 기다리는 중이야. 문자 내용 설명 좀 해봐, 무슨 일이야."

"그게, 배 경장이 터졌답니다."

"배 누구?"

"서장실 배 경장 말입니다."

예상했던 대로 박 형사는 다음 말을 잇지 못했다. 어쩌면 김 순경보다는 박 형사의 충격이 더 컸을 것이 분명했다. 박 형사는 배 경장의 임용과 결혼, 출산휴가를 모두 근거리에서 지켜보았다. 그가 은주의 일을 감당할 무렵이라 첫째 아이의 돌잔치에는 참석할 수 없었지만, 가까운 지인의 범위에 들어가 있던 동료였다. 삼촌뻘 정도가 될 박 형사와 민원실 자판기 앞에서 웃으면 담소를 나누는 그녀의 모습을 김 순경도 곧잘 목격했다. 고함 한 번 없이, 서로 깍듯이 예의를 차린 실랑이 끝에 두통약을 그의 상의 주머니에 넣어주던 그녀의 모습이 다시 떠올랐다. 두통약. 그는 희미하게 아주 먼 곳의 단서들이 보내오는 신호가 전두엽으로 집결하는 것을 느낄 수 있었다.

"박 경위님? 괜찮으세요?"

멀리 사거리의 신호가 주황으로 바뀌자 김 순경은 브레이크를 밟으며 박 형사의 의식을 깨웠다.

"어, 어. 그래 괜찮아. 그런 일이. 저기 말야, 김 순경, 들어가면 다른 사람들한테 얘기하지 말고, 먼저 배 경장 무슨 다이어트약 같은 거 먹은 게 있나 좀 알아봐."

"네?"

"다이어트약. 보니까, 카페 여자나 진주하, 학폭 가해 여자애들 모두 다이어트약을 먹고 있었어. 연결된 선이 그거밖에는 없어. 그 부분을 파봐."

"네, 알겠습니다."

김 순경은 박 형사가 신호를 끊는 것을 듣고 이어폰을 뺐다.

조수석에 바롬형제원에서 받아온 약통이 보였다. 식사 대용, 체중 감량. 박 형사가 맞아. 개구리 알, 개구리 알이 이거였어! 배경장도 틀림없이 저 약들을 받았을 것이다. 그는 기도원 행사를 다녀오던 길이 생각났다. 그때 김 순경은 이 패키지에 있던 팩 포장을 하나 뜯었다. 박 형사의 전화가 있었고, 그는 자신의 입으로 온전히 들어가지 못하던 알갱이들이 떠올랐다. 한 포가 입속으로 다 들어간 건 확실히 아니었다. 차량 바닥에 쏟아진 게 태반이었으니까. 서에 도착해서 매트를 털어대던 기억이 선명했다. 혀 밑으로 쓴 맛의 침이 고여 들었다. 그 사이 진행 신호가 들어와 있었다. 차량들이 꼬리를 잡히지 않으려는 듯 북쪽으로 속도를 내기 시작했다. 가속의 흐름이 차까지 도달하기 직전, 김 순경은 차장 밖으로 한껏 가래를 끓어 올려 침과 함께 뱉었다. 마치 그 가래침 속에 그 약의 성분을 다 담아 버리는 것처럼 되도록 멀리 날아가도록 턱 끝에 반동까지 주면서.

"차 키는 넘겨줬어?"

최 과장은 짧은 말을 허공에 던져두고 한동안 손수 물을 끓여 차를 우리는 데 공을 들였다. 승진 선물로 받은 다기를 뜨거운 물로 덥히고 첫 번째 우린 녹차 물은 개수대에 버렸다. 열 평 남짓한 과장실에 녹차 향이 은은하게 번졌다.

높은 사람들은 왜 커피가 아니라 차에 빠지는 지 김 순경은 아직 알 수 없었다. 그들이 왜 그토록 기를 쓰고 골프를 배워 라운딩을 나가는지도.

"제 개인적인 물건 몇 개만 챙기고 나머지는 강력반에 넘겼습니다."

김 순경은 개인 로커에 PDA 단말기와 충전기, 태블릿 같은 전자제품들만 따로 챙겨 넣었다. 응접용 소파 상석에 앉은 최 과장은 두 손으로 잔을 감싸고 방금 우린 적정한 온도의 차를 한 모금 마셨다. 그는 지금 하반기에 있을 정기 인사에서 총경급, 후임 서장으로 승진이 유력한 상태였다. 인사철 몇 달을 앞두고는 여기저기서 하마평이 돌았고, 대개의 경우 그대로 진행되었다. 미디어에 담긴 모습들과 달리 이 바닥에서 낙마는 흔한 일이 아니었다.

강 경사가 관용차 키를 인계받으면서 사무실로 안내하던 길에 최 과장을 만났다. 최 과장이 그 길에 기다리고 있었다는 것이 사실에 가까웠다. 둘의 사적인 관계를 알고 있던 강 경사가 육중한 몸을 비켜주며 말했다.

'다녀오시죠.'

그러는 사이에도 서장실로 올라가는 엘리베이터를 타고 방진복을 입은 감식반들이 수도 없이 오르내렸다. 청사 주요 출입구마다 의경들이 기자들을 막느라 안간힘을 썼다. 바깥의 그런 소란에 비하면 과장실은 멸균에 가까운 방음 상태를 유지하고 있었다. 고요와 소음을 취사선택할 수 있는 자리. 김 순경은 새삼 최 과장의 지위가 아득하게 느껴졌다.

"마셔 봐, 조금 진정이 될 거야. 젊은 친구들이 좋아하는 커피 같은 거 하고는 차원이 다르지."

김 순경은 자신의 찻잔에 담긴 연녹색의 물에 잔잔한 파문이 이는 것을 보았다. 서장실 바로 아래쪽에 위치한 수사과장실까지 진동이 전해지는 모양이었다. 파동은 소리보다 끈질기게 공간을 파고들었다.

"소란스럽게 됐어. 신 청사도 이제 곧 마무리될 거고, 그때까지만 버티면 되겠지. 여기가 낡기는 어지간히 낡았단 말이야."

최 과장은 등을 소파에 기대며 팔걸이의 끝을 두세 번 두드리며 말했다.

"그래, 장 목사 아들은 아직이고?"

"쫓고 있습니다."

"그건 그렇고. 다음 분기에는 강력반으로 넣어줄 테니까 그런 줄 알고 있어. 승진 시험 준비는 잘하고 있지? 때에 맞게 가는 거야, 때에 맞게."

"네."

"짚이는 게 있으면 여기서 이야기하고. 강력반에는 내가 그대로 지시를 내리면 되니까. 배 경장 마지막으로 봤을 때 이상한 점 같은 건 없었니?"

"저, 배 경장은 그 기도원 그러니까 바롬형제원에 정기적으로 다니는 모양이었습니다. 제가 서장님 축사 원고를 받으러 갔었는데, 거기서 약을 주더라고요. 배 경사도 형제원 약을 오랫동안 복용하고 있었던 거 같습니다."

"바롬형제원이라. 너 확실해야 한다. 거기는 함부로 건드리면 안 되는 곳인 건 알지? 이미지가 원체 좋은 곳이야. 지역사회에 내놓는 돈도 어마어마하고. 급이 다르지."

쓸 데 없는 이야기를 했다는 후회가 들어 김 순경은 차를 두어 모금 들이켰다. 적당히 식었다고 생각했는데 아직 뜨거움이 남아 있었다. 처음 고량주를 급하게 넘겼을 때처럼 속이 타들어가는 느낌이 들었다. 목적지로 바로 쏴야 할 순간이었다. 그는 재킷 주머니에서 약통을 꺼내 테이블에 올렸다. 뜻밖에 큰 소리가 나서 그는 본의가 아니었다는 뜻으로 통을 잠시 잡고 있었다.

"이게 배 경장이 복용하고 있었던 약입니다. 그리고 이건 카페 희생자가 먹던 약통입니다. 두 개가 정확히 일치합니다."

김 순경은 휴대폰을 꺼내 액정에 사진 하나를 띄워 최 과장 앞으로 조심스럽게 밀었다. 최 과장이 보기 좋게 약통을 중심에 놓고 화면 크기를 늘렸다. 최 과장은 휴대폰을 들어 사진을 잠시 들여다 본 후 손수건을 꺼내 필름 통만 한 흰 플라스틱 약통을 감싸 잡고 바닥을 보았다.

"개구리 문양, 그게 바롬형제원 로고입니다."

"너 이 사진을 어떻게 찍은 거니? 이게 너한테까지 갔단 말이야?"

"저, 그게 박 경위님이 바로 파쇄하라고 준 걸 찍은 겁니다. 죄송합니다."

"아니야, 잘했어. 박 경위 그 친구 잘못이지. 이 사진 나 말고 본 사람 없지?"

"네."

최 과장은 김 순경의 군기 든 대답에 슬쩍 미소를 지었다가는 뭔가 시무룩해진 표정을 잠시 지은 후, 천천히 소파에서 일어났다. 최 과장은 근무 책상에 놓인 키폰을 누른 후, 스피커 너머로 들려오는 근무자의 응대 소리를 뭉개며 다급하게 명령을 내렸다.

"조 반장 잠깐 내 방으로 오라고 해. 자리에 없으면 찾아서라도. 서둘러. 아 그리고, 조 반장 편에 바롬형제원 원장 신상이랑, 확보하고 있는 조직도 좀 보내."

"저, 삼촌. 이 약통, 폭사하고 연관이 있을지도 모른다는 거 박 경위님 생각입니다."

"박 경위 하고 너는 장현철부터 찾아. 보고받은 걸 보니 돌아이 새끼일 가능성이 아주 크더라. 과대망상 환자일 거야. 그놈 빨리 잡지 않으면 경찰은 개망신을 당할 거야. 세금 축내면서 할 일을 못 했다고 대중들이나 시민단체 놈들은 우릴 죽이려고 할 테니까. 그 새끼는 그냥 살인마야, 살인마."

김 순경이 마땅한 답을 하지 못하고 머뭇거리는 사이 다급한 노크 소리가 들렸다. 문이 열리자 조 반장이 퉁퉁한 상체를 겨우 감싸고 있는 가죽 점퍼를 매만지며 서 있었다.

"찾으셨습니까?"

김 순경은 일어나서 나가 보라는 최 과장의 눈짓에 따랐다. 조 반장이 몸을 비켜 길을 열어주었다. 그는 외숙이 가르쳐준대로 정중하게 고개를 숙이고 과장실을 빠져나왔다. 등 뒤로 도어 클로저가 장착된 문이 천천히 닫히자 김 순경은 잠시 문에 등을 대고 희미하게 조 반장의 목소리가 새어 나오는 걸 들었다.

"엔터 쪽으로는 압수수색 들어간 상태이고…… 프로그…… 다이어트 보조제…… 파코미오라고 세례명인데……."

화장실을 다녀오는 길인지 손에 물기를 털며 의무경찰이 돌아오는 걸 보고 그는 걸음을 옮겼다.

과장실을 나와 2층 자리로 돌아왔을 때, 자신의 자리에 정복 차림의 교도관이 앉아 있었다. 순찰 일지를 작성하고 사무실 문을 나서던 의경이 슬쩍 다가왔다.

"김 순경님 친구분이시라는데요. 좀 전에 오셨는데 제가 자리 안내해드렸습니다. 아까 김 순경님 들어오신 걸 제가 우연히 봐서 금방 올라오시겠구나 싶어서요."

민원실 의경과는 다르게 땅달막한 체구의 청년이 면장갑을 낀 손으로 경례를 붙였다 떼며 말했다. 자기 이야기를 하는 분위기를 느꼈는지 교도관이 김 순경의 자리에서 일어나 돌아보며 말했다.

"오랜만, 형우야."

김 순경은 과장과의 만남까지 이어지던 피로감이 한꺼번에 가시는 느낌이 들었다. 노량진에서 함께 시험을 준비하던 친구였다. 고향도, 출신 대학도, 가정 형편도 달랐지만 나이 하나가 같아 고시생 뷔페식당에서 만나 친구가 되었다. 그것도 벌써 수

년 전 이야기였다. 김 순경은 반가운 마음을 감추지 않고 달려가 약간의 과장을 섞어 손을 잡고 흔들었다.

"야 이게 몇 년 만이야. 노량진 떠나고 처음이지, 이렇게 만나는 건."

"그렇지 사복 입고 학원 동기들하고 만난 건 몇 번 있지만."

둥글넙데데한 얼굴에 비하면 눈이 새침하게 가늘었고, 콧망울도 펑퍼짐하게 낮아 중국인이라고 자주 놀림을 받았던 기억이 났다. 얼굴 뼈대는 그대로였는데 전체적으로 살이 많이 빠져 있었다. 교도소도 초임들에게는 만만치 않을 것이라고 김 순경은 미루어 짐작했다.

김 순경은 1층 민원실로 그를 끌었다. 시간이 별로 없었다. 최 과장과의 이야기가 끝난 걸 알면 강 경사가 득달같이 달려올 것이었다. 민원 업무가 한창이었지만, 음료 자판기가 여러 대 놓여 있는 휴게실에는 여유가 있었다. 캔커피를 테이블에 두고 두 청년은 마주 앉았다.

"그래 성욱아, 여기까지는 웬일이야."

"아, 여기 법원 출정 왔다가, 재판 중에 잠깐 시간이 비어서."

반가움과 방문 목적을 주거니 받거니 하고 나자 젊은 남자 둘이서 커피를 홀짝이는 것 말고는 금세 할 게 없어졌다.

"힘들지?"

"말 마라. 온통 죄인들투성이니 어떻겠냐. 그래도 교정직이라서 그때 된 거야. 다행이지 집에서도 좋아하시고. 저기, 내가 시간이 별로 없는데, 폰으로 사진 하나 보낼 테니까 봐봐. 아무래도 좀 이상한 게 있어서. 갔어?"

"어, 잠깐만. 아씨 그런데 이게 뭐야?"

"우리 소 미결사 1층 사동인데, 거기서 두 달 전에 수용자 하나가 터졌어."

"뭐? 이게 그럼 사람이란 말야."

김 순경은 자신이 갖고 있는 정보를 감추며 성욱의 표정을 살폈다.

"위에 사수부터 입단속을 하도 시켜서, 보안과장이랑 소장한테까지 불려갔다니까."

그때 무전 신호음이 들렸다. 성욱의 허리에 찬 무전기에서 불이 반짝이며 신호음이 들렸다.

"네, 교도 남성욱입니다. 지금 법원 앞 경찰서에 잠깐 용무 있어 왔습니다."

"재판이 좀 빨리 끝난 놈들이 생겼어. 되도록 빨리 복귀해. 포승 채워서 점심때까지 그놈들은 소에 복귀시켜야 하니까. 미안하지만 남 교도는 들어갔다가 빈차 타고 다시 나와야 해. 얼마나 걸려?"

"네, 5분이면 됩니다."

무전이 꺼졌는지 두세 번 확인한 후 남성욱은 말을 이었다.

"간단하게만 말할 게. 이거 경찰에서 인지수사 좀 해줬으면 해서. 이 애가 나랑 좀 친분이 있어. 내가 처음 담당으로 맡은 수

용잔데, 소년범이야. 내청, 그러니까 소내 청소 멤버였는데 내가 따라다니면서 가까워졌지. 성매매하고 성폭행, 과실치사 다 해서 들어온 애야, 징역 3년 확정 판결받았고. 그래 쓰레긴데, 데리고 다니면서 얘기를 해보니까 가출 팸들 우두머리라서 다 덮어쓴 거 같더라고. 변호사도 못 쓰고. 애는 아주 좋아. 종교 모임에도 잘 다니고. 그 정도까지 나쁜 놈은 아닌 것 같아서."

"종교 모임?"

"어? 어 종교 모임. 소에 찾아오거든, 불교든 천주교든."

성욱은 자신이 할 일은 다 했다고 생각했는지 커피를 한 모금에 털어넣으며 엉덩이를 뗐다.

"야, 이따가 좀 자세히 얘기해 줄 수 있어?"

"안 돼, 오늘 나이트라서. 이것도 고민 많이 했다. 이게 뉴스에 한 줄도 안 나오는 거야. 아무리 죄인이라도 사람이 이렇게 터져 죽었는데, 이게 말이 되나 싶어서. 유족들도 시신을 못 보고 장례치렀잖아. 내가 무슨 힘이 있어야지."

"성욱아, 그 애가 다니던 모임이 어디야?"

"너도 알 텐데. 여기 시에서 아주 유명한 데더라고. 바롬형제원이라고, 우리 소에 봉사활동 엄청 자주 오거든. 음식이랑, 물, 상비약까지."

성욱은 캔을 분리수거통에 던져 넣고 휴게실을 이미 빠져나가고 있었다. 김 순경은 그를 배웅하는 셈치고 서의 정문까지 함께 걸으며 말을 이었다. 본관 처마 밑에서 이쪽을 쳐다보는 강 경사의 형체가 느껴졌지만 무시했다.

"어떻게 내 생각을 다 했냐? 내가 위에다가 한번 말해서 교도소 쪽 털어볼 게."

"그래, 일개 교도가 뭔 힘이 있겠냐. 그래도 너한테라도 털어놓으니 좀 낫네. 부탁할게. 걔 불쌍한 애야."

성욱은 만날 때의 들뜬 모습과는 다르게 김 순경의 어깨만 한 번 툭 친 후 성큼성큼 법원을 향해 뛰었다. 오른손으로 모자를 눌러쓰며 왼손은 흔들리는 교봉을 잡고 있는 친구의 모습을 김 순경은 한동안 지켜보았다. 바롬형제원과 배 경장, 다이어트, 진주하, 이제는 교도소까지 끈이 닿아 있었다. 모든 퍼즐이 완벽하게 맞춰졌다. 그는 통화목록에서 박 형사의 번호를 눌렀다.

장현철과 김 순경

　　하루가 지났는지, 몇 시간이 흘렀는지 시간에 대한 감
각은 이미 오래전에 사라졌다. 그자는 죽을 방법을 선택하라고
선고한 후 그 방을 나섰다. 빛이 들어오지 않는 곳이라 낮과 밤
도 구분할 수가 없었다. 그의 눈앞엔 네일건과 정체를 알 수 없
는 약통이 놓인 스텐인리스 수레가 저승사자처럼 똬리를 틀고
있었다.

　'내가 다시 왔을 때에도 선택을 하지 못했다면, 이걸 먼저 하
나씩 박을 거야.'

　그놈은 말과 다르게 먼저 못을 하나 박았다. 쇼크가 왔던 건
지 의식을 잃었다는 것이 생각났다. 그놈을 먼저 알아차렸더라
면 아버지가 처리했을 텐데. 어쩌면 아버지도 놈의 먹이가 되었
을지 모른다는 생각이 들었다. 못이 하나씩 계속 박힌다면 어떤

느낌일지 생각을 해보았다. 아마 그 고통으로 인해 다음번에는 진짜 죽을지도 몰랐다. 한쪽 팔을 십자가에 못 박는 순간에도 장현철은 오직 자신의 고통으로 울부짖었다. 그놈은 이해할 수 없는 질문을 계속 던졌다.

'아픈가? 네가 담뱃불로 지지거나 칼로 그은 아이들도 그만큼 아팠을 거야.'

장현철은 질문이 묻고 있는 게 무엇인지 정확히 알 수 없었다. 지금 아픈 것은 전적으로 자신의 고통인데 자신이 갖고 놀았던 장난감들의 아픔을 어떻게 알 수 있다는 것인지 뇌가 전혀 받아들이지 못하고 있었다. 그들의 아픔은 그들에게 물어야 하는 것이 맞았다. 장 목사는 자신이 애지중지하며 기르던 개를 장현철이 방망이로 때려 피투성이로 만들어 죽였을 때, 나무라지 않았다.

초등학교 2학년 때였다. 뒷마당에 묶여 있던 크림색 골든 리트리버는 장현철에게 맞아 피가 흐르는 순간에도 그에게 꼬리를 흔들며 몸을 부비려 했다. 온전히 숨이 끊어질 때까지. 장 목사는 장현철이 휘두르던 야구방망이를 조용히 건네받았다. 장현철은 그때 자신의 몸 속 깊은 곳에서 잔잔하게 끓어오르던 희열을 잊을 수 없었다. 그건 중독의 시작이었으나, 그 중독에 눈뜨게 한 건 어쩌면 그의 아버지가 보여준 미소였을 것이다.

'이게 처음이니?'

'아니요. 고양이는 몇 번.'

아버지의 얼굴에 초등부 교회 누나를 기도실에서 올라타고 있을 때의 표정이 떠올랐다.

'자, 이런 일을 하게 되면 그 뒤처리가 필요하단다. 일단은 기도부터 올리자. 회개를 해야지, 회개. 회개하면 우리 모두 구원받을 수 있단다.'

회개하면 구원받을 수 있다는 아버지의 말은 그자에게 통하지 않았다. 신에게 그토록 회개를 했지만 결국 그의 한 손은 십자가에 못 박히고 말았다. 그자는 정말 자신을 죽일지 모른다는 생각이 들었다. 스무 살이 되기도 전에 죽는다는 생각은 단 한 번도 해본 적이 없었다. 그는 억울함에 몸서리쳤다.

'네가 이렇게 되리라고는 생각해본 적이 없겠지?'

그자는 장현철의 생각을 훤히 들여다보기라도 하는 것처럼 물었다.

'사람은, 아니지 모든 종은 죽기 직전까지는 자기가 죽는다는 사실을 모르지.'

머리가 어지러웠다. 손바닥에서 흐르던 피는 이제 응고가 된 모양이었다. 얼얼함이 느껴지는 걸로 보아 곪고 있을 것이었다. 머지않아 썩을 것이고, 파리가 알을 까고 구더기가 슬겠지, 뒤늦게 발견이 된다고 해도 팔 병신이 되는 건 자명해 보였다.

갈증이 일었다. 침이 말라붙은 입술이 갈라져 피가 맺혔다. 정면으로 보이는 목제 여닫이 문 너머로 계단을 내려오는 소리가 들렸다. 그는 눈을 감았다. 그자는 오늘 한쪽 팔마저 십자가에 박을 게 분명했다. 조금씩 피를 말리며 죽이려는 것이라고 생각했다. 문이 열리고 들어온 자는 처음 보는 사람이었다. 안 집사는 등 뒤로 문을 닫고 스위치를 하나 더 올렸다. 백열전구가 하나 더 빛을 발했다.

"용케도 아직 살아 있구나."

장현철은 돌아가는 상황을 파악하기가 어려웠다. 오직 자신의 고통이 끝나는 것인지, 아니면 죽는 것인지만이 궁금했다. 그는 넋이 빠진 표정으로 늙은 사내를 쳐다보았다.

"고통을 느끼지 못하는 자들은 다른 자들의 고통을 알 수가 없지. 너는 태어날 때부터 망가진 거다."

"뭐, 뭐 하는 거야, 이 새끼야."

안 집사는 기도실 세면대에서 물을 받아 왔다. 깔대기를 장현철의 입에 끼웠다. 필사적으로 입을 다물었지만, 늙은 사내의 손은 상상했던 것보다 힘차고 매웠다. 안 집사가 턱관절을 틀어쥐자 제물은 더 이상 입을 다물지 못했다. 어린 양처럼 신음 소리만을 토해낼 뿐이었다.

"이게 널 위하는 거다. 원장님도 타인의 고통은 모르시지. 나는 네 고통이 전해져서 괴롭구나. 내가 널 고통에서 벗어나게 해주마."

안 집사는 깔대기 속으로 약통의 프로그 알약을 수북이 털어 넣었다. 물을 넣어 목울대 속으로 깔때기의 끝을 밀어 넣자 조금씩 물과 함께 알약이 장현철의 몸으로 들어가기 시작했다. 핏

줄이 터진 장현철의 눈에 눈물이 맺혔다.

빛이 사라지자 길은 전혀 다른 모습으로 달려들었다. 외곽 지역의 사람들은 모두 자신들만의 거처로 돌아갔을 시간이었다. 그것이 농부든, 일용직이든, 외국인 노동자든, 화이트칼라든 밤의 세계를 무사히 지낼 은둔처로 돌아가야 했다. 밤은 또 다른 자들의 시간이었다.

김 순경은 상향등을 켜고 불과 수십 미터 앞에서 방향을 틀어대는 길 때문에 긴장되었다. 야간 운전의 경험은 많았지만, 매번 낯선 지방도를 밤에 운전할 때는 손바닥에 땀이 찼다. 반대 차선에 오는 차가 없을 경우는 늘 상향등을 썼다. 빛의 낌새가 보이면 레버를 내려 상향등을 내렸다. 번들거리는 빛의 웅덩이는 곧게 길의 방향과는 무관하게 어둠 속으로 뻗었다. 속도가 더뎠고, 더딘 만큼 다급했다.

김 순경은 서의 정문 초소까지 따라 나온 강 경사에게 대략의 상황을 설명했다. 10년에 가까운 강력반 경험이 쌓인 강 경사는 김 순경이 막 놓은 몇 개의 바둑돌만으로도 판세를 읽었다. 조 반장에게 그 자리에서 보고가 올라갔고, 강력 3반이 교도소로 붙었다.

'수색영장 받아서 털어볼게.'

서행으로 서를 빠져나가면서 조수석 차창을 통해 강 경사는 손을 흔들어 보였다. 자리로 돌아왔을 때, 내선전화가 울렸다. 최 과장이었다.

'듣기만 해. 조 반장 팀 교도소로 바로 보냈다. 형우 너도 이 판에서 빠지면 안 되지. 구경꾼들은 썩은 고기만 먹어야 하거든. 지금 바로 실탄 챙겨서 형제원으로 가. 의경 한 소대 달고 가서 싹 다 털어. 제일 중요한 건 거기 원장, 그놈을 잡아. 그놈만 잡으면 경장 정도는 뛰어넘는 거다.'

세상은 칠흑 같았다. 다행히 건너편에서 오는 차들은 없었다. 김 순경은 형제원 입구 다리를 건너며 전조등을 껐다. 5분 정도의 간격을 두고 관용 승합차가 따라오고 있어 두려움 같은 것은 없었다. 20대의 건장한 사내들이 3단봉과 가스총을 들고 호위하고 있었다. 운전병에게 전조등을 끄라고 무전을 쳤다. 이대로 메인 게이트 앞까지 바로 달려들어 거기서부터 치고 올라갈 계획이었다.

김 순경은 차를 세웠다. 주차장 진입로의 자갈들이 바글거리는 소리가 거슬렸지만, 어쩔 수 없었다. 뒤이어 승합차가 따라붙었다. 보안등을 밝히고 있는 초소는 마치 어둠 속에서 혼자 떠 있는 섬처럼 보였다. 뒤편으로 시커먼 산세가 그들을 덮칠 듯 내려다보았다. 계곡의 물소리가 잔잔하였다. 초소에서 보안요원 두 명이 길을 막아섰다. 그들은 대낮에 만났을 때보다 더 거대해 보였다.

"이 시간에 경찰분들이 무슨 일로 오셨습니까?"

둘 중 상대적으로 키가 작고 왜소해 보이는 보안요원이 다가서며 말했다. 새치와 눈가의 주름을 봤을 때 선임인 모양이었다. 재킷 너머로 총기류를 차고 있는지 가슴께가 팽팽했다. 김순경은 웃으며 조용히 영장을 꺼내 보여주었다.

"수색영장입니다. 한 시간 전에 발부되었고요, 24시간 유효합니다."

선임 보안요원은 법원 직인이 찍힌 종이 문서를 한동안 노려보았다. 계산을 마쳤는지 보안요원은 한 발짝 물러났다. 인이어로 무언가를 수신하는 모양이었다. 민머리의 뚱뚱한 보안요원이 초소에 한 발을 걸치고 있다가 다시 들어갔다. 그들끼리 외부인들은 알지 못하는 신호를 주고받는 듯 보였다. 표정이 복잡했다. 순간 주차장과 기도원 입구 전 구역을 밝히며 할로겐 등이 일제히 불을 밝혔다. 눈이 멀 정도로 환한 빛이었다. 차단 바가 천천히 올라갔다. 김 순경의 손짓에 의경들이 일제히 형제원 안으로 진입했다. 저 멀리 본관 원장실 창문을 통해 안 집사가 그 모습을 굽어보고 있었다.

김시오

병실에는 낯선 사람들이 누워 있었다. 김시오는 한 번 더 용준의 상태를 확인하고 싶었다. 간호사들은 여전히 분주하게 일을 보느라 면회객 따위는 관심을 두지 않았다.

"최용준님이요? 퇴원하셨네요."

갓 입사한 것처럼 보이는 간호사는 연신 자판을 두드리고 붉은색 액체가 들어 있는 앰플들에 막 출력되는 바코드 스티커를 붙이는 작업을 했다.

"혹시, 완쾌가 되었던 건가요? 지난 번 왔을 땐 몇 주는 더 있어야 하는 거 같던데."

의자에서 일어난 간호사는 연두색 유니폼을 입고 명찰을 패용하고 있어 초등학교 입학생처럼 보였다. 생각했던 것보다도 훨씬 키가 작았다. 덩치가 아주 큰 앙고라토끼처럼 보이기도 했다.

"아, 이런 거 알려드리면 안 되는데, 담임선생님이시라니까. 트랜스퍼 됐어요, 강원도에 있는 분원인데요, 심리상담하면서 요양하는 곳이죠. 그래도 학생이 어지간히 잘사나 봐요……."

그때 약제 창고에서 나온 여자 간호사가 갑자기 나타나 앙고라의 등짝을 후려쳤다. 위계질서가 강한 조직이라는 것을 한 눈에 알 수 있었다.

"들어가서 정리해. 무슨 말이 그렇게 많아."

덩치가 큰 앙고라토끼는 금세 풀이 죽어 스테인리스 카트를 밀고 약제 창고로 들어갔다. 김시오는 미안한 마음이 들었지만, 입 밖으로 내지는 않았다.

"환자 담임교사입니다."

"그건 알겠는데요. 어쨌거나 직계 가족이 아니면 정보를 드릴 수는 없습니다."

"저 말고, 또 누가 여길 다녀갔었나요?"

베테랑 간호사는 미심쩍은 표정을 지으면서 한동안 김시오를 쳐다보았다.

"혹시 경찰이신가요?"

"아닙니다. 담임교사도 이상한 일이 있으면 유관 기관에 바로 연락을 취해야 할 의무가 있으니까요. 학교나 저한테 아무 연락도 없이 병원을 옮겼다는 게 좀 이해가 안 돼서요."

"실은……, 용준이가 안쓰러워서 말씀드리는 거예요. 며칠 전에 흥신소 직원 같은 남자 둘이 용준이 병실을 찾아왔어요. 물리치료를 받으러 가서 병실이 빈 상태였거든요. 분위기가 삭막한 게 저희 병원 보안요원들까지 싹 다 올라왔었다니까요."

"무슨 일이었나요?"

"그냥 용준이 병실이 어디냐고, 그 부모들을 만나야겠다고 막무가내였죠. 어떻게 층수까지는 알고 왔는지, 하여튼 밑에 안내하는 직원들 교육은 시켜도 시켜도 끝이 없는 거 있죠."

생각보다 수다스러운 여자였다. 이 여자가 아까 친절하던 덩치 큰 앙고라토끼를 몰아세울 때는 어떤 어휘들을 사용할지 김시오는 궁금해졌다.

"물론 모르시는 얼굴들이었겠죠?"

"근데 다들 여기 의국에서 드잡이를 하고 있을 때였는데요, 제가 약제 창고 뒤쪽으로 숨어 있었거든요. 제가 임신 중이라서."

간호사는 슬쩍 배를 내밀며 웃음을 지었다.

"그런데 저기쯤 복도 끝 계단 보이시죠?"

그녀는 칸막이 밖으로 몸을 슬쩍 빼서 손가락으로 가리켰다. 복도 끝은 비상계단이 있었다. 여러 대의 휠체어가 묶여 있었고, 이동용 침대 한 대가 서 있었다.

"거기 침대에 걸터앉아 이쪽을 슬쩍 슬쩍 쳐다보더라고요. 성도교회 목사님이시더라고요. 제가 거기 나가거든요."

김시오는 영동고속도로 위를 등속도로 달리면서 생각을 정리했다. 주위의 풍경이 없으면, 자신이 멈춰 있는 건지 이동하는 건지 알 수 없을 것이라고 교무실의 물리 선생이 이야기하던 것이 생각났다. 어쨌든 고라니든 취객이든 등장할 수 없는 고속도로가 더 안전하다는 것은 교통 전문가가 아니더라도 상식에 속했다.

그는 자신의 행동을 합리화하기 위해 논리적 회로를 돌리고 있었다. 지금까지 피해 학생이 살아 있었던 적은 없었으니까 어쩌면 처음 있는 일이었다. 목숨값은 목숨으로가 그의 로직이었지만, 이 경우엔 달랐다. 어쨌거나 용준이는 살아 있었다. 그는 그 상황을 한 번 더 확인하고 싶었다. 회복이 가능한 일, 돌이킬 수 있는 일이 이 작업에도 가능한지 보고 싶었다. 문제는 용준이를 찾는 자들이었다. 성도교회 목사라면 학폭에서 만난 것이 기억났다. 그는 자식의 죄를 대신 받는 표정으로 성경에 손을 올리고 울고 있었다. 네 자식의 죄를 대신 받으려면 너도 욥의 양처럼 죽어야 할 것이라고 생각했다.

늘 그랬듯이 학폭위원들은 무기력했고, 징벌의 의사가 없었다. 교화는 징벌이 있은 후에야 가능한 것이라고 그는 늘 생각했다. 장 목사는 뱀의 눈을 가진 하이에나 같은 얼굴을 지녔다. 얼룩덜룩한 검버섯과 번들거리는 이마, 날카롭게 찢어진 눈. 그런 눈으로 하는 설교가 어떻게 그 많은 사람을 끌어들이는지 김시오는 이해할 수 없었다.

어쨌거나 장 목사가 움직인 거였다. 그는 필시 피해자 가족들을 파고 있을 것이다. 살인이나 납치는 그것으로 가장 혜택을 보는 자가 범인일 경우가 열에 아홉이었다. 그 연결 고리만 끊어도 사건은 미궁으로 빠졌다. 김시오는 늘 자신을 그 자리에 위치시켰다. 가해자들은 피해자들을 털었지만, 자신들이 저지른 죄로 인해 공공연하게 나서지는 못했다. 그들은 김시오를 찾지 못했다. 목적지에 도달할 때쯤 되면 그는 감각이 사라질 것이었다. 그전에 용준이 보호자를 만나 그들에게 다가올 위험과 그것을 해쳐나갈 방도를 전해주어야 했다. 모르고 있으면 사자도 목덜미를 물릴 수 있다.

요양병원은 건물에 큰 글씨로 적혀 있는 이름표가 아니었다면 호텔이라고 생각해도 무방할 만큼 단정하고도 화려했다. 돈은 피해자와 가해자 모두에게 유용했다.

'수차례에 걸친 감식으로도 방화의 흔적은 찾을 수 없다더구나.'

방과 후 숙제를 하고 있던 김시오 옆에 앉아 표 목사가 이야기했다.

'외삼촌은 어디 계시나요?'

김시오는 사고가 난 후 몇 개월이 지나서야 처음으로 외삼촌의 행방을 물었다.

'때가 되면 이리로 돌아올 거야.'

'그때가 언제예요?'

'네 돈이 다시 네 것이 될 때쯤. 그때가 되면 네 외숙, 파코미오는 돌아올 게다.'

'그런데 불을 지른 사람이 누군지는 아직 모르는 거죠?'

'아무도 몰라도 아시는 분이 계시지. 오직 한 분.'

독서 등갓 뒤의 어둠 속에서 표 목사의 얼굴이 기묘하게 일그러지던 것을 김시오는 오랫동안 기억하고 있었다. 기도원의 확장 공사가 끝난 날, 표 목사는 청년이 다 된 김시오를 본관 뒤 공터로 불렀다. 사람들이 모두 입구 쪽 임시 식당에 잔치를 하러 내려간 밤이었다. 초여름이었고 풀벌레가 세상을 뒤덮고 있었다. 침묵으로 뒤덮일 밤을 안간힘 쓰며 짝을 찾는 중이었다.

'이제 사람들을 거의 다 모았다. 여기 묻힌 사람들은 채 자신의 한을 풀지 못한 사람이지. 그동안 사람들을 모으느라 고생이 많았다. 이제 너와 안 집사에 관한 일들은 성경 속 이야기처럼 계속 흘러 다니겠지. 칼날 위를 걷는 아이와 그라목손이 없는 우유병을 골라내는 사람이라니, 얼마나 신의 목소리에 가까운 것이냐.'

어둠 속에서 원장의 어깨는 이제 김시오보다 두 뼘이나 낮았다. 반딧불이들이 옷깃에 붙어 꼬리부터 불을 내며 은은한 조명을 비춰주었다. 플래시를 밑에서 비춘 것처럼 원장은 기괴해 보였지만, 김시오는 더 이상 환영에 겁을 먹는 나이가 아니었다.

'이제 시험을 해보아야겠구나. 너의 마음은 어떨지.'

원장은 아직 콘크리트 양생이 끝나지 않은 한 바닥을 삽으로 걷어냈다. 진득하게 시멘트가 묻은 관이 하나 나타났다. 그는 힘겨워 하면서도 관 뚜껑을 끌어당겨 속을 보여주었다. 그 안에는 피투성이 얼굴을 한 낯익은 남자가 들어 있었다.

'네 부모님들을 죽인 사람이야.'

김시오는 상황을 이해하기 어려웠다. 어쩌면 부모님의 원한 같은 건 잘 모르고 자라왔는지도 몰랐다. 그는 원장이 시키는 대로, 예수님이 시키는 대로 자라왔다. 노동하고, 공부하고, 이웃을 사랑하고, 또 형제를 아끼고. 김시오는 원장이 어떤 사람인지 전혀 모르고 있었다는 사실에 비로소 몸이 떨렸다.

'두려우냐? 후견의 기간은 이제 다 끝났다. 이제 파코미오는 너다.'

'파코미오라니요. 저는 시오, 제론시오가 아닙니까.'

'너는 파코미오이기도 하고 제론시오이기도 하다.'

'원장님께서는 제가 어떤 결정을 하길 바라시나요.'

'부모님 얼굴을 떠올려보거라. 그리고 지난 시간을 생각해봐. 이제 네게 선택할 수 있는 길은 두 가지다. 여기서 그냥 저 관 뚜껑을 열어 두고 여길 떠나는 거야. 피는 내 손에 묻히고 모든 게 끝나는 거지. 여기 신도들 누구도 네 진짜 얼굴은 기억하지 못할 거다. 불 위를 걷거나 유리 조각으로 피부에 성화를 그어도 신음 소리 한 번 안 내는 아이는 이제 오직 말씀에만 들어 있는 거지. 아니면 네 손으로 죄인을 직접 심판하는 거다. 복수라고들 하지. 네 마음 속 고통과 슬픔을 치유하는데 가장 좋은 방법이지. 자 선택하거라. 시간이 얼마 없다. 더 지나면 콘크리트가 굳는다.'

김시오는 가만히 다가가 관 속의 사내를 쳐다보았다. 입술이 뭉개지고 광대도 내려앉았다. 눈을 뜨고는 있었지만 어딘가를 보는 것 같지는 않았다. 그는 손발이 묶인 채로 죽음만을 기다리고 있었다.

'이 사람이 불을 질렀다는 걸 어떻게 알 수 있습니까.'

'나는 알 수가 있다. 그분의 말씀이란다.'

김시오는 표 목사에 대해 안 집사가 했던 말들을 떠올려보았다. 그의 이력과 그가 행한 치유와 위로의 기적들, 그가 기름 부어 고통에서 구원해낸 수많은 환자를. 이 지옥 같은 세계에 대해 그가 얼마나 증오심을 갖고 있는지를.

'네가 받아야 할 삶의 몫을 여기 누워 있는 자가 모두 가로채려고 했다. 오직 이자의 시기심 때문에 네 부모님은 화마에 숨을 거둔 거란다. 결정은 네가 해라. 어떤 선택이든 우리는 그 선택에 책임을 져야 하니까. 난 식당으로 먼저 내려가마. 신도들이 기다리는구나.'

그때 표 목사는 김시오의 마음속에 돌던 작지만 강렬한 소용돌이를 알고 있었을 것이다. 어쩐지 김시오는 사냥감들을 해치울 때마다 어둠 속에서 서서히 침잠하던 표 목사의 구부정한 등이 생각났다. 그리고 그날 밤 자신이 서서히 끌어서 닫았던 관 뚜껑의 무게와, 삽날이 박히던 콘크리트 반죽의 점도도. 그 후로 김시오는 단 한 번도 외숙을 떠올리지 않았다.

병실 출입은 엄격히 통제되고 있었다. 어쩌면 용준의 가족이 최선의 장소로 옮긴 건지도 몰랐다. 김시오는 로비 안내데스크에서 면회 신청서를 작성한 뒤 한참을 기다렸다. 로비는 밖에서 보이는 것보다 훨씬 널찍했다. 손님은 없었지만 한쪽에 마련된 개방형 카페에는 아직 직원이 있었다. 직원은 직접 원두를 갈아서 김시오에게 드립 커피를 내주었다.

"드세요, 여기 커피가 아주 좋아요. 강릉이 커피로 유명하거든요."

한 시간 정도 후에 용준의 어머니가 내려왔다. 그녀는 지난번에 비해서 한결 안정되어 보였다. 그녀는 다시 교무실에서 아이들에게 조곤조곤 가르침을 주는 교사의 모습으로까지 회복되어 있었다. 짧게 커트 친 머리는 단정했고, 카디건과 매치를 이루는 스커트 또한 우아해 보였다. 상황을 모르고 본다면, 그녀는 세상 걱정이 없는 온실 속 사모님 같았다.

"용준이는 어떻습니까?"

"많이 나아졌습니다."

그녀도 커피잔을 입에 대고 갓 내려진 따뜻한 커피를 마셨다.

"우리나라에도 이런 곳이 있는 줄은 몰랐네요."

"선생님께서 굳이 여기까지 오신 이유를 여쭤봐도 될까요. 여기는 어떻게 알고 오신 건지."

김시오는 에둘러 가지 않기로 했다. 시간이 많이 남아 있지 않았다.

"병원에 가봤습니다. 우연히 그 앞을 지날 일이 있었어요. 퇴원을 하셨다고, 담임선생님과 학생부장님 아무도 모르더군요.

게다가, 장 목사가 뒤를 캐고 다닌다는 소리를 들었습니다."

그녀는 김시오의 말을 들으며 시선을 떼지 않고 있었다. 총명하고 똑똑해 보이는 눈동자였지만 미세하게 흔들리고 있었다.

"간호사들이 알려줬습니다. 그리고 알고 싶은 것도 있어서 이렇게 급히 내려왔습니다."

"그자들이 우리를 왜 찾는 거죠? 우리는 그들이 원하는 대로 모든 걸 다 해주었는데요."

"해주시다니요? 뭐를?"

"합의해줬어요. 현철이도 아직 애니까요."

"장현철이 실종 상태이기 때문이겠죠."

"아니에요, 저희는 아니에요. 아이 아빠 사무실하고 저희 병실까지 닥치는 대로 찾아와서 협박을 했어요. 죽여버리겠다고. 그래서 합의해주고 여기까지 내려온 겁니다."

"그러셨군요."

"용준이가 회복이 되어서, 솔직히 말씀드리면 우리는 용서를 해보자고 아이 아빠와 아이랑 노력 중이에요. 더 이상 엮이기 싫으니까, 미국 같은 데 가서 남은 삶을 다시 시작하려고요."

김시오는 식은 커피를 한꺼번에 모두 식도로 욱여넣고 일어났다.

"죽여버리고 싶다고 하셨는데 그 생각이 바뀌신 건가요?"

"아직 어린아이잖아요. 그땐 화가 나서, 화가 나서 그랬던 거죠. 진짜로 죽이고 싶다는 생각은……."

김시오는 더 이상 들을 것이 없다는 듯이 바로 돌아서 로비를 가로질러 나갔다. 제 것을 빼앗기고도 분노할 줄 모르는 양에 대한 경멸을 들키지 않기 위해 안간힘을 썼다.

용준의 어머니는 어딘가 그의 뒷모습에서 선생의 흔적을 찾을 수 없다는 것을 뒤늦게 깨닫고 있었다. 자신이 경험했던 선생들만의 골격과 움직임, 말투와 사고방식을 그는 아무것도 갖고 있지 않았다.

김시오는 안 집사에게 전화를 걸었다. 그는 여느 때와 같이 신호가 몇 번 울리기 전에 받았다.

"장현철을 풀어주세요."

잠시 망설이던 안 집사가 대답했다.

"이미 터졌습니다."

"네? 왜 시키지도 않은 일을 하셨어요?"

"민주야, 너도 이젠 멈춰야 한다. 경찰들이 수색영장을 들고 형제원 안에까지 들어와 있다."

안 집사는 자신의 얼굴에 튄 정현철의 피를 닦으며 점성 없는 눈물을 흘리고 있었다. 그 울음소리는 오래전 그를 떠났던 신의 것이기도 했다.

윤보영과 서준석

　　방송을 마치고 담당 PD는 그 어느 때보다 표정이 좋았다. 그날 할당된 프로그램은 방송 40분 만에 완판이 되었다. 이제 남은 건 물량을 확보하여 물류팀에서 신속하게 배송하는 일만 남았다. 물론 거기에도 10퍼센트만 섞을 것이었다. 열에 하나 정도는 마법 같은 체중 감량 효과에 희열을 느끼다 자신이 거추장스럽게 여기던 육신을 잃을 것이다. 뇌가 고통을 인식하지 못할 만큼 빠른 화학반응이라는 것 정도가 그들을 위한 작은 위로라고 윤보영은 생각했다.

　　극도의 피로감을 느낀 윤보영은 기도원으로 바로 복귀하는 것을 포기했다. 운전을 하다가는 필시 사고가 날 것 같았다. 교통사고 따위로 죽는다면 그녀는 죽어서도 지옥으로 가지 못할 것이다. 갈 길은 아직 멀었다.

랩실의 연구원들은 그녀의 지시가 정부에서 받은 용역에 의한 것이라고 생각했다. 연구원을 설립한 바롬형제원이 이미 보건당국으로부터 상당한 신뢰를 받고 있었기 때문에 자신들을 받아준 것만으로도 고마움을 느꼈다. 서류 전형과 면접을 거치며 신앙을 갖거나 개종을 한 연구원들도 여럿 나왔다. 복리후생이 그 어느 제약회사의 조건보다 좋았다. 형제원에서 세운 제약회사나 엔터도 코스닥에 상장이 되어 있었으니 의심할 것은 자신들의 역량이나 재능일 뿐이라고 생각했다. 믿음은 자신만의 동력으로 눈덩이처럼 그 부피를 키워나갔다.

그들은 국방부나 방위사업청, 그도 아니면 국가정보원의 하청을 받아 생화학 무기를 비밀리에 만들고 있다고 여겼다. 매일같이 터져나가는 모르모트들의 사체를 처리할 때마다 그들은 대화하지 않고도 자신들의 믿음을 주고받았다. 윤보영은 기밀을 특별히 강조했고, 약물 개발의 최종 실험에 관계된 세 명의 신약 개발팀 팀원들을 특별히 신뢰했다. 그녀는 그들과 함께 하루의 일과를 마치면 종교 의식처럼 약을 나눠 먹었다. 다음날 아침 정해진 시간, 비밀 금고에 담긴 앰플의 약을 꺼내 또 함께 나눠 마셨다. 약의 주성분은 고농축 테트로도톡신 펩타이드였다. 일종의 유기질 타이머가 장착된 그 캡슐은 하루가 지나면 장에서 터져 활성화되도록 설계되었다. 일단 활성화되면 개체는 수분 내에 알레르기 반응으로 죽을 것이다. 해독 앰플은 그 약을 중화시켜주는 것이었다. 연구원들은 자신들과 함께 약과

해독제를 먹는 소장의 모습에 신뢰를 느꼈다. 국가 수준의 거대한 연구 업무라는 공감대가 형성되었던 것이다. 그렇게 네 사람의 하루치 목숨을 이어가며 만들어낸 약이 완성된 것은 1년 전이었다.

민간 제약회사 연구원으로 있다가 횡령과 배임으로 파면당한 서준석은 30대 후반의 가장이었다. 도덕적 해이가 심각할 뿐 아니라 죄질이 나쁘다는 이유로 징역형을 받아 업계에서 매장된 자신을 부른 것 자체가 그도 이상하기는 했다. 이상했지만, 그럴 수도 있다고 생각했다. 자신은 그만한 능력이 있었고, 여기 사람들은 그 능력을 그대로 소멸시키기에 너무 아까운 것으로 평가하고 있을 뿐이라고 믿었다. 게다가 국가 안보를 위해 준비하는 무기라면 그 살상의 효율은 극대화되어야 마땅하다는 것에도 동의하고 있었다. 그가 면접을 통해 윤보영의 랩실로 영입된 이유였다. 그렇더라도 서준석은 이곳이 무언가가 크게 일그러져 있다는 인상을 지울 수 없었다. 그건 사람만이 알 수 있는 찝찝함 같은 것이었다. 그는 거액의 돈을 빼돌리는 것과 생명을 죽이는 건 또 다른 차원이라는 신념을 갖고 있었다. 비록 자신이 횡령한 돈이 하청 업체에 가지 않아 그 업체의 직원들이 생활고로 자살하는 경우까지 생각하지는 못했지만.

딸아이가 초등학교에 입학한 지 두 해가 지났다. 아내는 전업주부였고, 서울 근교 아파트 대출금을 죽을 때까지 갚아야 할 것이었다. 그가 윤보영과 그 연구소에 대해 의심을 가지기 시작한 건 시약이 처음 완성되어 임상 단계에 들어섰을 때였다.

'이게 다 끝난 게 아니라는 말씀입니까.'

프로토타입의 약을 생산해서 보관해놓은 랩실 내 냉장창고에서 그는 처음으로 윤보영에게 공정에 대해 물었다. 그녀는 다음 단계의 실험 계획을 설계하고 있는 중이었다.

'이번 주 중으로 상여금 들어갈 거예요. 위에서도 만족하고 계시니까. 지난 주 시연회에서 박수가 쏟아졌어요. 서 연구원도 그걸 직접 들었다면 더 좋았을 텐데. 어쨌거나 성과를 낸다는 건 짜릿한 거니까요. 그런 것쯤은 잘 아시겠죠. 우리 같은 사람들은.'

녹화된 영상 속 그 박수 소리에 서준석은 어떠한 감정 반응회로를 돌리기도 전에 소름이 우수수 돋았다. 어쩌면 믿음에 대한 미세한 균열은 그때 생긴 건지도 몰랐다. 먹이와 물에 탄 SB세포 활성화 물질을 먹은 흰 쥐 세 마리가 유리 상자 여기저기로 뛰어다녔다. 주둥이를 실룩거리는 모습이 격렬해지더니 녀석들은 뛰어오르기라도 할 듯 벽을 긁었다. 실험실에 들어와서 단 한 번도 질러본 적 없는 소리들을 질렀다. 서준석은 그 쥐들 가운데 임의로 한 마리를 꺼냈다. 그는 자신이 마치 신이 된 느낌이었다. 죽을 것과 살 것을 고를 수 있는 힘이 짜릿함을 주었다. 중화제를 주사한 그 쥐는 숨을 헐떡이며 잠시 누워 있다가는 깨어났다. 그리고 그 쥐는 자신의 붉은 눈으로 좀 전까지 살아 돌아다니던 동료들의 붉은 살점들이 유리벽에 흘러내리는 것을 뚫어져라 쳐다보았다.

그가 기도원 연구소를 떠나기 전날 짐을 싸고 있을 때, 안 집사가 숙소로 찾아왔다. 처음 채용되었을 때 기도원 생활에 대해 간단한 오리엔테이션과 입소 절차를 처리해준 이후 처음이었다. 안 집사는 문 밖에 서서 들어오지 않았다. 처마 밖으로 어둠 속에서 진눈깨비가 날리고 있었다. 동지 무렵이었고 뼈가 시릴 정도로 날이 찼다. 그는 서준석에게 그가 생각한 대로 행동하라고 말해주었다. 그는 안 집사의 말뜻에 가닿을 수 없었다. 자신조차도 자신의 생각을 정확히 알 수 없을 때였다.

'오늘 밤 마음먹은 그대로 행동하세요. 그게 신의 뜻입니다.'

'그게 무슨. 그런데 집사님께서는 어떻게 알고 오신 거예요?'

'저도 생각이 떠오르는 대로 오게 된 겁니다. 말씀대로 이끌려 와보니 서 연구원 방 앞이더군요.'

미디어시티 내에 잡아놓은 오피스텔은 침대를 비롯한 모든 가구나 가전이 빌트인되어 있었다. 기도원의 종교법인 명의로 구입해 임대를 하고 있는 몇 채 가운데 가장 높은 층에 있는 것이었다. 계열사 직원들이 서울에 출장을 오거나 국내외 게스트들이 형제원을 방문했을 때 체류 장소로 마련해둔 것이다.

그날 밤 그녀는 맥주 한 캔을 마시고 잠이 들었다. 알코올 섭취는 오랜만이었다. 유난히 피곤했고 당분간 공식적인 외부 일정은 없기 때문이기도 했다. 윤보영은 형제원으로 복귀하면 어떤 형태로든 안 집사를 정리해야겠다고 생각했다. 보잘 것 없는 노인 하나가 기도원 곳곳에 균열을 내고 있었다. 이 세상은 자신들의 죄에 상응하는 벌을 받아야 할 것이다. 날이 밝자마자 기도원으로 복귀할 것이다. 원로회의를 통해 의원들이나 검경의 우두머리들에게 고깃덩어리를 던져주어야겠다.

윤보영은 다음 날부터의 계획을 머릿속으로 정리하며 침대에 누웠지만, 근래에 경험한 적 없는 빠른 잠이 해일처럼 그녀를 덮쳤다. 새벽 동트기 직전 무렵 전화기가 울렸다. 유리테이블 위를 빙글빙글 돌아갈 정도로 기계의 진동은 다급하게 수신자를 찾고 있었다. 잠의 바닥에서 크레인 같은 거대한 손아귀가 그녀를 움켜쥐어 순식간에 이 세계로 건져 올렸다. 적당한 높이의 수면을 취하던 시절은 오래전 끝이 났다. 그녀는 남편을 화장한 날부터 죽음과 삶을 극단적으로 오가는 삶을 살아왔다. 죽은 듯 잠들었다 부활한 듯 깨어나는 것에 그녀는 익숙했다.

받으려는 순간 진동 섞인 벨소리가 멈췄다. 죽음 같은 잠이었지만 그녀는 꿈을 꾸었다. 모처럼 남편과 딸이 나타나주었다. 남편은 딸을 어깨에 태우고 환하게 웃고 있었다. 풍선을 들고 있는 딸아이가 다급하게 손짓하며 불렀다. 그대로 영원히 자도 상관없을 만큼 달콤한 잠이었다. 직전까지의 벨소리가 현실의 것으로 지각이 될 무렵 그녀는 자신이 김시오에 관한 꿈도 꾸었다는 게 생각이 났다.

휴대폰을 잡아 화면을 띄우자, 부재중 전화가 보였다. 기도원 자신의 자리 내선번호였다. 이 시간에 누가 자신의 자리에서 전화를 했을지 짐작하기는 어렵지 않았다. 역시 노인은 나이가 들수록 잠이 없어지는 모양이었다. 어쨌거나 김시오를 만났던 그때가 너무도 생생하게 꿈속에 나타난 것이 그녀로서는 더욱 놀라웠다. 꿈속에서 김시오와 그녀는 각자 자신이 가장 사랑했던 사람의 시신을 안고 울부짖고 있었다. 주변 사람들이 눈이 없는 얼굴로 크게 웃고 있었고, 그들의 울음에는 아무도 손을 뻗어 위로해주지 않았다. 김시오가 다가오더니 꺼이꺼이 울고 있던 그녀의 귀에 대고 속삭였다. 우리가 다 끝내주자. 저자들을 끝장내주자. 윤보영은 그 말을 듣는 순간 자신이 안고 있던 딸과 남편이 물거품이 되어 사라지는 걸 바라보았다. 세상이 문득 고요해지고, 김시오가 눈 없는 얼굴들을 터뜨리고 있었다. 마치 폭죽처럼.

얼굴의 땀을 닦고 슬리퍼를 꿰어 신었다. 냉장고에서 볼빅을 꺼내 마셨다. 한 통을 모두 마셨는데도 갈증이 가시지 않았다. 문자 수신 알림이 오는 소리와 동시에 현관문 벨이 울렸다. 익숙한 몇 번의 벨 소리가 메아리쳤다. 방문자를 키폰 화면으로 확인하기 위해 침대에서 일어나는 순간 철제문을 두드리는 소리가 강렬하게 실내를 덮쳤다. 등줄기에 한기가 슬쩍 지나갔다. 그녀는 휴대폰을 들어 거의 동시에 들어온 문자를 확인했다.

'소장님, 이제 그만하십시다.'

빌어먹을 노인네가 기어이 일을 쳤군. 새삼 짜증이 치밀었다. 그녀는 처음부터 안 집사가 내키지 않았다. 계시를 받아 앞

일을 예측한다는 것부터가 터무니없다고 생각했다. 초대 원장이 데리고 있던 사람이라 어쩔 수 없이 지금까지 같이 일해왔지만, 애초에 기도원의 설립 취지와는 상관없는 사람이었다. 형제원에게 종교는 일종의 의태였을 뿐이다. 그런데도 무당 같은 안 집사를 초대 원장은 각별히 아꼈다. 어쩌면 일반 신도들이나 직원들의 눈을 속이기 위한 얼굴마담 같은 존재였을지도 몰랐다. 원장에게 들은 안 집사의 기적들을 윤보영은 단 한 번도, 일부분도 믿은 적이 없었다. 신기하게도 기도원 사람들은 안 집사를 마음 깊이 따르는 듯했다. 그들은 비이성적인 사고방식에 경도되어 있었다. 어딘가 뇌의 일부가 망가졌을 것이라고 윤보영은 생각했다. 일주일마다 한 번씩 했던 간증에서 그는 자신이 살린 사람들을 이야기해주었다. 아무 상처도 없는 놈이 우리 앞을 막아서다니. 그녀는 이를 갈았지만 이미 늦은 듯 보였다. 현관문을 두드리는 소리가 들렸다.

"문 여세요, 윤보영 씨. 경기경찰청입니다."

그녀는 준비할 새 없이 끝이 왔다는 것을 알 수 있었다. 이 지경이 되었다면 지금쯤, 적어도 날이 밝으면 기도원은 벌집을 들쑤신 상태가 될 것이다. 어쩌면 애초에 뿌리를 달리 해서 사업을 확장했어야 했는지도 몰랐다. 저쪽에서도 어지간히 다급한 일이 있는 모양이었다. 돈다발이나 표보다 훨씬 중요하게 생각하는 일.

"잠시만 시간을 주세요."

"5분 드리겠습니다. 다른 생각은 마시고요. 아시겠지만, 변호사를 선임할 수 있고……."

그녀가 창가로 이동하면서 바깥에서의 목소리는 더 이상 들리지 않았다. 창문은 손바닥만큼만 열리는 통유리창이었다. 멀리 도시의 건물들이 새벽을 맞으며 조금씩 깨어나고 있는 중이었다. 안개가 낮게 깔린 지상으로 수많은 불빛이 생겨나고 무리를 짓고 이동하고 날아다녔다. 윤보영은 유리에 비친 자신의 모습을 쳐다보았다. 허공에는 수많은 불빛을 등진 채 지치고 상처 입은 삵 한 마리가 서 있었다. 혀를 내밀고 마지막 숨을 헉헉대며 흙바닥을 파고 있는 삵. 자신의 위치보다 훨씬 높은 포식자의 자리를 강요받았던, 늑대와 표범이, 범이 해야 할 일을 대신하고 있던 삶. 사실 덩치 큰 양들의 목을 물어뜯기에는 힘에 부쳤던 암살쾡이 한 마리가.

"야, 뜯어."

노루발못뽑이로 벌린 문틈을 비집고 유압기가 현관문의 뼈대를 한동안 짓이기고 나서야 사람 하나가 겨우 들어갈 진입로가 완성되었다. 막내 형사들이 테이저건을 겨누며 실내로 진입했을 때, 외벽 유리창은 온통 붉은 핏물과 형체를 알 수 없는 덩어리로 더럽혀져 있었다. 영장을 들고 엉거주춤 뒤따라 들어왔던 김 경사가 본능적으로 굵직한 팔뚝을 코로 가져다 댔다. 강력반 형사들 다섯 명을 앞세우고 조 반장이 해바라기씨를 입에 털어 넣으며 태연하게 따라 들어왔다.

"잘들 하는 짓이다, 잘들. 그러게 나올 때까지 좀 기다리라니까. 이게 뭐냐?"

조 반장은 툴툴거리면서도 무언가 일이 일단락되었다는 듯이 손바닥을 털었다. 김 경사는 덩치 큰 몸을 조아린 채 조 반장의 핀잔을 묵묵히 받아냈다. 헛구역질이 계속 올라와 어떠한 반박도 변명도 할 수 없었다.

박 형사와 김지오

영장 청구서의 사유 부분을 찬찬히 살펴보던 박 검사는 의아한 표정을 지었다. 그건 소명 근거가 부족하다는 것이 아니라 무언가 아귀가 너무 잘 들어맞을 때 그녀가 즐겨 짓는 표정이었다.

여성 청소년 담당인 박 검사는 40대의 싱글 여성이었다. 관내 성폭력, 가정폭력, 학교폭력 수사를 지휘하는, 담당 분야 대개의 검사들과는 다르게 강골이었다. 다년간 사이클을 취미로 탄 덕분으로 하체가 튼실해서 바지 정장이 잘 어울렸고, 장기간의 수사나 외압에도 쉽게 의지가 꺾이지 않았다. 경력이 쌓이면서 단화 대신 운동화에 정장을 입고, 메이크업도 거의 하지 않았지만 풍성한 생머리는 항상 어깨 정도까지 기르고 다녀 여성스러움을 아예 잃지는 않았다. 까무잡잡한 피부에 눈과 입술이 큼직하여 언뜻 남미 출신의 여성처럼 보이기도 했다.

박 형사는 영장을 신청하고, 사무실 자리의 짐을 대강 정리하고 있었다. 박 검사 사무실에서 한 시간쯤 뒤에 잠깐 직접 보자는 전화가 왔다. 김 순경은 새벽에 있었던 기도원 진입 시도 때 부상을 당한 모양이었다. 구급차에 실려 가면서도 전화를 해왔다. 목소리에 죽음의 기색이 묻어 있지 않아 박 형사는 안도했다.

"박 경위님 말씀이 맞았습니다. 기도원에서 새 나온 것들이었습니다. 모든 게."

"그래. 이만 말 줄이고 좀 쉬어. 고생했어."

마지막 차량이 출발하기 전 조 반장이 박 형사의 자리로 찾아왔다. 감식반과 수사관, 중대 단위의 의경들까지 골고루 차에 나눠 타고 있었다. 부장검사급 인사도 한둘 보였다. 출장에서 돌아온 서장이 차량들 선두에서 그들과 대화를 나누고 있었다. 그도 이제 곧 이 서를 떠나 더 높은 곳으로 올라갈 것이다. 마지막 전리품을 수집하기 직전의 들뜸이 멀리서도 느껴졌다. 터져 죽은 자들과 다르게 사람들에게서는 끊임없는 웃음이 솟아 나왔다.

"어떻게 거기는 답이 좀 나왔어?"

출동이 급한데도 조 반장은 여전히 싱글벙글이었다. 서에 설치된 텔레비전에서 브레이킹 뉴스가 나오고 있었다.

"중요한 건 거기지. 결론 내린 거지? 위에서도."

"어, 미친놈들이지. 아무튼 자네 공이 커. 자네 예측이 결정적인 퍼즐이었으니까. 서준석이라는 연구원 하나가 증거 될 만한 것하고 치료약도 갖고 나왔어. 그놈들한테야 배신자겠지만 우리 입장에서야 은인이지. 광신도들 많으니까 바로 증인보호프로그램 들어가야지."

"수량은?"

일단 무조건 신청을 받고 있어. 국과수에서 매치 결과를 확인했어. 결합 구조를 풀 수 있는 게 맞다던데. 하여튼 무슨 말인지는 모르겠어. 우리야 사람만 잡아넣으면 되니까. 그쪽 장부랑 다 맞춰보는 중이야."

"다행히 우리 쪽 자금이 들어간 건 없다지?"

"그렇지. 지금 기업들부터 그 형제원에 돈 댄 쪽들은 다 좆됐어. 검찰 쪽은 아주 깨끗한 건 아닌 거 같아. 저 봐, 부장검사가 셋이나 왔다."

"일처리가 복잡하겠군. 호송 버스도 몇 대 가는 거 같던데. 싹 다 잡아 넣을 생각이야?"

"몰랐다고 하겠지만, 뭐 조져보면 알겠지. 지금도 본관 언저리에 모여 한창 농성 중인가 본데, 민간인들도 죄다 몰려들어서는 종교 탄압이다 뭐다 지랄들이야. 대가리를 잡아야 하는데 벌써 튀었을까 봐 걱정이네."

"거기 원장?"

"어, 파코미온가 뭔가 하여튼 세례명이 그래. 사진 잡힌 것도 죄다 희미하고. 어떤 사진은 또 얼굴이 아예 달라요. 바지를 세운 걸 수도 있는데. 가서 뒤져봐야지. 그건 그렇고, 그건 뭐야?"

"영장 신청 건인데, 혹시 몰라서 보충 자료들 챙겨서 가려고. 들어와 보라네."

"박 검사? 걔는 젊은 애가 늙은이들을 어지간히 오라 가라 해."

"응."

"은퇴 선물 주려고 그러나. 조금 더 하고 싶은 생각 없어?"

"아니야, 지쳤어."

"아, 그리고 들었지? 핵심 피의자 하나가 죽었어. 개구리 알 만든 것도 뿌린 것도 다 이 여자 선에서 진행된 거 같은데, 아깝게 됐어. 멍청한 놈들이 영장을 갖고 바로 들이닥쳤다니까. 문을 딸 준비를 미리 하든가, 부르지를 말든가. 아래서 그렇게 기다리라고 잔소리를 했는데도."

"그렇지. 요즘 놈들은 머리가 빨리 돌아서 진득함이 없어."

박 형사는 마치 자신의 몸에 곽 반장이 들어와 앉은 거 같아 흠칫 놀랐지만 티를 내지는 않았다.

"버티고 있다가 나오면 잡는다. 영장 같은 종이 쪼가리가 무슨 소용이냐고, 사람을 잡아야지. 아무리 이야기를 해도 현장에서 제어할 사람이 없으면 그렇게 돼. 그 여자한테 들어야 할 게 많았는데."

"진득함 같은 거는 조 반장이 가르쳐. 난 다 끝났어."

그 사이 조 반장은 입속에 해바라기씨를 한 움큼 집어넣고 우물우물 씹었다. 박 형사는 조 반장의 눈에 물기가 차오르는 것 같아 애써 못 본 척하며 고개를 돌렸다. 어쩌면 그의 눈에 차오르는 건지도 몰랐지만, 어쨌든 한번 쏟아지면 막을 수 없다. 아직 메마른 정신으로 처리해야 할 일이 남아 있었다.

"죄송해요. 아무래도 몇 가지는 확인을 해야 할 것 같아서."

박 형사는 서장의 다급한 손짓에 뒤뚱뒤뚱하면서도 경쾌하게 뛰어가던 조 반장의 뒷모습을 생각하느라 박 검사의 말에 즉답하지 못했다. 실내에는 법전들과 행정규범집, 사건 관련 서류 더미들에 개인 사무 기구들까지 사물들은 산더미였지만 모판처럼 반듯하게 정렬되어 있었다. 사물들도 박 검사처럼 자신들만의 역할과 페이스를 지키는 듯 보였다. 사건과 사람 사이의 선을 잘 지키는 그녀를 기자들은 좋아하지 않았다. 기자들은 선을 몰랐다.

"박 경위님?"

"네."

"오랜만에 오셔서 그런가, 뭐 달라진 곳이라도 있나요?"

박 검사가 박 형사의 시선이 닿는 곳을 향해 실내를 두리번거리며 말했다.

"아닙니다."

그녀는 환하게 웃으며 오후의 햇빛을 등지며 응접 소파로 다가와 앉았다. 박 형사의 맞은편에 앉은 그녀는 서류 파일을 테이블에 올려놓았다.

"정리하느라 바쁘실 텐데 들어오시라고 해서 죄송해요. 놓고 갈 수 없는 건들이 많아서요, 며칠째 야근이라 꼴이 이렇습니다. 영장은 요청하신 대로 했어요. 궁금한 게 있기도 하고 드릴 것도 좀 있어서."

대답 대신 박 형사는 어깨를 한번 으쓱하고는 야심만만한 여자 검사의 맑은 얼굴을 쳐다보았다. 세상의 범죄자들을 처단하는 건 밝은 곳에 있는 법이어야 한다. 그 법에 가장 가까운 모습이 저 검사의 얼굴과 눈빛이라는 생각이 들었다. 박 검사가 가능한 높은 곳까지 올라가기를 박 형사는 진심으로 바라고 있었다.

"거주지도 분명하고, 현직 공무원이고. 왜 이런 짓을 한 건지는 서류에 전혀 나와 있지 않잖아요? 뭐 피의 사실만 정리되어 있으면 발부가 될 테지만 말이에요."

"증거나 진술들이 더 필요한 건 아니죠?"

"네. 동료 교사의 진술이나 CCTV, 차량 블랙박스 화면, 무엇보다 알리바이가 빼박이던데요. 뭐 실종자들 찾고 사체를 찾는 거야 영장 집행 이후에 해도 늦지 않겠죠."

"이유는 박 검사님께서 직접 조사하면서 들으시는 게 좋겠는데. 이틀만 털면 양식 갖춰서 송치할 예정입니다. 사체들도 아마 젊은 친구들이 찾아야 할 겁니다. 저는 이제 하루라도 빨리."

"하하하, 그렇긴 하네요. 안 그래도 그 일 때문에. 사실은 이게 메인이긴 하죠."

그녀는 범인의 동기 따위는 원래 궁금하지 않았다는 듯 경쾌하게 자리에서 일어나 자신의 책상 서랍을 열고 작은 쇼핑백을 들고 돌아왔다.

"명퇴 선물입니다. 구두예요, 신사화. 꼭 한번 사드리고 싶었어요. 평생 운동화만 신으셨잖아요. 제가 회식에는 꼭 참석하겠습니다."

박 형사 포함 다섯이나 명퇴를 하는 바람에 서에서는 조촐하게나마 퇴임식을 열기로 했다. 박 형사는 생각지도 못한 선물에 어떤 표정을 지어야 할지 어떤 손짓을 해야 할지 결정할 수가 없었다. 어중간한 높이에서 그의 손은 허공에 멈춰 있었다. 그 손을 박 검사가 덥석 마주 잡았다.

"고생하셨어요. 사모님 모시고 이제 여행도 좀 다니시고요."

서로의 용건이 끝나 어색한 실내에 마침 내선전화가 울렸다.

"네. 아 네."

수화기를 집어 든 박 검사는 상대가 어디에 있는 누구인지 잘 알고 있다는 듯이 간단하게 통화를 마쳤다.

"박 경위님, 48시간인 건 아시죠. 가서 마무리하시죠. 마지막 체포영장."

박 형사는 삶의 곳곳에서 들이닥치는 갑작스러운 이벤트에 지쳐 있었다. 그는 이게 마지막 테스트라고 생각했다. 웃어야 할지 울어야 할지, 덮쳐야 할지 더 묵혀야 할지, 그도 아니면 숨어야 할지 고민해야 했던 순간들이 끝나가고 있었다. 이제 숨을 거둘 때까지 남의 표정과 마음을 읽어야 할 일은 없을 것이므로 안심이 되었다.

학교로 가는 길은 한산했다. 평일 오후가 이 도시에는 차량과

유동 인구가 가장 적었다. 도시의 자본과 자원을 서울로부터 끌어와야 했으므로, 낮 동안 남아 있는 사람들이 별로 없었다. 문민정부의 공약으로 야심차게 조성한 신도시였지만, 애초의 목적과 달리 베드타운이 된 지 이미 오래였다. 여기서 나고 자란 아이들은 부모가 되어 도시를 떠났고, 이 도시에서 신접살림을 꾸렸던 이들은 노인들이 되었다. 박 형사는 노인을 향해 가고 있었다. 이젠 신도시라는 이름이 무색할 만큼 오래된 아파트들이 메인 도로 위로 그늘을 드리우고 있었다.

학교는 서에서 북쪽으로 네 블록을 지나 우회전 후 다시 두 블록을 지나면 있었다. 그는 룸미러를 통해 뒤에 따라오는 순찰차 두 대를 확인했다. 혼자 가도 상관없다는 그에게 배차계 황 경감은 구태여 지원 차량 둘을 붙였다. 그는 창문을 반쯤 열었다. 이 일이 끝나면 무소도 폐차시킬 예정이었다. 세계는 그새 또 앞으로 뜀박질하여 낡은 디젤 차량의 서울 진입을 막았다. 하늘도 파래지고, 강은 더 깨끗해 질 것이다. 박 형사의 생각을 알고 있다는 듯 무소의 디젤엔진은 그 어느 때보다 경쾌하게 돌고 있었다.

'민주는 정의감이랄까, 그런 게 돋보였던 아이였어요. 생활기록부에도 제가 적었던 기억이 납니다. 거기 보시면, 제 필체가 그대로 있을 거예요. 몇 문장 안 되지만 말이에요. 정의감이 남다른 모범학생임. 조용하고 보채는 일이 없었죠. 그 무렵의 남자 아이들은 워낙 거칠거든요. 하지만 민주는 범죄 같은 걸 저지를

아이가 절대 아니었습니다.'

　박 형사는 초등학교 회의실에서 교감이 했던 말이 떠올랐다. 그녀는 김시오의 부모가 부유해서 그 아이를 믿었던 것이 아니었다. 또 외숙이 학교에 지원을 많이 해서 믿었던 것도 아니었다. 그녀는 김시오라는 아이 자체가 정의롭고 선한 아이라고 진심으로 믿고 있었다. 교육에 평생을 몸담았고, 그 경험으로 김시오를 평가했을 것이다. 세상에는 사람의 아이가 따로 있다는 구 교장의 말도 떠올랐다. 그는 뒤따르는 순찰차에게 앞질러 가라는 손짓을 해 보였다. 박 형사로서는 여전히 답을 하기가 어려웠다. 잘못 자란 싹을 뽑는 것과 그 싹의 정체를 구분하는 일은 전혀 별개의 일처럼 느껴졌다. 화창한 초여름의 햇살이 무소의 남색 보닛 위에 부딪쳐 환하게 빛나고 있었다.

해독제를 먹기 위해 사람들은 보건복지부가 지정한 종합병원이나 보건소 앞에 장사진을 쳤다. 그들은 자신들이 복용해온 상비약들이 거기에 해당하는지도 확인하지 않은 채 몰려들었다. 기도원에서 제조된 약들과 건강 보조제는 전량 회수 작업에 들어간다고 식약처장과 보건복지부장관이 브리핑한 뉴스가 종일 반복되고 있었다. 언론들은 사이비 기도원에 돈을 댄 정관계 인물들과 각종 기관들을 후려치기 바빴지만 자신들이 늘어놓았던 상찬에 대해서는 굳게 입을 다물었다.

본청 대강당에서는 언론 담당 브리핑이 한창 진행 중이었다. 사건 관계자들을 전원 구속 기소 의견으로 검찰에 송치한 후 잠정적인 수사 결과를 서장이 직접 브리핑하기로 되어 있었다. 서장은 이번 사건을 인지하고 수사하여 결과를 낸 공으로 애초의 승진 자리보다 한 단계 위인 D광역시 지방경찰청장으로 승진을 앞두고 있었다. 마지막 폭사가 있었던 날 이후 한 달 만에 기관에서 나온 공식 수사 발표였다. 김 순경마저 브리핑룸 인원 통제에 지원을 나가고 나머지 직원들도 구경삼아 사무실을 거의 비운 상태였다. 마치 세트장처럼 사무기구와 종이서류들만 남아 사물이 뿜어내는 침묵을 흘리고 있었다.

박 형사는 정오를 향해 고도를 높이는 태양빛이 사무실을 조금씩 채우는 걸 오래 쳐다보았다. 대국민 브리핑 따위는 보고 싶지 않았다. 사망이 얼마고, 사망의 원인이 무엇이고, 어떻게 처벌할 것인지가 그에게 더 이상 의미가 없었다.

정리를 대충 마친 그의 책상엔 종이 박스 두 개가 나란히 놓여 있었다. 커리어 내내 즐겨 썼던 브랜드의 노트와 펜, 스탠드, 북엔드 따위는 짐을 정리하는 동안 틈틈이 김 순경이 인계했다. 30년 가까운 노동을 멈추는 일은 시작했던 때만큼이나 쉽지 않았다. 서훈을 위한 공적조서 작성이야 오히려 단출했다. 연금이나 퇴직금 관련해서 사인해야 하는 서류만 십수 장이 넘었다. 인사계와 사무실, 민원실과 인사계를 거쳐 다시 사무실로 지난 며칠 박 형사는 분주히 걸어 다녔다. 퇴직 이틀 전 오후 부서별로 인사를 돌리는 동안 영장 실질심사가 이뤄졌고, 자정을 훌쩍 넘겨 구속영장이 발부되었다. 법원을 배회하던 기자들도 냄새를 맡지 못했고, 이 세계의 관심도 없던 심사였다.

예정대로 김시오는 13시에 호송차에 올라 구치소로 입감될 것이다. 아침 식사를 마치고 김시오는 편안한 표정으로 벽에 등을 대고 앉아 있었다. 물 빠진 청바지에 올캐시미어 카디건을 걸친, 긴급 체포될 때의 복장 그대로였다. 그는 먼 열대 지방에서 사로잡혀 온 맹수 같았지만, 우울과 좌절감은 보이지 않았다. 3일에 걸친 조사에도 성실하게 임했고, 변호사 입회하에 자정을 넘긴 조사도 받아들였다. 수사팀이 제기하는 모든 혐의 사실들을 대체로 인정했지만 사체 유기 장소에 대해서만큼은 말하지 않았다. 포렌식을 통해 분석한 그의 전화에는 발신자를 알 수 없는 자들과의 통화로 가득했다. 그가 익명의 인물들과 주고받은 문자도 그간의 범행 사실에 대한 정확한 정황증거였고, 법원은 그걸 받아들였다. 장현철의 사체도 끝내 발견되지 않았다. 기자들 대신 장 목사의 사람들이 서와 법원 주위를 배회했다. 그들은 회색늑대 떼처럼 몰려다니며 김시오의 목덜미를 물어채갈 순간을 노리고 있었다.

"이거 알려지면 안 되는 거 알지? 위에다가도 내가 이야기하지."

김시오에 관한 조사를 마치고 가능한 사체 유기 장소로 가용인원을 모두 급파한 다음 잠시 쉬고 있을 때, 최 과장이 직접 박형사의 자리까지 내려왔다. 그는 김 순경의 책상에 엉덩이를 반쯤 걸치고 습관처럼 이 자리 저 자리의 서류들을 거들떠보며 느릿느릿 말했다. 그의 어깨에 달린 무궁화 철장이 형광등 불빛에 반짝거렸다.

"덮을 수 있겠습니까?"

"덮어야지. 어디 살인자 새끼를 영웅 만들어줄 일 있어? 이대로 나가 봐, 아마 다들 난리칠걸. 짭새나 검찰 새끼들도 못하는 걸 그놈이 다 해결했다고. 촉법소년들, 그것도 악질들만 골라서 제거했잖아. 다행이지, 기자들 관심이 죄다 형제원 쪽으로만 쏠려 있으니까. 사체들은?"

"그것만 안 불어요. 말하지 않겠답니다."

"고생했어. 어쨌거나 자네가 잡은 거야. 법 조항 지침 하나 어긴 거 없이 절차대로 잡은 거라고. 이 세상이 무슨 닥치는 대로 쳐 죽이면 다 되는 곳인 줄 알아? 그건 아니라고. 자네가 옳아. 사체는 우리 형우 같은 젊은 애들이 어떻게든 찾을 거야."

박 형사는 자신이 옳다는 말에 조금도 위로를 받지 못했다. 사체, 죽은 걸 자기 눈으로 확인해야 해. 끝을 봐야 끝나는 거야. 죽은 곽 팀장이 저 만치 앉아서 박 형사에게 말하고 있었다.

"감사했습니다, 과장님."

박 형사는 두툼한 손으로 과장에게 악수를 건넸다.

교사 한 명이 열 명이 넘는 소년을 살해한 내용은 철저히 숨겨졌다. 가해자인지 피해자인지 모를 그 유해들은 수습되지 못했다. 영익과 연경의 폭사 건은 김시오와는 무관한 일로 처리되었다. 세간의 모든 관심은 바롬형제원 약물 테러사건에 집중되었다. 원장 파코미오는 도주했고, 2인자 격인 윤보영은 자살했으며 부원장과 실질적인 조직 운영자 안 집사가 체포되었다. 형제원 뒤를 봐준 권력자들의 비위에 대해서 모든 언론은 진영을 가리지 않고 한 목소리을 냈다. 반종교인들과 목숨을 위협받았던 종교인들, 눈먼 돈을 만지지 못한 정치인들이 하나가 되었다. 그들의 광분은 다른 곳으로 흩어지지 않았다.

수갑을 찬 김시오가 박 형사의 앞에 앉아 있었다. 직원들 몇몇이 사무실로 들어왔다가 개인적인 일을 보며 박 형사와 김시오를 힐끗거렸다. 전력 소비를 줄이라는 서장의 지시 때문에 군데군데 형광등이 꺼져 있어 실내는 계절과 어울리지 않게 더 스산한 분위기였다.

"이렇게 천천히 다시 보니 나도 어째 낯이 익네요. 변호인에게 들었겠지만 구속영장 떨어졌습니다. 이번에 들어가면 나오기 힘들 겁니다."

"저는 교실에 찾아오셨을 때 한눈에 알아 봤습니다, 은주 아버님. 어쨌거나 조금 아쉽네요. 앞으로도 제 손이 필요한 일들은 계속 일어날 텐데요. 여기 사람들은 절대 못 해낼 일들이."

그는 고개를 돌려 사무실 창밖을 쳐다보며 말했다. 햇빛이 창문을 넘어 바닥으로 흘러넘쳤고, 어느새 김시오의 발등부터 적셔오고 있었다. 눈부시게 물들어가는 김시오에 비해 박 형사는 불과 1미터 떨어져 있었지만 짙은 어둠으로 몸을 지우고 있었다. 마치 명계로 끌려 들어가는 오르페우스라도 되는 것처럼.

"당신이 아니어도 죄지은 아이들은 벌을 받게 될 겁니다. 꼭 여기 사람들이 아니더라도, 이 세계의 법이 그렇게 할 거라고 생각합니다."

"정말 그렇게 생각하십니까, 은주 아버님?"

박 형사는 서랍에서 리볼버와 탄띠, 신분증을 꺼내서 책상 위에 올렸다. 은주 아버님이라는 말을 김시오는 일부로 쓰고 있는 것 같았다.

"제가 한 일을 후회해야 합니까?"

김시오가 고개를 돌려 사람이 아닌 큰 고양잇과 동물의 눈, 피에는 피로 돌려줘야 한다고 믿는 야생의 눈으로 그를 똑바로 쳐다보고 있었다. 박 형사는 그늘 속에서 그의 눈을 피하지 않았다. 분명 짐승의 눈빛이었지만, 그래서 이미 인간의 기억을 잊은 짐승의 그것이었지만 거기에는 살기와 함께 애처로움이 섞여 있었다.

"내가 당신에게 고맙다는 인사라도 해주길 바라는 겁니까? 장 목사 아들은 어떻게 했습니까? 살해한 아이들은 어디에 묻었습니까?"

"산산이 흩어졌다고 해두죠. 그것이 그 아이들 부모에겐 또 하나의 고통이지 않겠습니까."

김시오는 박 형사 눈을 바라보며 옅은 미소를 지었다.

"형사들이 우스워 보입니까? 우리가 끝까지 찾을 겁니다."

"죄를 지은 자는 그에 맞는 벌을 받아야 합니다. 목숨을 빼앗은 일은 오직 그 목숨으로만 갚을 수 있는 겁니다. 징역이니 종신형이니 하는 거, 다 헛소리들이죠. 당신은 모르겠지만, 당신의 아내, 은주 어머니는 그 애들이 죽었다는 소식을 들으면 몹시도 기뻐할 겁니다."

"아내에 대해 함부로 말하지 마. 그리고 앞으로는 입조심하는 게 좋을 거야. 판사 앞에 가서도 그 따위로 말한다면 넌 영원히 돌아오지 못할 테니까."

의경 두 명이 경례를 하며 박 형사의 책상 옆으로 다가왔다.

"호송차가 와 있습니다. 다른 피의자들은 다 태웠습니다. 준비됐습니다."

"알겠어. 이거 빈총이고, 내 신분증이야. 올라가서 반납 좀 해줘. 부탁하네."

"네 알겠습니다. 그동안 고생 많으셨습니다."

"당신이 죽은 애들을 직접 찾지 왜 떠납니까? 당신도 이 세상 법과 인간에게 혐오를 느끼기 때문 아닌가요?"

김시오가 아직 할 말이 더 있다는 듯이 일어서려는 박 형사를 잡아 앉혔다.

"당신을 찌른 창만이 당신을 치유할 수 있습니다."

박 형사는 목소리를 높이는 대신 김시오에게 조금 더 다가갔다. 그리고 나지막이 말했다.

"나는 너와 달라. 살아 있는 사람들을 지키는 게 내 일이고, 그게 치유지."

청사를 빠져나오자 초로의 교도관과 젊은 교도관들 여럿이 호송차 앞에 모여 이야기를 나누고 있었다. 하늘색 정복 차림의 담당 주임으로 보이는 사내가 모자를 슬쩍 벗어 인사를 해왔다.

멀리 본관 청사 앞은 기자와 방송 장비로 이수라장이었다. 그들은 결코 경찰이 잘했다고 칭찬하기 위해서 모여 있지 않을 것이다. 경찰은 바롬형제원의 교주 파코미오를 마지막 순간에 놓치고 말았다. 대국민 발표를 그렇게 했다. 한 달간의 수색을 통해서도 그를 찾을 수 없었다. 어떠한 흔적도 없이 사라진 것이다. 밀항에서 은둔, 숨어 있는 공범까지 염두에 둔 수색이었지만 사람도 개도 그를 발견하지 못했다. 진범을 놓쳤다는 비난이 거세게 이어졌다. 검찰에서는 우선 부랴부랴 기소중지 처분을 내렸다고 진화하고 나섰다. 연일 중장비가 동원되어 기도원 전체를 파 뒤집고 있었다. 대중은 폭사에 대한 공포에 시달렸고 그 공포만큼 사납게 사법당국을 비난했다.

"도대체 어디로 갔을까?"

박 형사는 김시오의 등을 손바닥으로 슬쩍 밀며 혼자 중얼거렸다. 김시오도 기자들이 한 무더기 몰려 있는 본관 중앙 로비를 흥미로운 듯 잠시 바라보고 서 있었다. 그는 호송버스 앞 계단에 한 발을 올리다가 멈칫하며 박 형사를 돌아보고 눈짓으로 그를 불렀다. 박 형사는 교도관들에게 손짓을 하며 양해를 구한 후 김시오 옆으로 다가갔다. 김시오는 박 형사의 얼굴에 얼굴을 가까이 가져갔다. 잠시 숨을 고른 그는 낮고 쓸쓸한 목소리로 말했다.

"당신은 훌륭한 형사입니다. 당신은 김시오도 잡고 파코미오도 잡았어요."

김시오를 실은 호송버스가 떠난 뒤 박 형사는 한동안 청사 별관 계단 앞에 멍하니 서 있었다. 그의 재킷 주머니에서 휴대전화가 울렸다. 아내였다.

"은퇴 축하해요. 그동안 당신 고생했으니까 오늘 저녁은 외식해요. 은혁이도 오기로 했어요."

박 형사는 아주 오래전에 들어보았던 아내의 밝고 상냥한 목소리가 뜻밖이었지만 그런 감정을 드러내지 않게 조심스레 물었다.

"오늘 당신 철야기도 가는 날 아닌가?"

"아니, 이제 더 이상 기도할 필요가 없어졌어요."

박 형사는 전화를 끊고 한동안 멍하니 서 있었다. 햇볕이 머리 위로 내리쬐고 있었지만 몸 전체가 오한이 든 듯 떨려왔다. 저 멀리 꽃다발 한 묶음을 손에 들고 이마에 땀을 흘리며 자신을 향해 열심히 걸어오는 김 순경의 모습이 보였다.

끝.

다시 겨울의 한복판을 지나고 있다. 계절은 두텁고도 긴 추상이어서 앞선 것들을 능히 덮어 지웠고 그 자신 뭉텅이로만 지각될 수 있는 것이었으나 창 아래로 보이는 우듬지의 녹음과 텃새들의 울음, 비와 바람의 냄새는 자명한 물리의 세계이기도 해서 그것들과 동일한 관성계 안의 존재라는 사실에 나는 조석으로 안도하였다.

변화하여 무상한 매일의 날씨는 명절에 만나는 친척 일가의 아이와 같아 마주칠 때마다 낯설었으나 평일의 출퇴근과 휴일의 안식을 얼기설기 쌓아가며 생활의 패턴을 무너뜨리지 않으려 애썼고 얼마간은 그리되어서, 지난 몇 번의 계절들은 대체로 평온하고 무탈하였다.

하고 싶은 일을 하지 못하였고, 가고 싶은 곳을 갈 수 없었으나 그만큼 하기 싫은 일을 하지 않았으며 가기 싫은 곳에는 가지 않았다. '하고 싶은'은 능력의 범주였고, '하기 싫은'은 의지의 문제였으나 그 둘은 생계의 하류 어귀에서 만나 가까스로 적정 염도를 맞추었다.

아내는 나의 보굿 같은 겉을 쓰다듬어 무르게 했고 보늬로 싸맨 속에 볕을 쬐어주었다. 나의 과거를 통해 현재를 해석했으며 현재를 미루어 미래를 예언하여서, 지속 가능한 안식과 끼니의 근거가 되어주었다.

세계는 산 것들에 무심하고 무참하였으나 우아하고 총명한 고양이 봉순과 니체는 몸과 정수리를 비비며 나의 우울과 파괴의 의지를 묽게 만들어주었다.

살아서 버텨낸 모든 존재들에게 감사한 마음으로 당위와 현실 사이 최적의 방위를 찾는 마음으로 2020년 1월 파주에서 쓴다.

조영석

소년들은 죽이면 안 되나요

초판 1쇄 인쇄 2020년 1월 24일
초판 1쇄 발행 2020년 1월 31일

지은이 조영석
펴낸이 김문식 최민석
기획편집 이수민 김현진 박예나
　　　　김소정 윤예솔
디자인 엄혜리
제작 제이오

펴낸곳 (주)해피북스투유
출판등록 2016년 12월 12일 제2016-000343호
주소 서울시 성북구 종암로 63, 4층 402호(종암동)
전화 02)336-1203
팩스 02)336-1209

© 조영석, 2020
ISBN 979-11-6479-078-4　03810